KB081191

확실히 미카엘라는 지금 몹시도 매혹적인 모습이었다.
눈가는 어째서인지 촉촉하고 두 볼은 홍조로 달아오르는 게
참으로 사랑스러웠기 때문이다.
또한 입술에서는 달콤한 냄새가 났다.

7

글 박제후
일러스트 ICE

CONTENTS

프롤로그

    나는 눈앞의 대천사⋯. 아니, 이제는 대천사라 할 수 없는 존재를 물끄러미 바라보았다.

    잘생긴 얼굴에는 기다란 검상이 나 있다. 일전에 내가 보위 나이프로 그어준 흉터다. 내 시선을 느낀 건지 우리엘이 인상을 찌푸리며 자신의 얼굴을 매만졌다.

    "이 빚은 잊지 않겠다. 언젠가 네놈 얼굴에도 근사한 흉터가 생기길 기도하지. 유제아."

    우리엘의 말에 나는 피식 웃음을 터뜨렸다.

    "하, 간신 같이 빽질빽질한 네놈 면상에 유일하게 사내다운 구석을 만들어 줬으니 감사하는 게 어떠냐?"

    "정말 더 대화를 못하겠군. 용건이 끝났으니 이만 가보겠다. ⋯약속을 지킨 것에는 감사하지."

    우리엘은 사면 받았다.

    우리에게 협력한 대가로 원하는 바를 이룬 것이다.

    이제 그는 마음 가는 대로 행동해도 된다. 적어도 이번 생에 한해서는 의무를 벗어던진 것이다.

원한다면 깊은 산골에 은거해도 되고, 인간으로 변신해 도시에 섞여서 살아도 된다.

나는 그런 그에게 물었다.

"과연 이번만 그렇게 빠져나가는 게 현명한 행동일까?"

별로 비아냥거리는 말은 아니었다. 순수한 궁금증에 떠나기 직전의 우리엘을 붙잡고 물었다.

우리엘은 잠시간 말이 없다가 답했다.

"지쳤다…. 자유를 얻었으니 그걸로 족하다."

혼자 결론을 내리려는 그에게 나는 고개를 저었다.

"그래서 홀가분하냐는 말이다. 마침내 얻은 그 가짜 자유에."

"가짜 자유라고?"

"그래, 공짜가 아니니까. 너는 이번 싸움에선 자유로워졌다. 그러나 결국 다음에 대가를 치르게 되겠지."

몬스터와 천사의 싸움은 긴 세월 동안 반복되고 있다. 이번에 모든 걸 종결하지 못한다면, 다음에는 다른 행성에서 다른 형태를 취하고 처음부터 시작하게 될 거다. 그때 우리엘은 지금 결정의 반동을 겪을 터.

"사실 알고 있다. 이게 자유가 아니라 도피라는 걸…. 하지만, 모든 기회에는 부담이 따르는 법이지."

"그렇게까지 해서 이 싸움에서 빠지고 싶나?"

나는 답답한 심경을 감추지 못했다.

하얀 거인이 남하하고 있다.

이런 위기의 순간에 우리엘이라면 큰 도움이 될 터인데.

"너는 이해하지 못한다. 유제아. 우리가 얼마나 오래 싸웠고, 진력이 났는지. 이렇게 해서라도 이탈하고 싶은 마음을 말이다."

"그렇기야 하겠지. 하지만 그럴수록 근본적인 해결책이 필요하지 않나."

"그걸 누가 하느냐 말이다."

간단하지만 무거운 말이다.

하지만 나는 단호한 의지를 갖고 답했다.

"내가 직접 하겠다."

"이 수천 년간 반복된 전쟁을 네깟 놈이 어찌? 고작 천사의 힘을 받아쓰고 있는 주제에."

"그 너머를 봤다. 즈굴과의 전투에서."

그 말과 함께 태양신격의 방패를 들어올렸다. 우리엘은 잠깐 놀란 표정을 지었으나 고개를 저었다.

"설마 우리 주인의 힘을 언급하는 건가? 불가능해. 고작 인간 따위인 네가 다루기에는⋯."

"어림없다는 태도로군?"

"당연하지 않나. 허풍도 정도가 있는 법."

"믿든 말든 상관하지 않겠다. 하지만 나는 분명히 가능성을 봤다고. 그리고 지금 이 시점에서 태양신격의 방패가 내 손에 들어온 건 우연이 아니라 생각한다."

내 단언에 우리엘은 콧방귀를 뀌었다.

"설마 우리 주인이 널 선택이라도 했단 말인가? 구세주로서? 유제아, 망상이 지나치군."

"나도 그렇게까지 생각하진 않는다. 다만 이걸로 무언가 할 수 있다는 건 사실이지. 너희가 싸우는 동안 지금까지 이런 물건이 나타난 적이 있나?"

내 질문에 우리엘은 입을 다물었다. 분명히 없었으니 말이다. 이 사실은 메타트론과 미카엘라에게 미리 확인해 둔 거다.

"우리엘, 내가 구세주 행세 하겠다는 게 아니야. 이번에는 조금은 다를 거란 걸 말하고 싶을 뿐이다."

"진정으로 너 따위가 우리 주인의 힘을 제대로 다룰 수 있을 거라 믿는 거냐?"

"제대로 다루지 않아도 좋아. 작은 뒤틀림이 종국에는 큰 결과의 차이를 만들어내니까. 나도 인간이란 한계를 절감하고 있다. 하지만 분명 이번에는 다를 거다."

"……."

"하지만 우리엘 너는 이런 순간에 자유를 갈구하는 건가?"

내 물음에 우리엘은 잠시 번민하는 듯했지만 곧 자리를 떨치고 일어났다.

"흥, 보잘 것 없는 가능성에 불과하다. 형태가 다르긴 하지만 그런 일은 지금까지 몇 번이고 있었다. 하지만 달라진 건 없었지. 가보겠다."

더이상 대화할 생각이 없다는 듯 우리엘은 검은 날개를 펴고는 떠났다.

"가버렸군."

안타깝게 중얼거린 나는 얼마 전에 받은 참수검을 꺼내 조용히 닦기 시작했다.

만약 우리엘과 다시 만나게 된다면 이 검을 쓸 날이 올지도 모르겠단 생각 때문이었다.

유제아와 헤어진 우리엘은 즉각 안산으로 날아갔다. 어째서인지 거대한 인파 속에 섞여 들어가야 안심이 될 거 같아서였다.

누가 쫓아오는 건 아니었음에도 그는 뭔가를 피하듯 움직이고 있었다.

"음…."

일단 우리엘은 인간으로 변신했다.

연하늘색 머리칼은 윤기 좋은 검은색이 됐고, 눈동자는 진한 갈색이다.

누가 봐도 평범한 한국인이었다.

빼어난 외모도 감췄기에 우리엘은 아무런 주목도 끌지 않았다. 그저 훤칠하게 키가 큰 걸 빼면 별로 특별할 건 없었으니까.

우리엘은 누구의 시선도 끌지 않고 조용히 번잡한 도시를 걸어갔다.

기분이 묘했다.

'이런 느낌은 또 처음이군….'

대천사 우리엘의 발걸음에는 언제나 존경과 경의가 뒤따랐다. 인간이나 천사나 우리엘이 움직일 때마다 부산을 떨며 고개를 숙여 댔으니까.

대천사란 위치는 그 정도로 지엄했다. 하지만 이제 아무도 우리엘에게 관심이 없었다.

가끔씩 마주치는 거지들을 제외하곤 말이다.

"부디 한 푼만 주십시오."

"아이가 굶고 있습니다."

안산 시내에는 거지나 부랑인이 넘쳐났다. 우리엘처럼 말끔한 차림새를 한 이에게는 금방 구걸이 뒤따랐다.

우리엘은 뭐라도 건네기 위해 품 안에 손을 넣었지만 집히는 건 없었다. 그러고 보니 돈을 하나도 갖고 있지 않았던 것이다.

낭패감에 그는 애써 인상을 쓰며 차갑게 말했다.

"꺼져라."

아무리 인간으로 변신해 있다고 하나 대천사였던 존재의 위압감은 남다른 것이었다.

다들 화들짝 놀라서는 분분히 흩어졌다.

"천한 것들."

우리엘은 어쩐지 짜증이 피어올랐는데 그게 경멸감 때문이라 여겼다.

'더럽고, 가련한 처지로군. 못 먹고 앓고 있다. 비루한 놈들.'

주변에 널린 부랑인을 보며 우리엘은 한심하다 여겼다.

몬스터 사태 이후 대한민국은 정상이 아니었다. 몬스터 산업 같이 호황을 누리는 분야도 있었지만, 대량 실업과 조직범죄 등이 큰 문제였다.

정부는 부패로 얼룩져 있었고, 하층민으로 전락한 시민을 위한

복지는 없어졌다.

당연히 길바닥에 나앉은 사람이 많을 수밖에.

우리엘도 그런 부분을 익히 알고는 있었다. 하지만 이렇게 실감하게 되긴 처음이었다.

'이게 내가 지키고자 했던 것인가…?'

천사라는 사명으로 수호하고자 했던 인간이란 존재를 이제서야 자세히 들여다보게 된 것이다.

왜인지 계속 쳐다보고 있자니 화가 치밀어 올랐다.

"큿."

스스로도 이 울화통의 원인을 알 수가 없었다.

우리엘은 황폐화된 신 수도 안산을 걸었다. 인파에 섞였을 뿐 목적지는 없었다.

그제야 그는 알게 됐다.

막상 자유를 찾아왔지만 자신이 인간 사회에 대해 아는 것도 없고, 하고 싶은 것도 없다는 걸.

원하던 자유를 얻었지만 이후의 계획은 전무했다. 짧은 기쁨 이후에는 모든 게 뒤죽박죽해졌을 뿐이다.

'이제부터 뭘 해야 하지?'

혼란을 느낀 우리엘은 사람을 피해 도시의 폐허로 향했다. 안산 사태 이후 파괴되고 폐쇄된 구역은 얼마든 있었으니까.

아무도 찾지 않는 폐건물에서 우리엘은 며칠이고 상념 했다. 막상 자유를 찾았지만 하고 싶은 것도, 할 것도 없었다.

"정말 죽고 싶군…."

하지만 그에겐 이룰 수 없는 소망이었다.

태양신격의 의무는 결코 끝날 생각이 없어 보였으니까.

처음으로 인간이 부럽다는 생각이 들었다.

걸핏하면 픽픽 죽어나가는 그 처지가 말이다.

"그렇게도 쉽게 삶의 질곡에서 해방된다는 말이지."

동시에 우리엘은 그런 자유를 가진 인간은 죽음이란 걸 어찌 생각하는가 궁금해졌다.

헤아려 보려 했지만 답이 나오지 않는다. 결국 그는 별로 좋아하지 않는 스마트폰을 꺼내들 수밖에 없었다.

인간이란 놈들의 머릿속이 궁금해서다.

하지만 검색을 해봐도 영 마음에 드는 내용이 없었다.

"쯧…!"

영원한 생명이니, 구원이니 하는 종교단체의 얘기가 그에겐 거슬렸기 때문이다.

그가 아는 한 영원한 것 중에 좋은 거라곤 없었다.

벗어날 수 없는 끝없는 몬스터와의 투쟁이 생생한 증거가 아닌가. 한데 영원을 논하고 있으니 기가 막힐 수밖에.

"역시 인간 따위의 지혜에 기대한 내가 바보였다."

혼자 그렇게 결론을 내리려던 중 의미심장하고 맘에 드는 문구를 발견했다.

삶이란 비존재의 축복받은 고요를 방해하는, 전혀 이로울 것 없는 사건으로 여길 수 있다. ―아르투어 쇼펜하우어.

그건 인간 철학자가 남긴 말이라고 했다. 우리엘은 자기도 모르게 고개를 끄덕였다.

'그래, 우리는 고요로부터 억지로 깨어나, 맨살로 얼어붙을 것 같이 추운 세상에 던져져 끝없는 투쟁을 해야 하는 존재이다.'

즉, 우리엘에게 삶이란 비극이었다. 그렇다고 해서 죽음으로 피하지도 못한다.

태양신격이 내린 의무는 자살로도 벗어날 수 없었으니.

결국 우리엘은 자신에게 가장 큰 축복은 비존재 시절의 절대적인 고요이지만, 지금은 그걸 가질 수 없다는 결론에 도달했다.

태양신격을 향한 욕설이 절로 튀어나왔다.

"네놈을 저주한다! 태양의 신격이여! 왜 나를 창조해서 이리 고통스럽게 만드는 것인가!"

한 맺힌 울분을 토해봤지만 돌아오는 답은 없다. 우리엘은 금세 기운이 쭉 빠져버렸다.

멀고 먼 곳에 있는 태양신격에게 이 저주가 닿을 리 없기 때문이다.

"후우…"

나직이 한숨을 내쉬던 그때 우리엘은 폐건물 아래쪽에서 무언가를 발견했다.

그건 피 흘리고 쓰러진 작은 아이였다.

더러운 옷을 입고 있었고, 엉겨 붙은 머리칼은 길었다.

배를 감싼 스웨터는 피에 젖어 시커멓게 물들었다. 아이는 힘에 겨운지 숨을 쌔액쌔액 내쉬고 있었다.

거기에 관심이 끌려 우리엘은 건물 아래로 뛰어내렸다.

10층 높이였지만 딱히 날개를 펼 필요도 없었다. 우리엘은 가볍게 땅을 딛고 섰다. 그리고 쓰러진 아이에게 걸어갔다.

　흐리멍덩한 눈동자가 우리엘을 올려다본다.

　"저기… 저승사자예요?"

　그 물음에 우리엘은 헛웃음이 나올 뻔했다.

　죽어가는 와중에 검은색 슈트를 입은 자신의 모습을 보고 그리 묻는 것 같았다.

　그는 차갑게 답했다.

　"그런 건 없다."

　하지만 아이는 믿지 않았다.

　"제발 살려주세요… 죽고 싶지… 않아요."

　힘겹게 말하는 그 모습에 우리엘은 자기도 모르게 인상을 찌푸렸다.

　"죽음이란 고요로 돌아가는 축복이다. 어째서 거부하는 거지? 멍청한 것아. 네놈은 축복받았다."

　"무슨 소리인지… 모르겠어요. 죽고 싶지 않은 건 할 일이… 있어서 그래요."

　"무엇이냐?"

　"여기 이거…."

　아이는 힘겹게 몸을 꿈틀거렸다. 그 꼴이 밟혀 죽어가는 송충이를 떠올리게 했다.

　우리엘이 보기에 그 몸짓은 추하게 느껴졌다. 그럼에도 기어코 아이는 무언가를 완수했다.

　품에 감춰놨던 작은 빵을 꺼낸 것이다.

"어쩔 수 없다면… 살려주시지 않아도 괜찮아요…. 이걸 동생에게… 가져다 줘야 해여. 그때까지만 기다려 주세요…. 으으윽."

아이는 괴로워하며 뭔가를 더 설명하려 했다. 우리엘은 한숨을 내쉬었다.

"그만 말해라."

그에겐 상대의 단기 기억을 읽는 재주가 있다. 어느 정도 실력이 있는 자에겐 무용하지만 이런 아이에겐 충분할 터.

우리엘은 잠깐 눈을 감고 아이의 단기 기억을 읽어나갔다.

뻔한 얘기였다.

아이는 몬스터 사태로 부모를 잃고 떠도는 고아였다. 동생과 둘이 폐허지대에서 살고 있는데, 최근에 작은 일감을 맡아 빵을 여러 개 사서 돌아가는 길이었다.

동생과 나눠먹을 생각에 설레는 발걸음도 잠시.

근처의 불량배들에게 빼앗기게 됐다. 처음에 불량배들은 빵만 빼앗으려 했지만 아이가 생각보다 거칠게 반항하자 그만 흥분하고 말았다.

결국 참지 못하고 나이프로 배를 찔러버렸던 것. 겨우 빵 몇 개 때문에 그런 것이다.

우리엘의 얼굴이 와락 구겨졌다.

"한숨이 나올 정도로 구질구질한 이야기로군."

그 와중에 동생에게 줄 빵 한 개는 몰래 빼앗기지 않고 숨긴 모양이다.

숨을 몰아쉬고 있는 와중에도 그것만은 전해주고 싶다는 아이의 모습에 우리엘은 왜인지 기분이 더러워졌다.

'이해할 수 없군. 죽어가는 인간 따위는 얼마든 보아왔건만….'

아이의 말소리가 극히 작아져갔다.

"저승사자 님…."

지켜보고 있자니 갈등이 일어났다.

이대로 고요한 죽음의 축복으로 보내주느냐.

아니면 얼어붙을 것 같은 세상 속으로, 투쟁으로 돌려보내느냐.

우리엘의 이성은 전자가 맞다고 했다.

'어차피 이렇게 작은 아이는 지금 같은 시대에 생존할 수 없다. 더 험한 꼴 보기 전에 고요로 돌아가는 게 낫겠지.'

하지만 우리엘의 감정은 반대였다.

'왜인지 이유를 모르겠지만, 화가 나는군.'

어느새 아이의 눈빛이 흐려지고 있었다. 빨리 결정해야 했다.

우리엘은 잠시 입술을 깨물었다.

"나는 멍청한 놈이야. 그러니 이성의 말에 귀를 좀처럼 기울이지 못하는 거다."

우리엘의 손바닥에서 차가운 냉기가 흘러나왔다. 하지만 그것은 무언가를 얼리는 게 아닌, 어루만지는 힘이었다.

눈처럼 깨끗한 치료 마법이었다.

우리엘은 치료 마법에는 별 재능이 없지만, 대천사인 그에게 이런 어린애 하나 소생시키는 건 일도 아니었다.

차가운 힘이 아이를 감싸자 상처는 금세 회복돼 씻은 듯 사라지고 기력은 돌아왔다.

잃어버렸던 피가 차오르고 흐려졌던 눈빛은 잠에서 깨어난 듯 총기를 되찾았다.

"아앗!"

놀란 아이가 벌떡 일어났을 때는 주변에 아무도 없었다.

"저, 저승사자 님?"

하지만 비몽사몽한 순간에 봤던 검은 옷을 입은 남자는 보이지 않았다.

"꿈인가…? 아니, 대체 어떻게 된 거야."

나이프에 찔렸던 흔적은 여전했다. 하지만 상처는 온데간데 없었다. 아이가 그렇게 혼란스러워 할 무렵 우리엘은 불량배들의 아지트로 향하고 있었다.

쥐새끼들의 둥지를 찾는 건 그에게 일도 아니었다.

주변의 풍경은 세기말처럼 황량했다. 녹슨 채 버려진 차가 가득했는데 내부 부품은 사람들이 훔쳐가서 뼈대만 남은 모습이다.

길옆에 있는 철조망 펜스는 여기저기 끊어져 있다. 인위적으로 구멍을 낸 것도 있고, 연결 부위가 녹슬어 떨어진 것도 있었다.

"개판이군."

이런 곳에서도 누군가 살아간다는 점이 우리엘에겐 충격적으로 다가왔다.

그는 얼마 뒤 목적지에 도착했다.

딱 봐도 흉악해 보이는 놈들이 폐건물의 입구를 지키고 있었다. 날이 추운지 드럼통에 불을 붙여놓고 모였는데, 비니를 쓰고는 연신 손을 비벼댔다. 물론 그 와중에 음담패설이 이어졌다.

"두고 봐라, 그 시발년. 내가 반드시 따먹을 테니까."

"미친놈. 지랄하네."

모여서 낄낄거리던 그들은 우리엘을 발견하자마자 인상을 썼다.

"이봐! 뭐하는 새끼냐!"

그 모습에 우리엘은 담담하게 중얼거렸다.

"마침 잘 됐다. 성질은 나고 할 일은 없었는데 말이지."

"무슨 헛소리를 하고 자빠졌어?"

입구를 지키는 놈들은 험악한 얼굴로 쇠파이프를 든 채 다가왔다. 당장이라도 상대를 두들겨 팰 기색이다.

하지만 그런 기세는 1초도 못 갔다. 다리부터 통째로 얼어붙어 갔기 때문이다.

파지직! 파직!

실시간으로 얼어붙는 자신의 몸뚱이를 보면서 불량배들은 비명을 질러댔다.

"이, 이게 뭐야!"

"아아악! 마법이다! 끄아! 살려줘!"

하지만 금방 머리끝까지 얼어붙었고 발버둥 치는 동작 그대로 굳어버렸다. 옆으로 지나치던 우리엘은 주먹으로 그 얼음 동상을 박살 내 버렸다.

쾅.

산산조각 나서 깨지는 불량배들을 뒤로 하고는 우리엘은 건물 안으로 들어갔다.

안에 괜찮은 소일거리가 있을 거란 기대를 안고서.

1. 시간이란 무엇인가

현재 천사와 인간 진영은 날이 잔뜩 서 있었다.

'그도 그럴 수밖에….'

하얀 거인이 군을 이끌고 남하했고, 한때 대천사였던 바라카엘은 몬스터로 몸을 개조한 채 적에게 붙었다.

그야말로 긴장감이 극에 달한 상황. 전면전이 벌어질 건 당연한 일이 됐다.

이번 싸움은 결코 어중간하게 끝나지 않겠지. 마치 두 집단의 개미가 싸울 때 한쪽이 몰살될 때까지 멈추지 않는 것과 비슷한 상황이 될 거다.

모두 그걸 잘 알기에 싸움 준비에 여념이 없었다.

"유제아 의장님, 논의된 안건대로 처리하겠습니다."

상념을 깨는 가브리엘의 말에 나는 고개를 끄덕거렸다.

"네, 감사합니다. 다른 분들께서도 디데이까지 군단을 잘 점검해 주십시오."

"알겠습니다."

회의에 참석했던 대천사들과 각 클랜의 위원들이 떠났다. 홀로 남은 나는 작전 상황판을 물끄러미 쳐다봤다.

"쉽지 않네. 쉽지 않아…"

탄식이 절로 나온다. 산 너머 산이라는 말이 딱 지금을 위한 것 같다.

지난번에 안산에서 라파엘이 난동을 부리고 위에선 즈굴과 칼두두가 연합해 내려온 탓에 난리가 났다.

정말 간신히 수습했다는 느낌인데 이제는 하얀 거인과 탈출한 바라카엘이 문제네.

전황이 표시된 지도를 보며 나는 깊은 고민에 빠졌다.

'위험을 무릅쓰면 뭔가 가능할 듯도 한데…'

지도 위에 표시된 바라카엘의 위치에서 눈이 떨어지지 않는다. 그것은 최신 첩보에 의해 갱신된 위치였다.

그래서인지 이번에도 혼자 리스크 큰 작전을 벌이는 쪽으로 머리가 굴러가고 있었다.

지난번의 일 때문에 미카엘라에게 그리 혼났음에도 말이다.

그녀는 이게 내 나쁜 버릇이라고도 했다.

-동료들이 있음에도 왜 계속 혼자 감당하려고 하는 거니?

미카엘라의 말은 틀린 게 없다.

하지만 나라고 아무런 이유도 없이 고집 부리는 게 아니다. 분명 목숨이 열 개라도 부족할 위험한 짓거리긴 했으나 당시에는 그게 제일 효율적이라고 판단했을 뿐이다.

'냉정하게 보면 두 번은 못할 짓이지. 칼두두와 즈굴의 군대 속에 혼자 들어갔다가 살아나온 건 기적에 가깝다.'

그래, 두 번은 못할 짓이다.

한데도 나는 지도를 보며 이전과 비슷한 방법을 떠올리고 있었다. 그만큼 현재 상황이 여유가 없다는 방증이다.

'또 멋대로 빠져나가서 날뛰었다가는 다들 가만 안 있을 텐데.'

왜 자꾸 이런 방법만 생각나는지 모르겠네.

하지만 바라카엘을 암살할 수만 있다면 이 싸움의 향방을 바꾸는데 도움이 될 것도 같단 말이지….

물론 암살이란 게 쉬운 일은 아니다.

특히 지금처럼 정보가 부족할 때는 더더욱.

나는 고민만 하다가 자리를 털고 일어났다. 잠을 자둘 필요가 있었으니까.

다만 별로 내키지 않는지라 숙소로 돌아와서도 좀처럼 잠들지 못했다.

'바라카엘… 이 배신자 놈.'

몬스터의 몸을 절개해 몸 이곳저곳에 꿰맨 추악한 그 모습이 떠올랐다.

첩보에 의하면 놈은 지금 군대를 떠나 일단의 무리만 이끌고 움직이고 있었다.

정확히 뭘 하고 있는지 모르지만 다른 파벌의 군주급 몬스터를 사냥하고 있는 것 같다고 했다.

아마 큰 싸움을 앞두고 몸을 보강할 파츠를 마련하는 거겠지. 특히 놈은 어떻게든 내게 복수하고 싶어 한다.

강해지기 위해서라면 어떤 기괴한 꼴이 된다고 해도 마다하지 않을 터.

'문제는 함정일 가능성도 있다는 건데…'

아주 달콤한 먹이긴 하지만 내 성향을 파악한 적의 함정일 가능성도 충분했다.

교활한 놈들이다.

'어쩌면 그런 함정을 역으로 이용할 수는 없을까?'

생각에 생각이 꼬리를 문다.

잠이 올 리 만무하다.

결국 숨겨놨던 나침반을 꺼내들었다. 이게 있으면 다르쿠다랑 연락할 수 있다.

만약 바라카엘을 기습한다면 가장 정확한 정보를 줄 수 있는 건 그녀였다.

'연락해서 알아보는 게 좋겠군.'

결정을 하자 행동은 빨랐다. 나침반에 바로 마력을 불어넣었다. 하지만 나침반은 고장난 것처럼 미동도 하지 않는다.

일단 기다려 보니, 얼마 뒤 나침반이 요란하게 돌아가 시작했다. 북쪽이 어디인지 찾지 못하고 끊임없이 돌아간다.

'아니, 애초에 북쪽을 가리키는 용도가 아닌 물건이지만…'

한참 돌아가던 녀석은 곧 특정한 방향을 향해 멈춰 섰다. 다르쿠다가 만남을 수락하고 방향을 지시한 것이다.

운이 좋군. 바로 만날 수 있다니. 나는 외출복을 챙겨서 몰래 숙소를 빠져나갔다.

"주인이시여."

불침번을 서고 있던 즈굴이 반응했다. 나는 고개를 저었다.

"자리를 지키고 있어. 누가 찾아오면 자고 있다고 하고."

"…또 어딘가로 잠행하시는군요. 그런 식으로 행동하다가는 목숨이 여러 벌이라도 부지하지 못합니다."

"그러면 네놈에겐 더 좋은 거 아닌가? 즈굴."

"부정하지 않겠습니다."

즈굴은 작게 낄낄거렸다. 나는 그런 놈에게 혀를 차고는 나침반을 따라 이동했다.

방향이 틀어질 때마다 나침반의 바늘이 움직이며 나아갈 길을 알려줬다.

야밤에 빠르게 이동하길 세 시간. 적막한 산지에서 멈춰 섰다. 나침반의 바늘이 마치 자동차 와이퍼처럼 좌우로 까딱까딱하는 모습이 여기라고 하는 것 같았다.

"……."

주변을 둘러보고 있자니 곧 인기척이 느껴졌다.

저벅.

작은 발자국소리였다. 고개를 돌려보니 어느새 괴인(怪人) 하나가 이쪽을 보고 있었다. 금속성의 차가운 질감을 가진 여성형의 몸체. 눈코입이라고 할 만한 건 없이 모든 게 매끈하기만 하다.

"왔군. 다르쿠다."

오랜만에 보는 얼굴이다. 현재 그녀는 양진영 사이에서 아슬아슬한 줄타기를 하고 있다. 이중첩자 임무니 무척이나 위험하겠지. 언제 배신자로 찍혀 죽어도 이상하지 않은 일이니.

"산달폰이라고 부르세요. 그 저주받은 이름 대신."

그녀는 내 말에 신경질적으로 반응했다.

"확실히 마음을 달리 먹은 모양이네? 그렇게 말하는 걸 보니."

"언니에게 모습도 드러낸 이상 계속 포기한 채로 지낼 수는 없으니까요."

본래 그녀는 몬스터로 영락해 버린 현실을 받아들이고 많은 걸 포기했었다.

하지만 지난 사건 이후 달라졌다. 다시 천사로 되돌아갈 방법을 찾으며 자신만이 할 수 있는 일을 계속하는 중이다.

차르륵.

금속으로 만든 도미노가 넘어지는 것 같은 소리다. 그와 함께 그녀의 금속질의 외형이 출렁이며 변화했다. 그러자 반은 천사이며, 반은 몬스터인 외형이 드러났다.

메타트론과 꼭 닮은 외관이지만 머리는 금발이며, 이마에는 뿔이 돋아 있다. 또한 한쪽 손은 마치 드래곤의 것을 연상시켰다.

등에는 박쥐 날개가 돋았고, 엉덩이 위쪽에는 드래곤의 꼬리가 붙어 있었다.

동공은 파충류의 것처럼 금색 홍채를 바탕으로 세로로 길게 찢어졌다.

다만 그 외에는 천사이던 시절을 그대로 간직하고 있었다.

"알겠다. 산달폰."

"그것보다 무슨 용건인가요?"

"바라카엘 말이야. 녀석의 정보가 필요해. 지금 어디에서 무얼 하고 있는지 구체적으로."

산달폰은 내 말에 어째서인지 미간을 좁혔다.

"왜죠?"

딱 봐도 불만스러운 음성이다. 미간이 살짝 좁아지는 것도 언니인 메타트론을 꼭 닮았다.

그 언니 쪽과 함께한 경험에 의하면 이런 표정은 대개 결과가 좋지 않았는데….

그래도 일단 필요한 얘기를 꺼냈다.

"우리쪽 첩보에 의하면 소규모로 떨어져서 개별적으로 행동 중이라고 하더군. 잘하면 잡을 수 있을 것 같아."

"직접요?"

"응, 아무래도 나밖에 나설 사람이 없는 것 같기도 하고……."

여기까지 오면서 구상한 것들을 산달폰에서 설명했다.

어떤 정보가 필요한지.

어떤 식으로 습격할 예정인지.

만약 이게 함정이라면 어떻게 역이용할지.

제법 열심히 말했는데 갈수록 산달폰의 표정이 안 좋아져서 나도 모르게 입을 다물 수밖에 없었다.

휘이이잉.

찬 바람이 야산을 스치고 지나가는 소리만 났다.

나는 망설이다 물었다.

"뭔가 문제라도?"

그 말이 도화선이었을까 잠잠히 있던 산달폰이 폭발하고 말았다.

"하아? 뭐 문제라도? 지금 제정신으로 하시는 소리인가요?"

"어?"

"아니, 총사령관이란 작자가 죽고 싶어 기를 쓰는군요. 지난번 위기에서 배운 교훈이 없냐고요!"

"나는 총사령관 같은 게…."

"실질적인 총대장이잖아! 그런 직책에 있는 자가 무슨 습격? 도무지 상식에 맞지 않는 얘기를 태평하게 해대고 있어서 어이가 없네요."

정론이긴 한데, 나도 생각이 있어서 제의한 거다. 일단 산달폰에게 이번 일의 이점을 설명했다. 하지만 그녀는 더욱 화를 냈다. 양손을 올리고 방방 뛰는 게 지 언니랑 완전 판박이였다.

"으극! 지난 번 일이 성공적이었다는 건 인정해요. 하지만 운이 좋았을 뿐이라고요. 제발, 유제아. 당신 위치를 생각하고 행동해요. 쪼옴!"

"나도 그건 알고 있어. 하지만 성공만 하면 엄청난 이득이 있어. 만약 사로잡을 수 있다면 포로협상을 빌미로 크게 시간을 벌 확률이……."

"이 도박중독자야! 도박 좀 그만하라고요─!"

산달폰이 빼액 소리를 지르자 일순간 말문이 막혔다.

도박중독이란 말을 하는 산달폰의 모습에 누군가 오버랩됐기 때문. 나 때문에 전재산이 털렸던 스이엘 말이다.

"……."

생각해 보니 지은 죄가 크지 않은가. 그때 일을 생각하면 도박중독이라고 해도 할 말이 없네.

문득 과거를 반성하자 수많은 위험 속에서 아슬아슬하게 줄타기 해온 일들이 기억났다.

　단 한번만이라도 실패했다면 지금의 나는 없겠지.

　'정말 아찔하긴 하네.'

　하지만 한 가지 확실한 것도 있었다. 그 모든 수라장을 극복해 왔기에 지금 위치에 있는 것도 사실이다.

　나는 산달폰에게 이런 점을 얘기했다.

　"위험한 시기에는 안정적인 방법만 선택할 수 없어."

　"아하! 그래서 그렇게 계속 도박을 하시겠다? 언젠가 패가 잘못 나올 텐데?"

　산달폰은 드물게 감정이 격해져서는 말투 자체가 달라졌다. 듣자니 사실 저게 본모습에 훨씬 가깝다고 한다.

　다르쿠다일 때 냉철한 모습이 몬스터화 된 후에 생긴 캐릭터라는 것. 스이엘에 말에 의하면 원래 산달폰은 거만하고 명랑한 성격이었다고.

　"그런 날이 오긴 하겠지만 이번에는 잘 되길 바라야지. 바라카엘만 제대로 잡아내면 하얀 거인과의 싸움은 유리해질 거야."

　"뻔한 함정이라고! 멍청한 인간아! 바라카엘은 너한테 복수할 날을 벼르고 벼르는 중이야. 저렇게 따로 다니는 거 보면 낚시인 줄 모르겠어? 이거 완전 붕어 대가리네! 미끼가 먹음직스럽다고 다짜고짜 물려고 하니까!"

　"그걸 역이용하자고. 함정인지 알고 들어가자는 거야."

　"어림없는 소리. 누구나 함정에 빠지기 전에는 그럴 듯한 계획이 있지. 나중에 가서 울고불고 난리지만."

"산달폰. 왜 이리 부정적인 거지? 설마 내 걱정을 해주는 건가?"

그 말에 산달폰은 어처구니없다는 듯 고개를 들고 웃어댔다.

"멍청아! 착각도 유분수지. 지난번에 도움을 받아 고마운 마음을 갖고 있는 건 사실이다. 하지만 이 산달폰 님이 너 같은 도박쟁이를 걱정할까?"

"윽!"

"이 몸이 걱정하는 건 어디까지나 언니다! 언니!"

산달폰은 메타트론과 내가 맺은 깊은 유대관계를 지적했다.

"고고한 대천사인 언니가 누군가와 그렇게 친밀해진 건 처음이야. 인정하긴 싫지만 네놈이 언니에게 얼마나 소중한 존재인지 절감하고 있다! 그런데 자기 목숨을 그렇게 가볍게 생각해?"

"음…."

그 지적에는 할 말이 없었다.

분명 내가 죽는다면 메론이가 크게 슬퍼하겠지. 지난번 일도 난리였었다. 회복을 그만두고 신성지에서 튀어나오겠다는 걸 말리느라 진을 뺐으니까.

"유제아, 네놈이 어디 가서 뒤지든 말든 내 알 바는 아냐! 하지만 그것 때문에 언니가 받을 타격은 어떻게 할 건데? 모르긴 몰라도 누가 말려도 소용없을 정도로 폭주할 걸?"

"하지만 전황이 좋지 않다. 다른 대안이 있다면 듣겠지만 무작정 반대하는 건 아니라고 생각한다."

산달폰과 내 의견은 계속 충돌했다. 나는 지금까지 해왔던 대로 하이 리스크 하이 리턴을 주장했고, 산달폰은 안정적인 방향을 제시했다.

그녀는 나를 설득해왔다.

"잠시 전황을 소강상태로 만들 방법이 있어. 하얀 거인이 조만간 제안을 하나 할 거야. 용산 요새를 포기하고 강북을 온전히 넘김으로써 정전을 하자고."

"정말인가?"

"그래. 충분히 이용할 수 있는 제안이라고 생각해."

"하지만 용산 요새는 중요해. 그렇게 쉽게 포기할 수 없어."

지난 대북방전쟁의 가장 큰 성과가 용산 요새다. 인간과 천사들이 대전쟁 이후 처음으로 군대를 이끌고 강북으로 쳐들어갔다. 그 난장판 속에서 확보한 게 용산 요새다. 메타트론의 신성지와 가까운 탓에 전략적으로 매우 중요했고.

"하지만 정전은 분명 큰 도움이 될 거야. 유제아!"

"물론 그렇긴 하지. 그렇지만 하얀 거인은 믿을 수 없다. 분명히 정전을 미끼로 뭔가 수작을 부릴 게 틀림없어. 애초에 말이 안 된다고. 분명 네가 말했잖아? 왕이 남하를 명령했다고."

몬스터에게 왕의 명령은 절대적이다. 왕이 대전쟁을 선언했는데 전쟁을 멈춘다니.

"속임수일 확률이 높아. 아니라고 해도 정전은 얼마 가지 못할 거야."

"나도 알아. 일시적일 뿐이라는 걸. 바로 그걸 이용하자는 거지! 너희는 지난 싸움의 모든 걸 다잡을 시간이 필요해. 이 거짓된 정전으로 그걸 얻을 수 있다고. 용산 요새를 포기하는 건 나쁜 패가 아니야! 어차피 강북은 몬스터 놈들 땅이었잖아."

얘기를 해보니 둘 다 시간이 필요하다는 데는 의견이 일치했다. 저쪽과 다르게 우리는 안산사태 등 험한 일을 겪었으니까.

다만 그 방법이 완전히 다른 것뿐이다.

나는 적의 중요 지휘관인 바라카엘을 처리해서 시간을 벌자는 거고, 산달폰은 용산 요새를 넘겨주고 협상에 응하는 척 시간을 벌자는 거다.

서로 장단점이 있는 방법이란 생각이 들었다.

잠시 고민하던 나는 결국 고개를 저었다.

"용산 요새를 넘겨줄 순 없어. 그랬다가는 바로 메타트론의 신성지가 위협을 받게 되지. 지금 힘을 회복하는 그 녀석을 위해서라도…."

"아이구! 언니를 그렇게 위한다는 자식이 그딴 소리를 해! 용산 요새보다 네놈이 나가 뒈지는 게 더 큰 리스크라고요. 멍텅구리야!"

"아니, 충분한 가능성을 가지고 공격할 거다. 무리라고 생각하면 시도하지 않고 빠질 수도 있어."

"그게 생각처럼 쉽게 될 거 같아? 위험한 일은 애초에 시작을 말아야지. 협상으로 가능한 일을 어째서 무리하려는 거야?"

큰일이군.

의견이 전혀 좁혀지지 않아.

사실 양쪽 의견 다 나름의 일리가 있다고 생각한다. 그리고 누가 답인지는 모른다.

'난처한데. 설마 산달폰이 이렇게 반대할 줄은 몰랐으니….'

일이 꼬였다. 일단은 물러나는 수밖에. 아무래도 산달폰에게 정보를 얻는 건 어렵겠네.

그렇다고 바라카엘 습격을 포기할 수는 없지. 가용한 방법을 써서 도전해 보는 수밖에.

산달폰의 의견도 일리가 있다 생각하지만 역시 습격이 더 낫다고 본다.

혼자 생각을 정리한 나는 산달폰에게 그만하자고 했다.

"알겠어. 무리한 요구는 하지 않지. 이만 가보겠다."

협조 안 하겠다는 애랑 계속 아웅다웅해봐야 소용없다. 돌아가서 새로운 방법이나 찾아보는 게 낫겠지. 그러자 산달폰은 순순히 끄덕였다.

"알았어. 가봐, 그럼."

여태 열 내던 것에 비하면 의외로 순순한 태도였다. 그녀는 흥이 식어버렸다는 얼굴로 손을 휘휘 젓는다. 말다툼을 해서 피곤하단 기색도 느껴졌다.

그래서 별생각 없이 몸을 돌렸는데 뒤에서 갑작스러운 외침이 터져 나왔다.

"…라고 할 줄 알았냐! 멍청아!"

"뭐엇!"

황급히 몸을 돌려보자 산달폰이 무언가를 꺼내 들고 있었다. 그건 신비로운 광채를 뿜어내는 무지개색 오브였다.

어둠 속에서 그것은 세상에 혼자 존재하는 빛처럼 엄청난 존재감을 뿜어내고 있었다.

이건 분명 산달폰의 병기.

어째서?

"너 설마…?"

날 공격하려고? 라는 말까지도 하지 못했다.

갑자기 눈앞에서 빛이 작렬했기 때문이다.

이런 빌어먹을!

설마 메타트론의 여동생에게 공격을 당할 줄이야.

즉각 태양신격의 방패를 들어 올렸다. 아무리 강력한 일격이라도 방패만 있으면 견딜 수 있다. 그 생각에 마음이 든든해졌다.

하지만 산달폰이 일으킨 힘은 파괴의 공격이 아니었다.

지잉-.

귀에 이명과 함께 현기증이 일어났고 시야가 빙빙 돈다. 그리고 시야가 점점 암전했다. 저항하려 했지만 방법이 없었다.

'아, 시발…'

속으로 욕설을 내뱉으며 그만 의식을 잃고 말았다.

찬란한 빛이 한차례 번쩍이고는 사라졌다. 야산은 언제 그랬냐는 듯 금세 다시 어둠이 밀려들었다. 그 가운데서 산달폰은 두 손으로 무지개 오브를 쥔 채 기다란 한숨을 내쉬었다.

"에휴… 나도 이러고 싶지 않았다고. 어쩔 수 없어."

놀랍게도 산달폰은 유제아를 오브에 가둬버린 것이다. 무지개 오브는 매우 특이한 힘을 가졌고 이에 무지한 유제아는 속절없이 당하고 말았다.

현재 그는 오브 안에 펼쳐진 '허무의 공간' 안에 있었다. 산달폰이 빼주기 전까진 탈출은 어림도 없어 보였다.

물론 산달폰은 유제아를 계속 가둬둘 생각은 없었다. 뭣보다 그녀가 유제아를 증오하거나 그런 건 아니었으니까. 오히려 호의가 크다고 할 터. 하지만 이번 일에 관해서라면 절대 양보할 수 없었다.

'유제아 놈아. 일단 그 속에 있어. 이 몸이 이것저것 다 처리한 후에 빼줄 테니까.'

산달폰은 유제아가 뻔히 보이는 함정으로 걸어 들어가게 둘 생각은 없었다. 어째서인지 그는 위험한 일에 끌리는 것 같아 영 위태롭게만 보였다.

'일단 용산 요새를 넘기고 시간을 끄는 거야.'

결심한 산달폰은 변신 능력을 발동시켰다.

차르르륵.

다시 금속이 부딪치는 소리가 나더니 그녀의 외형이 삽시간에 변화했다.

어느새 산달폰은 감쪽같이 유제아가 되어 있었다.

누가 봐도 구분할 수 없을 정도다. 산달폰은 허공에 거울을 소환해서 자신을 비춰보며 고개를 끄덕였다.

"좋아. 이 정도면 완벽해. 언니가 아니라면 못 알아 볼 거야."

메타트론의 본체라면 가짜 유제아를 바로 알아볼 수 있다. 왜냐하면 유제아가 그녀의 화신이기 때문이다.

하지만 산달폰에겐 유리하게도 현재 메타트론은 성소에서 힘을 회복하는데 주력하고 있다.

밖에 나돌아다니는 건 별다른 힘 없는 환영뿐이다. 설령 의심은 할 수 있어도 진짜와 가짜를 구분할 힘을 발휘할 수는 없을 터.

산달폰은 들키지 않을 자신이 있었다.

'문제라면 미카엘라인데…'

그녀는 유제아를 향한 미카엘라의 마음을 잘 알았다. 좋아하는 사람이니 평소 행동 하나하나 눈 여겨 봤을 터. 자칫했다가는 들킬 위험이 있었다.

'외관에선 문제가 없지만 조심해야겠어.'

이제부터 산달폰은 중차대한 일을 해야 한다. 유제아를 연기하며 하얀 거인 쪽과 협상을 성사시킬 생각이었다.

이후에는 유제아를 꺼내놓고 다시 돌아가 볼 예정이다.

'앞으로 유제아가 날 믿지는 않겠지만 어쩔 수 없지.'

산달폰은 오브를 사라지게 하고는 유제아의 숙소로 이동했다.

"세상에…"

나는 지금 맹렬히 당황하고 있었다.

아군에게 당하다니. 그것도 메타트론의 여동생에게!

"그것보다 여긴 어디냐?"

눈앞에 보이는 건 실로 공허한 곳이었다.

빛도 없고 앞뒤좌우 구분도 되지 않는다. 그저 멍하니 허공에 떠 있는 것 같은 느낌만 들었다.

지금껏 온갖 기이한 일을 겪었지만 이번 일이 그중 압도적이었다.

대체 여긴 뭐하는 장소지?

아니, 장소라고 할 수나 있는 건가?

내가 땅에 발을 딛고 있는지도 모르겠고, 어디가 위인지도 모르겠다. 똑바로 서 있는 것 같으면서도 뒤집혀 있는 것 같고, 앞을 보고 있으면서도 뒤를 보고 있는 것 같다.

혼란스러울 수밖에 없었다.

확고하게 믿고 있던 기존의 감각들이 모조리 쓸모없어진 것 같다고 할까?

황망함 속에서도 최대한 냉철하게 생각을 정리했다.

'이건 분명 산달폰이 오브의 힘을 발휘한 거다.'

아마 모종의 공간 안에 날 가둔 게 틀림없다.

그간 쌓은 견문 덕에 이런 종류의 마법이 존재한다는 걸 들었는데, 이건 그중에서도 매우 특별한 것 같았다.

'탈출이 가능하긴 한 건가?'

아무리 노력해도 답이 없어 보였다. 방향 감각 같은 게 완전히 사라져 버렸으니까.

"하아…"

산달폰의 의도가 짐작 갔다. 분명 자기 주장 대로 협상해서 시간을 버는 쪽으로 하려는 거겠지. 겸사겸사 내 위험한 짓거리도 막고 말이다.

산달폰에 대한 이해가 부족해서 이번에 확실히 실수했다.

이 정도로 과격할 줄이야!

그나마 다행스러운 건 태양신격의 방패가 온전하다는 것. 하지만 이곳에선 별 소용없었다.

힘을 사용해 난리를 쳐봐도 먹히는 게 없다.

아니, 애초에 부술 수 있는 뭔가가 존재하지 않는 것 같기도 하고….

아무래도 인간의 지혜로는 쉽게 이해하기 어려운 고차원적인 장소에 떨어진 듯하다.

'산달폰이 꺼내줄 때까지 얌전히 기다려야 하나?'

그런 생각이 들었지만 고개를 저었다.

성격상 맞지 않은 일이다.

밖에서 무슨 일이 벌어지고 있을지 어떻게 알고 손만 빨고 있겠나. 일단은 최대한 방법을 찾아보는 게 좋겠지.

나는 희망을 버리지 않기로 했다.

지금껏 이런 난관이 없었던 건 아니다. 하지만 언제나 극복해 왔다.

이번에도 어떻게든 길이 있겠지.

유제아로 변신한 산달폰은 유유히 숙소로 돌아왔다. 평소 조사한 바가 있어 어렵지 않았다. 그런데 숙소로 오자마자 식겁할 만한 존재랑 마주쳤다.

"오셨군요. 주인이시여."

바로 유제아에게 지배된 오만의 군주 즈굴이었다. 얌전한 태도였지만 쳐다보는 모습만으로도 섬뜩했다.

산달폰은 속으로 놀란 가슴을 부여잡았다.

'유제아, 그놈은 왜 이딴 걸 지배해서는…!'

아무리 생각해도 너무 위험한 존재가 아닌가. 산달폰은 도저히 유제아의 사고방식이 이해가 안 됐다.

하지만 그녀는 속마음을 내색하지 않는 것만큼은 프로다.

아무렇지도 않은 듯 고개를 살짝 끄덕이고 지나쳤다. 그런데 등 뒤에서 다시 즈굴이 말을 걸어왔다.

"아깝습니다. 아무래도 제가 좋아할 만한 일은 일어나지 않은 모양이군요."

무슨 소리인가 싶어 산달폰은 멈칫했다.

'뭐라고 대답하지?'

그 모습에 즈굴은 살짝 의아한 기분이 됐다. 그가 아는 유제아는 바로 쏘아붙이는 성격이기 때문이다.

특히나 상대방에게 언변에서 밀려 머뭇거리는 걸 수치스럽게 여기는 성격이라 저럴 리가 없었다.

"어림없다. 멍청한 것아."

하지만 곧 유제아로 변한 산달폰이 차가운 말투로 답하자 잠깐 느꼈던 위화감은 금방 사라졌다.

"크하핫! 어련하시겠습니까."

다행히 즈굴의 의심을 피한 산달폰은 속으로 안도했다. 바로 유제아의 숙소로 들어가 다음날 있을 회의를 준비했다.

그건 아주 중요한 일이었다.

대천사와 주요 인물들이 참가한 회의에서 하얀 거인과 임시적인 정전 조치에 동의하도록 설득할 필요가 있었으니까.

'일단 밑밥을 좀 깔아야지.'

당장 내일 하얀 거인 쪽에서 사절이 오진 않을 거다. 산달폰은 다르쿠다란 이름으로 하얀 거인 밑에서 중용되고 있었기에 내부 사정에 밝았다.

하얀 거인이 얼마 전에는 바라카엘을 보내 긴장된 분위기를 조성한 뒤, 이번에는 유화책을 제시해 천사 진영을 혼란에 빠트리려 함을 잘 알고 있었다.

'우리는 흔들리지 않고 그걸 이용해야 해.'

일단은 그전에 정전에 대한 공감대를 만들어 둘 필요가 있었다.

산달폰은 다음날 회의에서 이 같은 바를 실천했다.

"아군이 곧장 전투에 돌입하기엔 무리가 따릅니다. 어떻게든 시간을 끌어서 재정비를 해야 합니다."

유제아로 분한 산달폰의 태도에 참석자들은 다소 의아함을 보였다. 지금껏 유제아는 열렬한 공세주의자였기 때문이다.

"생각하신 바에 변화라도 있으십니까? 위원장 님."

대천사 가브리엘의 물음에 산달폰은 고개를 저었다. 유제아인 척하는 연기가 아주 능숙해서 가브리엘은 이상한 점을 못 느꼈다.

이건 실로 뛰어난 재주로 산달폰은 몇 번 본 인물의 작은 특징까지 캐치해서는 자기 걸로 삼아버리곤 했다.

"공세가 가장 중요하다는 원칙은 불변입니다. 다만 다음 공격을 위해 숨을 고를 필요가 있다는 것이죠."

"그 부분에는 동감합니다. 하지만 가능하겠습니까? 지난번에 바라카엘을 보내 겁박해 온 걸 보면 당장이라도 밀고 내려올 기세던데…."

"적은 다양한 태도를 보일 겁니다. 협박과 유화책을 반복하다가 가장 좋은 타이밍에 공격해 오겠죠."

"일단 전쟁이 진짜 멈출 가능성은 없다고 보시는군요? 위원장 님."

가브리엘의 물음에 산달폰은 고개를 힘차게 끄덕였다.

"당연합니다. 양자의 관계는 사생결단이 있을 뿐입니다. 다만 입 발린 정전 이야기가 나오면 아군에게 유리하게 이용해야 한다는 것뿐입니다."

이건 산달폰의 진심이기도 했다. 그녀는 절대 몬스터와 화해 같은 걸 할 생각은 없었다. 적을 적극적으로 멸해야 한다는 점은 유제아와 똑같았으나, 그저 방법론에 차이가 있을 뿐이다.

"호오…."

가브리엘은 재밌다는 표정을 짓더니 물어왔다.

"그리 말씀하시는 거 보니 뭔가 들은 바가 있으신 모양이군요?"

유제아를 연기하고 있는 산달폰은 부정하지 않았다.

"네, 중요한 첩보가 도착했습니다. 아무래도 며칠 안에 하얀 거인 쪽에서 다시 사절이 올 것 같습니다. 아직 구체적인 내용은 밝히기 어려우니 양해 바랍니다."

입장을 변화한 유제아의 태도에 의아해하던 대천사들이나 11인

위원회의 위원들은 선선히 끄덕였다. 군대를 정비할 시간이 모두에게 간절했기 때문이다.

이런 모습에 유제아를 연기하고 있는 산달폰의 태도에 자신감이 붙었다.

'역시 내 변신을 간파하는 이는 없군. 언니는 참석하지 않았고.'

메타트론은 성격상 이런 복잡한 자리라면 질색하고 피한다. 필요하면 가끔 상석에서 무게 잡는 역할을 할 뿐이다.

물론 메타트론은 참석해도 환영에 불과해 알아보지 못할 테지만 신경 쓰이는 건 사실이었다.

힘을 감지하는 게 아니라 태도나 말투 같은 것에서 의심을 할 수 있기 때문이다.

'문제는 미카엘라 쪽인데….'

유제아를 향한 연심이 넘치고 있는 대천사 미카엘라.

뭔가 알아챌까 싶어 산달폰은 특별히 주의를 기울였다. 하지만 아직까지는 별다른 문제가 없어 안도하고 있었다.

하지만 그건 산달폰의 착각에 불과했다.

미카엘라가 가진 유제아를 향한 관심과 사랑은 산달폰의 예상을 아득히 뛰어넘고 있었으니까.

미카엘라는 회의에 얌전히 참석한 겉모습과 다르게 무언가 기이함을 느끼고 있었다.

'뭘까? 이 위화감은?'

유제아의 모습은 평소와 다른 점이 없었다. 하지만 지켜보면 지켜볼수록 무언가 미묘하게 거슬렸다.

문제는 그녀 자신도 뭐가 문제인지는 잘 모르겠다는 점. 그 정도로 산달폰의 변신과 유제아를 모사하는 실력은 일절이었다.

'설명하긴 어려운데… 뭔가, 뭔가야…'

미카엘라는 속으로 고민을 거듭했지만 겉으론 작은 티도 내지 않았다.

대신 회의가 끝나면 유제아를 좀 만나봐야겠다고 생각했다. 이런저런 대화를 해봐야 뭔가 걸리는 걸 해소할 수 있을 것 같았다.

얼마 뒤 회의가 끝나자 모두 자리에서 일어났다. 하지만 미카엘라는 착석한 채로 기다렸다. 그러자 회의실에는 서류를 정리하던 유제아와 미카엘라만이 남게 됐다.

"어? 무슨 일이야? 미카엘라."

태연하게 묻는 유제아의 모습에 미카엘라는 내심 자신이 과민했나 싶기도 했다. 너무나 자연스러운 태도였기 때문이다. 평소에 알던 유제아가 틀림없었다. 하지만 미카엘라는 잠깐 느꼈던 위화감을 기어코 해결하기로 했다.

"무슨 일이긴, 그저 소녀의 주인님과 얘기하고 싶었을 뿐이란다."

미카엘라는 나긋나긋한 걸음으로 유제아에게 다가갔다. 커다란 골반과 긴 기럭지 때문에 걷는 모습이 모델처럼 우아했다. 하지만 가장 자신 있는 건 누구보다 풍만한 미드.

그 크기와 아름다움으로는 따를 자가 없다고 자부했다.

미카엘라는 일부러 고혹적인 자태로 유제아에게 붙었다. 그리고는 티나지 않게 상대를 살폈다.

그러자 유제아가 슬쩍 가슴골에 시선을 던졌다. 그 모습에 미카엘라는 안도했다.

'평소랑 같아.'

미카엘라는 누구보다 잘 알았다. 유제아가 자신의 커다란 가슴을 누구보다 열렬한 눈빛으로 쳐다보고 있다는 걸. 딴에는 들키지 않았다고 여기는 모양이던데 미카엘라는 모두 알고 있었다. 그저 그게 싫지 않아 내버려 둘 따름.

평소와 같이 관심 가득한 태도에 미카엘라는 조금이나마 의심을 거뒀다.

하지만 실상 산달폰은 유제아와 같은 성적인 관심 때문에 미카엘라의 가슴을 쳐다본 게 아니었다.

그건 사실 순수한 분노였다.

'천박하고 젖소 같이 큰 가슴 같으니라고!'

오랜만에 봐도 화가 치밀어 오르는 가슴이다. 산달폰은 언니보단 처지가 낫지만, '훨씬 더 많이 가진 자'인 미카엘라에겐 본능적인 적대감이 피어올랐다.

이전부터 늘 부러워하던 것이었기에 더욱 그랬다.

'더럽고 치사하다. 크면 모양이라도 구려야 하는데, 저것은 완벽한 미를 담고 있어. 어째서 저년만 저 정도의 축복을 타고난 거야!'

심지어 그 탄력조차 감탄만 나왔다. 살짝 걸을 때마다 부드럽게 출렁이는데 같은 여자임에도 시선을 온통 빼앗길 지경이었다.

아무튼 이런 이유 때문에 시선이 온통 미카엘라의 가슴으로 쏠린 산달폰이다. 물론 그 덕에 자기가 의심을 피했다는 걸 전혀 몰랐다.

"태양의 대천사님과 나누는 얘기라면 거절할 이유가 없지."

차분히 대꾸한 산달폰은 내심 유제아를 향한 불만이 피어올랐다.

'진짜 욕심쟁이네. 그 멍텅구리.'

세상에, 언니 같이 아름답고 사랑스러운 천사의 화신임에도, 왜 미카엘라랑 스이엘까지 끼고 도는 건가 싶었다.

어디 하나 절대 빠지지 않는 언니인데 정말 괘씸하기 짝이 없다. 동시에 미카엘라도 문제라고 여겼다.

'태양의 대천사가 자존심이 있지. 어떻게 한 남자를 같이 좋아할 수 있냐고.'

산달폰은 속으로 굳은 다짐을 했다. 지금이야 전쟁 외에는 아무 것도 생각할 수 없지만, 언젠가 평화로운 시절이 오면 이 발칙한 유제아 하렘을 박살내기로.

'정확한 건 아니지만 철심장 쿠니엘과 용기의 대천사 나나엘도 유제아에게 태도가 묘하단 말이야. 지나칠 정도로 친근해.'

하나뿐인 언니를 위해 경쟁자들을 모조리 제거해야 한다고 산달폰은 생각했다.

물론 나중의 얘기겠지만.

일단은 눈앞에 있는 태양의 대천사를 치우는 게 우선이다.

'분명 꿍꿍이가 있다.'

정확히 알 수는 없지만 태양의 대천사는 뭔가 확인해 보려는 것 같았다.

'설마 의심을 샀나?'

가능성이 없지는 않았다. 태도를 보니 크게 의심하는 것 같지는 않지만 조심해서 나쁠 건 없는 일.

산달폰은 아예 선수를 치기로 했다. 그녀는 미카엘라를 잘 알았다. 저 성숙한 외견, 요염한 태도와 다르게 쑥맥이란 점을.

'저 섹시 대폭발인 가슴 값도 못하는 녀석이지.'

하면 선수필승.

산달폰은 먼저 손을 써 미카엘라를 격침시키기로 했다.

그녀는 유제아의 얼굴로 근사하게 웃으며 미카엘라의 가는 허리를 휘감았다.

놀란 미카엘라가 움찔하는 게 느껴졌다.

"유, 유제아?"

그러거나 말거나 산달폰은 손에 힘을 줘 미카엘라를 더욱 가까이 끌어당겼다.

동시에 흉부에 닿는 미카엘라의 엄청난 미드가 느껴졌다.

'윽!'

산달폰은 다시 화가 치밀었다. 저건 과욕이란 생각만 든다. 조금 떼서 주변에 빈곤한 이웃에게 나눠줘야 마땅히 도리에 맞을 터.

'자본주의다! 자본주의 같이 흉악한 탐욕의 덩어리야!'

적어도 가슴에 관해서는 다수의 행복을 위해 뻘건 분들의 공산주의가 맞지 않을까?

'모두가 평등한 가슴, 모두가 평등한 행복. 그게 정의라고.'

흥분한 바람에 휘감은 손에 힘이 더 들어갔다. 그 덕에 거의 코가 닿을 정도로 바짝 붙어버렸기에 미카엘라는 완전히 얼어붙어 버렸다.

목에 돋아난 가는 솜털이 한꺼번에 뻣뻣해지는 느낌이다.

미카엘라는 자신의 심장이 미친 듯이 뛰어대는 탓에 북처럼 울리는 것만 같았다. 혹시나 유제아가 이 소리를 들을까 싶어 억지로 밀어내고 싶었지만, 몸에 힘이 들어가질 않았다.

왜인지 꼼짝달싹할 수 없는 것이다. 그저 가련한 사냥감처럼 상대방의 결정에 운명을 맡기듯 작게 떨 뿐이다.

동시에 머릿속의 망상은 맹렬하게 돌아갔다.

'키스지? 키스 맞지!'

이미 확실한 키스 각 앞에서 미카엘라는 초고속으로 머리끝부터 발끝까지의 상태를 스스로 점검했다.

결론은 금방 나왔다.

'완벽해. 만전인 상태야.'

평소에 열심히 가꾼 보람이 있었다.

확실히 미카엘라는 지금 몹시도 매혹적인 모습이었다. 눈가는 어째서인지 촉촉하고 두 볼은 홍조로 달아오르는 게 참으로 사랑스러웠기 때문이다. 또한 입술에서는 달콤한 냄새가 났다.

유제아라면 절대 키스를 참을 수 없는 상황.

하지만 상대는 산달폰이었다.

그녀는 은근슬쩍 눈을 감는 미카엘라는 보며 속으로 기겁했다.

'이 여자! 키스할 생각 만만이야! 어떻게 하지?'

산달폰은 아무리 상대가 아름답다고 해도 같은 여자에게 키스하는 취미 따윈 없었다.

아니, 애초에 이게 첫키스였다.

'내가 로맨틱한 걸 꿈꾼 건 아니지만 이 가슴덩어리가 내 첫 상대라고?'

차라리 언니라면 친애의 정으로 가볍게 쪽, 하고 뽀뽀는 가능할 듯했다.

하지만 지금은 누가 봐도 어른의 농밀한 키스 타임.

산달폰은 감당 불가능하단 결론에 다다랐다. 변신이고, 공작이고, 뭐고 다 때려 치고 도망가고 싶은 심경이 됐다.

키스는 죽어도 하기 싫었지만 상황이 상황이다. 게다가 다시 생각해 보니 몬스터로 변하기까지 했었는데 그깟 키스가 대체 무슨 소용인가 싶었다.

'대의를 위해 어쩔 수 없나? 흑!'

요즘 다시 천사로 돌아가려고 해서 고생하던 시절의 독기가 빠진 거 같단 생각도 들었다.

'하자. 어쩔 수 없다.'

독하게 마음을 먹은 산달폰의 눈에 어째서인지 미카엘라의 가슴이 눈에 들어왔다.

'저게 남의 속도 모르고 과시하듯 출렁거리고 있어!'

확 깨물어 버리고 싶었다. 이빨 자국이 날 정도로 물면 미카엘라가 비명을 지르겠지.

그러면 꼴좋다고 웃어대고 싶었다.

하지만 그럴 수도 없는 일.

대신 산달폰은 미카엘라의 가슴에서 돌파구를 찾았다. 입술박치기 대신 저 가슴에 뽀뽀하는 게 낫겠단 판단이었다.

물론 그건 그것대로 싫었지만 입술보단 백 배 낫다.

산달폰은 한손으로 미카엘라의 턱을 잡아 살짝 밀어낸 뒤, 그녀의 가슴 위쪽에 부드럽게 키스했다. 입술이 닿을 때는 피라냐처럼 물어뜯고 싶은 욕망을 참아내야 했지만.

"끄앙!"

미카엘라는 생각지도 못한 감각에 비명을 질렀다.

뭐랄까, 그건 충격 그 자체였다.

유제아가 자신의 가슴에 키스를 하다니!

뭐랄까, 강렬한 전격 마법이 흉부를 관통하는 듯한 감각에 미카엘라는 뻣뻣하게 굳어버렸다.

그야말로 일격에 KO라고 할까?

미카엘라는 지금 상황에 자신이 작은 저항조차 못할 거 같단 생각마저 들었다.

"유, 유제아?"

애써 덜덜 떨리는 목소리로 입을 열었는데 자신을 보는 유제아의 눈빛이 너무 강렬해 숨이 턱 막히고 말았다.

실로 육식동물 그자체.

당장이라도 잡아먹겠다는 탐욕이 가득 느껴지는 모습에 미카엘라는 가늘게 몸을 떨었다.

'각오는 하고 있었지만, 이대로는 당해버려.'

하나 그것은 미카엘라의 철저한 오해였다.

욕망으로 이글거리는 것 같은 그 눈빛은 사실 후회와 자괴감에 흔들리는 것에 불과했다.

미카엘라는 떨리는 유제아의 손이 당장이라도 자신의 옷을 찢어발기고 싶은 것을 참는 거라 여겼는데, 이것도 진실과는 한참 거리가 있었다.

산달폰은 목까지 올라오는 토악질을 참느라 몸을 파르르 떨고 있었던 거다.

'우욱, 씹! 뭐가 이렇게 탱글탱글 부드러워.'

미카엘라의 가슴은 느낌이 너무나 좋았다. 같은 여자라도 뭔가 정신줄을 놓고 만지작거리고 싶을 정도였다. 그래서인지 더욱 소름이 돋았다.

산달폰은 속이 매스꺼워짐을 간신히 참았다. 입술 대신 가슴을 택한 건 결코 좋은 선택이 아니었다. 차라리 입술이 나을 뻔했다.

키스하는 순간 입술을 안으로 말아넣어 대강 하는 시늉만 하고 끝낼 수 있었을 테니까.

설마 마시멜로처럼 부드러운 살결에 쪼옥 하고 키스하게 될 줄은 상상도 못했다.

아직도 입술에 탄력 넘치는 감촉이 남아서 산달폰을 현기증 나게 만들고 있었다.

'뭔가 독이라도 묻은 기분이야!'

산달폰은 화가 났고 미카엘라를 안은 손길에 힘이 더욱 들어갔다. 그리고 간신히 분노를 억누르며 그녀의 이름을 불렀다.

"미… 미카엘… 라."

한데 그게 미카엘라에겐 폭주하기 직전의 야수와 같이 느껴졌다. 드디어 유제아가 이성을 잃고 한 마리 짐승이 되어 자신을 유린하려 함이라 여긴 것이다.

그녀는 가녀린 음성으로 답했다.

"저, 적어도… 침대에서."

"대체 무슨 소리냐…."

"서, 설마 바로? 여기서?"

"또 단단한 착각을!"

뭔가 맞물리지 않은 대화가 이어졌지만 미카엘라에겐 그딴 걸 신경 쓸 여유가 없었다.

결국 한계에 다다른 그녀는 비명을 지르며 유제아를 밀어냈다.

"안 돼! 적어도 처음은 순서에 맞춰서…!"

그 말과 함께 미카엘라는 부리나케 달아나버렸다. 홀로 남은 산달폰은 적막해진 회의실에서 간신히 숨을 몰아쉬었다.

"후훗, 격퇴했군…. 큭!"

다행히 들키지 않았다. 하지만 뭘까, 이 더러운 기분은.

산달폰은 상처뿐인 승리란 게 무엇인지 오늘 명확히 알게 됐다. 동시에 미카엘라를 향한 분노가 다시 피어올랐다.

'저 가증스러운 태양의 대천사! 평소에는 쿨한 척, 시크한 척 그 렇게 하더니. 이제 보니까 지 남자 앞에서 얼마나 아양을 떨지 뻔히 보이네. 기가 막혀.'

역시 유제아 하렘은 이뤄져서는 안 되는 해악이 틀림없다. 청초 하고 순진한 언니는 저런 요망한 대천사를 상대하기 힘들 터.

당연히 낭군의 사랑도 빼앗기고 마음 아파할 테니, 그런 미래는 막아야겠다고 굳게 다짐했다.

"역시 머릿속이 핑크빛인 연놈들은 해로운 법이야."

"진짜 요상한 공간이군…."

산달폰의 마법은 아주 제법이다. 역전의 용사인 이 유제아 님을 이렇게 당황하게 만들다니.

이 공간에서 빠져나가기 위해 온갖 수를 강구해 봤지만 마땅한 대책이 나오질 않았다.

뭣보다 산달폰에게 당한 뒤 얼마나 시간이 지난 건지 모르겠다.

아니, 이곳에 시간이 존재하기나 하는 걸까?

어쩌면 시간이란 게 존재하지 않는지도 모르겠다.

처음에는 어처구니없는 판단이다 싶었는데, 점점 생각이 바뀌고 있다.

일단 나는 배고프지도, 오줌이 마렵지도 않다. 지치지도, 졸립지도 않다.

뭐랄까?

시간의 흐름으로 일어나는 육체의 변화 자체가 없다.

애초에 시간이란 인간이 세계를 이해하기 위해 만들어낸 개념.

이해할 수 없는 세계에 빠지자 그 시간이란 게 제대로 작동하지 않는 것만 같다.

"음…. 기기묘묘하군."

지금껏 이런저런 일을 겪어 왔지만 이런 마법은 처음이네. 산달폰의 능력을 너무 얕봤던 걸까?

역시 한때 수위를 다퉜던 강력한 대천사단 생각이 들었다. 그래도 이렇게 뒤통수를 칠 줄이야.

대체 날 가둬놓고 뭘 하려는 거지.

설마 강하게 주장하던 정전을 밀어붙이려는 건가.

이런저런 생각 때문에 머리가 복잡하다.

그렇지만 이런 상념 끝에 도달하는 결론은 언제나 하나였다.

'이곳에서 나가야 한다.'

뭐가 됐든 탈출해야 일이 진행될 터. 하지만 시간조차 없는 이곳에서 어떻게….

고민하던 중 나는 태양신격의 방패에 시선이 갔다.

"아니, 잠깐…."

뭔가 떠올렸던 나는 곧 고개를 저었다.

"아니지, 아니야. 그건 너무 갔지."

말이 안 되는 얘기다. 아무리 태양신격의 방패가 시간과 관련된 물건이라고 해도. 한 가지 가능성을 떠올리긴 했지만 황당함에 금방 기각할 수밖에 없었다.

나는 허탈하게 웃었다.

"아무리 그래도 그렇지. 시간을 창조할 생각을 하다니… 내가 신도 아니고. 허허."

한데도 그쪽 방향으로 사고가 계속 이어졌다.

'시간과 공간은 서로 뗄 수 없는 관계다. 만약 이곳에 시간을 만들 수 있다면 공간도 제대로 생겨나지 않을까?'

현재 이곳은 공간이 없는 건 아니지만, 내가 알던 개념과 상당히 다른 장소다. 앞과 뒤, 위와 아래가 구분이 안 된다.

이런 상황에서 시간을 창조하고 익숙한 공간의 개념을 불러낸다면 탈출할 수 있는 길이 생기지 않을까?

갑자기 그런 생각이 든 것이다.

'가능할 거 같긴 한데….'

너무 어려운 문제가 아닌가.

신물이라 할 수 있는 태양신격의 방패로 제한적으로 시간을 다루는 게 전부인 나.

그것마저도 불안정하기 짝이 없어서 즈굴과의 싸움에선 이리 튀고 저리 튀고 난리도 아니었다.

완전한 통제와는 거리가 있었다. 시간을 약간이나마 응용하는 데도 그 지경인데 시간을 창조한다라?

막막하고 어렵긴 하지만 성공만 한다면 이 공간을 나가는 건 충분히 가능하겠지.

심지어 밖에 나가서도 시간을 다루는 기술의 응용능력이 비약적으로 높아질 터.

'어렵지만 해볼 만하다. 어차피 이곳에선 할 일도 없는데.'

결정을 내린 나는 태양신격의 방패를 부여잡고 마력을 쏟아 붓기 시작했다.

시간이 없는 이 공간에서 될 때까지 부딪쳐 보면 그만이겠지.

2. 타락에는 많은 게 필요하지 않다

유제아로 분한 산달폰은 자신의 계획을 계속 밀어붙였다.

물론 반대의 의견도 만만치 않았다.

"저는 용산 요새를 내주는 걸 납득할 수 없습니다. 동료들의 피로 얻은 장소입니다."

특히 용기의 대천사 나나엘의 반대가 심했다. 대쪽 같은 성품 탓인지 몬스터와의 교섭을 꺼리는 기색이다. 그녀는 이 그럴 듯한 정전 협정에 함정이 있을 거라 주장했다.

"우리는 그걸 이용할 생각입니다."

산달폰의 주장에 나나엘은 드물게 미간을 좁혔다.

"늘 본인의 꾀가 통할 거란 생각은 하지 마세요. 몬스터들이 멍청하다고는 하나 때때로 그 간교함이 우리의 헤아림을 뛰어넘습니다."

"잘 알고 있습니다."

"때로는 정직한 무력이 무엇보다 낫습니다. 어쩐지 몸을 사리는 게 유제아 위원장 님답지 않군요."

나나엘의 투덜거림에 산달폰은 가슴이 철렁했다.

아직 나나엘은 산달폰의 정체를 전혀 눈치채지 못했지만, 도둑이 제발 저린다고 속이 캥길 수밖에.

산달폰은 내심 긴장하지 않을 수 없었다.

'생각보다 내 변신을 금방 눈치챌지도 모르겠어. 무의식 중으로 뭔가 위화감을 느껴서 저런 말이 나온 것 같아.'

어쩌면 유제아란 인물은 산달폰의 판단보다 훨씬 천사와 인간 진영에 강한 영향을 줬던 건지도 모른다.

그렇기에 산달폰의 변신 같은 작은 비틀림에도 금세 반응하는 것일지도.

아무래도 산달폰은 일을 서둘러야겠다 싶었다.

여유를 두고 진행하다가는 뜻하지 않게 정체가 들킬지도 모르겠으니까.

"나나엘 님 우려하는 바를 잘 알고 있습니다. 하지만 이것이 우리에게 이득을 줄 거라는 걸 의심치 않습니다."

확신에 찬 산달폰의 말투에 나나엘의 태도는 조금 누그러졌다. 이러니저러니 해도 나나엘은 유제아를 섬기기로 한 입장이니까.

"그렇게까지 말한다면…."

나나엘이 한 발 물러서자 신중한 성격이 대천사 자르키엘이 나섰다.

"저 역시 위원장 님의 의견에 동조합니다. 군을 재정비해서 손해 볼 건 없습니다. 또한 일부 방어진지를 보강할 필요도 있고요."

늘 교토삼굴(狡 : 三窟)을 추구하는 자르키엘답게 크게 부딪쳐 한 번 운명이 결정되는 일은 가능한 지양하고 싶어 했다.

아무튼 그까지 이렇게 나서자 회의장의 분위기는 용산 요새를 내주고 정전을 하는 쪽으로 기울었다.

산달폰은 모두에게 확실하게 선을 그었다.

"전쟁을 완전히 멈추겠다는 게 아닙니다. 방어하기 어려운 장소를 내주고 시간을 벌어 결국 승전으로 나아가고자 함입니다. 결국 이번이 건곤일척의 승부가 될 것임은 자명합니다."

결국 진영의 명운을 걸고 싸워야 한다는 건 산달폰도 동의하는 바였다. 그래서 말에 힘과 진심이 깃들었고, 모두 고개를 끄덕였다.

다들 이제는 평화 따윈 헛된 몽상이라 여기게 됐으니까.

정전을 찬성한 자르키엘조차 그저 완벽한 준비 후에 군을 일으키자는 것뿐, 싸움 자체는 동의하고 있었다.

이렇게 의견이 합치하자 산달폰은 일을 곧장 진행시켰다.

얼마 뒤 몬스터 쪽에서 사절이 오자 제안을 받아들이기로 한 것이다.

물론 며칠을 끌며 갑론을박해 쉽사리 수락하는 듯한 모습을 감췄다. 그렇게 합의가 되자 몬스터 쪽의 사절은 크게 만족해 했다.

"어리석은 닭털들이 때때로 좋은 판단을 내리는군."

몬스터들은 요새를 이틀 안에 비우라 했고 천사 쪽은 일주일이라고 맞섰다.

결국 나흘로 최종 타결이 됐다.

산달폰은 이 결과에 나름 만족했다. 그렇게 그녀가 벌인 일은 순조롭게 진행돼 갔다.

한데 산달폰의 예상과 달리 태양의 대천사 미카엘라는 여전히 의심을 거두지 않은 상태였다.

'분명 유제아 맞는 거 같긴 한데….'

지난번에 능글거리며 자신을 안아오던 모습이나 욕망에 가득 찬 눈동자는 분명 유제아다웠다.

하지만 어째서인지 위화감이 해소되질 않는다.

'그때 너무 당황해서 괜히 내뺐나…?'

그대로 계속 있었으면 어떻게 됐을까?

회의실에서 격정적인 첫경험을 했을지도 모를 일이다. 어쩌면 유제아와 연인으로 맺어졌을 거란 기대가 미카엘라를 속상하게 했다.

'도망가지 말 걸.'

하나 이내 고개를 저었다.

지금 자신은 원하는 대로, 바라는 바를 이룰 수 없는 몸.

괜히 헛된 꿈을 꾸지 말고 마지막까지 유제아에게 도움이 될 방법을 찾아보는 게 좋았다.

미카엘라는 고민하다가 이 위화감을 해소하기로 작정했다.

'좀 더 확인해 봐야겠어.'

자신이 쓸데없이 예민한 건가 싶었지만 자꾸 마음이 쓰이는 게 그냥 넘어가기도 그랬다.

일단은 유제아 본인을 추궁하는 건 어려울 거 같았다. 어설프게 접근했다가 또 가슴에 키스라도 당하면 어떻게 반응해야 할지 알 수 없었으니까.

전에는 간신히 도망치긴 했지만 또 그러리란 보장도 없다. 단번에 제압당할지도 모르니 신중한 게 좋을 터.

'음… 그러면 어떻게 할까?'

미카엘라는 입술을 검지로 톡톡 두들기며 고민하다가 한 가지를 떠올렸다.

'그래, 꼭 유제아 본인을 조사할 필요는 없어. 주변을 탐문해 보자.'

마침 추궁하기 적당한 인물이 떠올랐다.

바로 오만의 군주 즈굴이다.

말을 건다는 것도 영 내키지 않는 더러운 놈이지만, 탐문을 위해선 적당했다.

지배 때문에 하인처럼 유제아를 늘 가까이서 섬기기 때문이다. 오만의 군주 즈굴은 현재 끌어오르는 절망을 애써 억누르며 유제아 밑에서 종살이 중이었다.

분명 그에게 유제아는 증오의 대상. 늘상 관찰하고 있지 않을 리가 없었다.

미카엘라는 즉각 즈굴을 찾아갔다.

즈굴은 미카엘라를 보자마자 칼날 같은 이빨을 드러내며 사납게 웃어댔다.

"이게 누구신가? 고귀하신 태양빛께서 어찌 이곳까지 오셨나? 가슴 설레게 하는 정인을 찾아 기웃거리는 건가?"

"지난번에 그리 얻어터지고도 주둥이가 잘 돌아가는 모양이구나."

"어이쿠! 고귀하신 분께서 길가의 비렁뱅이처럼 미천한 자를 협박하는 건가?"

얼마 전에 즈굴은 미카엘라에게 일방적으로 얻어터졌다. 본래도 미카엘라가 더 강자였으나 새로운 힘을 각성하면서 차이는 더 벌어졌다. 이제는 대적이 불가능할 정도였으나 즈굴의 태도는 달라지지 않았다.

다시 두들겨 맞는 한이 있더라도 비굴하게 굴 생각은 없었다.

이전에 지배됐을 때야 풀려나기 위해 갖은 위선을 떨었지만, 이번 지배에서는 희망을 버린 상태.

그래서 성격대로 행동 중이다.

"너 따위는 협박할 가치도 없다."

"그러면 뭐하러 왔나? 그 더러운 태양빛이 너무 눈부셔서 이만 사라져 줬으면 좋겠는데. 고귀하긴커녕 창녀처럼 천박한 몸매를 가진 천사여."

미카엘라는 그런 모욕에도 조금도 동요하지 않았다. 일부러 즈굴이 저러는 것임을 알기 때문이다.

도발을 해 미카엘라가 자신을 두들겨 패면 그걸 가지고 또 비웃어대려는 수작이다.

고고한 대천사인 척하더니, 사실 무기력한 포로를 학대하는 표독스러운 존재라고.

결국 즈굴이 할 수 있는 건 그런 모욕 밖에 없었다. 미카엘라는 그런 걸 알기에 동요하지 않은 것이다.

오히려 뽐내듯 고개를 살짝 쳐들었다.

"천박? 단어 선택이 잘못됐구나. 나는 아름다울 뿐이야. 누구보다 아름답지. 설령 저 하늘의 태양도 나처럼 아름답지는 않아."

즈굴은 미카엘라의 태도에 일순간 입이 막혔다.

그 넘치는 자의식에 비아냥거릴 뿐인 즈굴조차 할 말을 잃어버린 것이다.

"네놈이 뭐라 하던지 내가 아름다운 건 변하지 않는단다. 그것은 태양이 뜨고 지는 것처럼 명확한 원칙이니까."

"크으… 이런 성격이었나? 태양의 대천사?"

"그저 사실을 사실대로 이야기할 뿐이란다."

"……두통이 피어오르는군. 대체 왜 온 거지? 유제아의 방에 들어가고 싶으면 맘대로 하라. 방해하지 않을 테니. 네년이 간절히 원하는 교미를 위해 밤에 매복하길 원하는 걸 모르는 바가 아니다."

"흐음… 그런 계획을 갖고 있지만 오늘은 아니란다. 오히려 네놈에게 용무가 있어서 왔지."

"내게 무슨?"

의아해 하는 즈굴에게 미카엘라는 무언가를 내밀었다. 그건 고위 몬스터의 마정석이었다.

"아니, 이건?"

즈굴은 놀라면서도 반가워했다. 몬스터에게 다른 몬스터의 마정석은 탐식의 대상이다. 먹음으로써 자신의 힘을 늘릴 수 있다.

물론 군주급 끝자락에 도달한 즈굴에게 고위 몬스터의 마정석은 별다른 도움은 안 된다.

대군주급으로 가기 위해서 동족포식이란 간단한 방법이 통하지 않는 것.

하지만 다른 몬스터의 마정석을 먹어치우는 건 여전히 즐거운 일이었다. 즈굴 같이 높은 수준의 몬스터가 즐길 수 있는 기호식품 같은 것이랄까.

　당연히 유제아는 지배하고 나서 즈굴에게 그런 걸 지급하지 않았다.

　즈굴의 편의를 봐줘야 할 필요도 없고, 마정석은 돈이기 때문이다.

　그 때문에 즈굴은 오랫동안 금연을 하다가 눈앞에 담배가 나타난 것처럼 눈을 희번뜩였다.

　"이걸 내게 주겠다는 건가? 태양의 대천사?"

　오만한 태도를 버리지 않던 즈굴은 잠깐의 쾌락 앞에 흔들리는 모습을 보였다.

　미카엘라는 보일 듯 말 듯한 미소를 지었다. 그녀는 이솝 우화에 나오는 북풍과 태양이 나그네의 옷을 벗기던 이야기를 떠올렸다.

　때때로 상대를 회유하기 위해선 부드러운 수법이 더 유용한 법이다.

　"그래, 간단한 질문에만 답해주면."

　뻗어오는 손길을 피해 미카엘라는 마정석을 뒤로 감췄다. 그러자 즈굴은 미련 가득한 표정이 됐다. 불만과 짜증이 가득한 얼굴이었으나 이내 물어왔다.

　"무엇을? 어서 물어보라."

　반항적이던 모습은 온데간데없다. 그저 얼른 마정석을 먹어치우고 싶은 모양. 미카엘라는 만족하며 물었다.

"최근에 유제아가 달라진 건 없니?"

"아하! 역시 사모하는 이의 태도에 일희일비하는 순정 가득한 소녀다운 질문이군."

"닥치렴. 그런 의도로 물어본 게 아니니까. 진지하게 답하는 게 좋을 거야. 혹시 다른 이가 유제아의 모습을 하고 있을 가능성은 없냐는 거란다."

"뭐라…?"

예상 못한 물음에 즈굴은 인상을 찌푸렸다. 생각해 보지 못한 부분이기 때문이다.

상대의 태도를 보니 장난으로 물은 것 같지도 않다. 꽤나 진지했기에 즈굴은 잠깐 기억을 더듬었다.

그러고 보니 아주 잠깐이지만 위화감을 느낀 적이 없지는 않다. 유제아가 귀환했을 때 비아냥댔던 적이 있다. 평소 유제아라면 재깍 말로 받아쳐 왔을 텐데 좀 머뭇거리던 기색이었다. 그러다니 차갑게 대꾸하고는 지나쳤다.

즈굴은 그 이야기를 꺼냈다.

"그땐 대수롭지 않게 여겼지만 주인답지 않은 태도긴 했지. 특히 나 같은 종놈에게 말로 지는 건 참지 못하는 성격이 틀림없거든."

"으음…."

미카엘라는 버릇처럼 다시 손가락으로 입술을 두들겼다.

'역시 이상하네.'

분명 무시해도 좋을 작은 것들이긴 하다. 하지만 그런 작은 게 모이면 또 얘기가 달라지는 법.

미카엘라는 개사료를 주는 것처럼 바닥에 마정석을 툭 던졌다. 즈굴은 즉각 항의했지만 미카엘라는 신경도 쓰지 않았다.

"싫으면 먹지 말던가. 아, 그리고 한 가지 제안할 게 있다. 수락한다면 더 많은 마정석을 맛볼 수 있게 해주지."

손으로 주운 마정석을 입가로 가져가던 즈굴은 한쪽 눈을 올렸다.

"흥미로운 이야기로군."

우리엘은 안산의 폐시가지에 완전히 자리를 잡았다. 인간으로 위장한 그는 빠르게 폐허로 몰려든 불량배들을 평정, 그 이름을 떨치게 된 것이다.

"시시하다."

호화로운 의자에 앉아 있던 우리엘이 중얼거리자 근처에 있던 폭력배들이 움찔한다.

그들은 우리엘이 몹시 두려운 듯 작은 행동 하나하나에도 민감하게 반응하고 있었다.

그도 그럴 게, 인간으로 활동 중인 우리엘은 손속에 사정을 두지 않기로 유명했기 때문이다.

건달, 양아치, 불량배 등등.

걸리면 그냥 얼려 죽여 버리는 걸로 유명했다. 대화도 안 되고 일단 손부터 나가니 악명이 자자할 수밖에.

문제는 지난 라파엘 사태로 박살난 안산의 치안력이 이 폐시가지까지 미치지 못한다는 점에 있었다.

　아무도 우리엘을 견제할 만한 존재가 없었다.

　물론 이곳에도 음지에서 활동하는 음험한 천사나 헌터가 없는 건 아니었지만, 우리엘은 수준이 다르다.

　하류인생에 끼어 든 대천사라니.

　완전히 규격 외였다.

　그건 이제까지 없던 일이었고, 당연히 뒷골목에서 어깨 좀 펴고 다닌다고 하던 놈들도 모조리 쓸려나갔다.

　처음에야 멋도 모르고 우리엘에게 덤벼들던 자도 있었지만, 그것도 잠시였다.

　나름대로 한 가닥 한다는 것들이 모조리 얼어 죽자, 아무리 둔감한 이라도 분위기를 파악하게 됐다. 그리고 다들 살기 위해 알아서 우리엘에게 고개를 숙여왔다.

　"징글징글한 놈들."

　우리엘은 경멸을 감추지 않고 근처에 도열한 범죄자들을 쳐다봤다. 그의 눈이 마주칠 때마다 다들 사시나무처럼 떨었다.

　그야말로 절대자를 앞에 둔 꼴이랄까.

　사실 그게 틀린 표현도 아니었다.

　여기 있는 놈들 모두 덤벼도 대천사 출신인 우리엘에게 생채기조차 낼 수 없었으니.

　'마음 같아서 다 처분하고 싶지만….'

　처음에는 우리엘은 뜻대로 했다. 하지만 범죄자를 죽이는 것만

이 능사는 아니란 걸 깨닫는 데는 오래 걸리지 않았다.

치안이 완전히 박살나고 행정력이 닿지 않는 안산의 폐시가지에서는 폭력과 갈등이 끊기질 않았으니까.

건달 조직 몇 개 박살낸다고 사라질 일은 아니었다.

지난 사태 이후 수많은 피난민이 발생했는데, 가진 재산이 없는 그들은 폐시가지에 난민촌을 만들어 정착했다.

그런 곳에서 범죄가 사라지기란 요원한 일이었다. 결국 우리엘은 불량한 놈들을 일부 제거하는 걸로는 사태를 개선할 수 없다는 걸 깨달았다. 그래서 건달들을 모아 자경단 비슷한 조직을 만들었다.

어느 정도의 이익을 보장해 주는 대신에 그가 정한 규율에 따르게 한 것이다.

덕분에 혼돈 그 자체이던 난민촌은 다소나마 질서가 잡혔다. 그래서 사람들은 두려움 속에서도 우리엘을 인정하게 됐다.

하지만 본인은 현 상황이 만족스럽지 않았다. 자유를 얻었지만 하는 일은 이전과 별반 다를 바 없단 생각이 들었기 때문이다.

조직을 관리하고, 부하들의 기강을 잡는다. 늘 하던 리더의 역할이 아닌가.

이전에는 대천사 클랜을 맡았다면 이번에는 뒷골목의 폭력조직이 뿐이다.

근본적인 차이는 없었다.

어처구니없게도 우리엘은 그토록 바라는 자유를 얻고도 같은 일을 반복하고 있는 셈이다.

스스로 이점을 깨닫고 나자 머릿속이 멍해지는 기분이 들었다. 그의 미간에 살짝 주름이 지자, 도열해 있던 조직원들이 갈수록 힘겨워했다.

　"저, 무슨 불편하신 부분이 있으신지요…?"

　조직원 중 대장급이 비지땀을 흘리며 물어왔다. 영리한 행동 덕에 이전에 알던 동료들처럼 얼어죽지 않은 인물이다.

　동료들의 비참한 최후를 목도했기에 신경이 곤두설 수밖에 없었다.

　하지만 그의 우려와 다르게 우리엘은 심드렁했다.

　"아니다. 꺼져라. 가서 순찰이나 돌도록. 그리고 나서 네놈들이 좋아하는 밀수를 해라."

　"넵! 알겠습니다."

　우리엘의 허락이 떨어지자 조마조마하게 서있던 이들이 우르르 사라졌다. 이처럼 우리엘은 피난민에게 피해가 가지 않는 선에서 범죄 행위를 묵인해줬다.

　대신 난민촌의 질서를 잡는 등의 일을 소홀히 하면 그대로 얼려버렸다. 그래서 우리엘의 조직원들은 죽기 싫어서 팔자에도 없는 경찰 노릇을 해야 했다.

　'바퀴벌레는 멸종시킬 수 없다.'

　그게 우리엘의 판단이었다. 하면 공존하는 방법을 찾아야했고, 지금의 모습이 결론이었다.

　아무튼 그게 현 상황인데, 나름대로 움직여 이런 체계를 갖춘 뒤에 우리엘은 현자 타임에 빠져 있었다.

'내가 왜 이런 짓거리를 하고 있지?'

근본적인 의문이 그를 괴롭혔다.

동시에 자유를 기반으로 홀로 외딴 곳에 은거해 왜 유유자적하며 살지 못하는지도 의문이었다.

하지만 얼마 뒤에 우리엘은 결론을 내릴 수 있었다.

인정하기 싫었지만, 지금 상황을 이용해 인간을 관찰하는 일에 흥미가 일었기 때문이다.

우리엘은 조직을 통솔하면서 다양한 부류의 사람들을 살펴봤다. 인간이란 어떤 존재인 건지, 그런 인간을 지키기 위한 자신의 지난 싸움에 가치가 있었던 건지 말이다.

아직 결론은 나지 않았지만, 그의 의견은 부정적인 쪽으로 기울고 있었다.

자리에 일어나 폐시가지로 향했다. 두려운 듯 자신을 보는 난민들의 모습에 절로 인상이 찌푸려졌다.

우리엘은 그들은 경멸했다.

'약하고, 쥐새끼처럼 더럽고 혼란스러운 무리들.'

그런 결론에 거의 도달했으면서도 이상하게 아직 인간을 저버릴 수 없었다.

간단히 끊어버리면 될 일인데도 가끔씩 발견할 수 있는 인간의 작은 선의와 온기 때문에 말이다.

예를 들면 그건 작은 빵 같은 거였다.

"저승사자님. 헤헤."

그때 옆에서 누군가 살갑게 말을 걸어왔다. 익숙한 목소리였기에 우리엘은 쳐다보지 않고 답했다.

"날 그딴 식으로 부르지 마라."

"그러니까 이름 좀 알려주세요."

우리엘의 옆에 나란히 붙어 걷는 이는 조그만 여자아이였다. 다들 두려워하는 우리엘을 보고도 태연자약하다.

우리엘은 얼마 전 이 꼬마가 죽어가던 걸 구해준 적이 있다. 바로 자리를 떴기에 자신에 대해 잊을 거라 여겼는데, 용케 기억하고는 다시 보자마자 철거머리처럼 달라붙어 왔다.

'귀찮게 말이지.'

깡패들도 식겁하는 표정으로 몇 번 차갑게 내쳤지만 아이는 떨어질 줄 몰랐다. 결국 포기한 우리엘은 옆에서 작은 새처럼 재잘거리는 녀석을 내버려두게 됐다.

녀석은 언제나처럼 신나게 떠들어댔다.

"오늘은 꽤 벌이가 좋았어요. 뭣보다 좋은 건, 빵을 가지고 가다 빼앗기는 일이 더는 없다는 거예요. 다 저승사자님이 하신 일 덕분이죠?"

"나랑은 관계없다."

"에이~. 저승사자님께서 오신 뒤에 이 동네가 바뀐 걸 다 알거든요?"

"……."

우리엘은 아무 대답하지 않았지만 꼬맹이는 실실 웃어댔다. 그러다 마치 대단한 비밀이라도 말하려는 양 소곤소곤 물어온다.

"사실 저승사자님께선 천사님인 거죠?"

"…저승사자인지, 천사인지 하나만 해라."

"저도 들었어요. 천사님들 중에서도 클랜을 나와 홀로 떠도는 부류가 있다고."

"그러냐."

"대부분 무법자 같은 분들이 많다고 해요. 그런데 천사님은 좋은 분이라서 다행이에요. 헤헤."

"멋대로 지껄여대는군. 그리고 착각을 바로 잡아주지. 나는 좋은 천사가 절대 아니다."

일부러 차갑게 대꾸했건만 꼬맹이는 듣는 척도 안했다. 쿡쿡 웃어대더니 품에서 무언가를 꺼내 건넸다.

"이거 받아주세요."

우리엘이 쳐다보니 그건 빵이었다. 아이가 평소 들고 다니는 것보다 훨씬 고급품이다. 비닐 포장이 좀 구겨지긴 했는데 품에 소중히 간직하고 있던 티가 났다.

"또 들이미는 거냐?"

사실 이미 빵을 받는 걸 거절한 상황. 하지만 녀석은 끈덕지게 들이밀고 있었다.

"구해주셨는데 보답할 것도 없어서…."

꼬맹이는 부끄러운 표정으로 빵을 내밀었다. 아마 이걸 구하기 위해 꽤나 고생을 했을 터. 그런 노고를 알기에 우리엘은 속으로 한숨을 내쉬었다.

'자기 먹을 거나 신경 쓰지.'

다시 생각해도 차마 받을 수가 없다.

"빵은 좋아하지 않는다고 말했다."

"앗, 그래도!"

"시끄럽다. 네놈은 멍청이인가? 말해도 알아듣지를 못하는군. 저리 꺼져라. 바쁘다."

우리엘은 듣는 척도 하지 않고는 아이를 쫓아냈다. 손에서 마법을 일으키자 녀석은 얼른 내뺐다. 그러자 완전히 도망가진 않고 외쳤다.

"참, 제 이름은 아영이에요. 아영이."

"안 물어봤다."

"그래도 외워두세요! 빵은 나중에 다시 드릴게요."

그 모습에 우리엘은 인상을 살짝 찌푸렸다.

"그깟 빵이 뭐라고⋯."

산달폰은 용산 요새에서 철수를 직접 지휘하러 갔다. 혹여나 문제가 생길까 우려해서다. 유제아를 잡아놓고 진행한 일이니 미안해서라도 완벽하게 처리해야 했다.

'나중에 풀어주면 난리가 날 텐데 어쩐다?'

걱정이 다소 되긴 하지만 산달폰은 크게 신경 쓰지 않았다. 어차피 도망가면 그만일 테니까.

다만 한 가지 걸리는 건, 유제아가 나올 시점을 입맛에 맞게 조절할 수 없다는 것.

'적어도 나흘은 더 있어야 가능하겠지.'

산달폰의 오브는 대단히 강력하긴 하지만 만능은 아니었다. 대상을 맘대로 꺼내고 빼는 데는 제약이 있었던 것. 안에 집어넣으면 최소 일주일은 산달폰 본인도 꺼낼 방법이 없었다.

허무의 공간이란 그 정도로 다루기 어려운 것이었다. 다만 일주일이 지나면 그때부터는 원하는 때에 해방하는 게 가능했다.

앞으로 나흘 뒤인데, 산달폰이 우려하는 건 혹여나 당장이라도 꺼내야 할 필요가 생길 것이었다.

'설마 일이 그렇게까지 꼬이진 않겠지.'

걱정이 없는 건 아니었으나 산달폰은 좋게 생각하기로 했다. 사실 유제아를 가둘 때도 앞으로의 일정 같은 걸 충분히 계산한 뒤에 벌인 것이니까.

물론 완벽하진 않았지만, 그 정도 위험은 감수할 만했다.

'아직까진 문제없어. 계획대로야.'

산달폰은 자신의 판단이 옳았음을 확신했다. 그녀는 철저히 유제아를 연기하며 용산 요새의 철수를 도맡았다.

단순히 몸만 빠져나오는 게 아니라 귀중한 물자와 설비도 가져나와야 했으니 일이 많았다.

그러던 중 산달폰의 앞에 홀로그램 같은 형태의 작은 천사가 나타났다.

"유제아, 이놈! 여기까지 왔는데 어찌 본녀의 성소에 들리지 않는 것이냐! 아주 괘씸하구나!"

그 작은 홀로그램은 메타트론의 환영이었다.

최근에 안 보인다 싶더니 몹시 화가 난 기색으로 나타났다. 산달폰은 반가움과 함께 경계심에 사로잡혔다.

언니를 봐서 너무 좋았지만, 들킬까 염려되는 것이다. 그도 그럴게, 메타트론은 산달폰의 변신을 간파할 가장 위험한 인물.

유제아뿐 아니라, 동생인 산달폰에 대해서도 잘 알았다.

환영에는 힘이 없어 마법적으로 간파하진 못하겠지만, 사소한 버릇이라도 그녀의 눈에 걸릴 수 있었다.

산달폰은 언니란 말이 올라오는 걸 억누르며 태연히 대꾸했다.

"메론아, 바빠서 그런 거야."

"시끄럽다! 이놈! 아무리 바빠도 시간을 내면 불가능하지는 않을터. 요즘 느끼는 건데 본녀를 뒷방 늙은이 취급하는 것 같구나!"

"아니, 그럴 리가…."

"미카엘라의 말랑말랑하고 출렁출렁한 품이 그렇게 좋더냐! 이럴 바에는 본녀가 다시 태어나는 게 빠르겠다."

"뭐, 뭐어?"

"힘을 회복하면서 몸을 일부 재구성하는 방향을 찾고 있다. 이것만 성공한다면 본녀도 미카엘라 못지않은…."

그 말에 산달폰은 아연실색해졌다.

갑자기 프롤레타리아 동지인 언니가 자신을 버리고 자본주의의 세계로 떠나려 하고 있었다.

황급히 말리지 않을 수 없었다.

"메론아, 진정해. 빈유는 나쁜 게 아니야."

"뭐라?"

"빈유는 희소가치야. 분명 나름의 매력이 있다고."

"시끄럽다! 이놈. 대체 언제까지 언행의 불일치를 보일 것이냐. 네놈이 슴뚱이의 가공할 흉부를 열정적으로 보는 걸 본녀가 모르지 않는다. 두고 봐라. 본녀가 반드시 슴뚱이를 뛰어넘어 버릴 테니. 그때 가서 만지게 해달라고 해도 이미 늦을 것이니라!"

"안 만지게 해준다고?"

"그래! 좋은 건 본녀 혼자 만지작거릴 것이다."

"언… 아니, 메론아. 자기 걸 만져서 무슨 의미가…."

"시끄럽다!"

메타트론은 빼액 소리를 지르고는 통신을 끊었다. 허공에 흩어지는 환영을 보며 산달폰은 황망한 기분이 됐다.

정체를 안 들킨 건 다행이지만 어째 큰일이 벌어진 것 같은데.

지금 성소에서 힘을 회복 중인 언니가 자신의 도마 같은 가슴을 더 이상 참을 수 없는 지경이 된 모양이다.

'이제는 뽕으로는 안 된다 그건가.'

언니의 비밀을 아는 여동생으로서 남몰래 눈물을 조금 흘릴 수밖에 없었다.

'그래도 언니, 힘내세요. 전 언제나 언니 편이니까.'

혼자 그런 생각을 하던 그때 품에서 무언가 진동하기 시작했다.

그 순간 산달폰은 몸이 경직된 것처럼 뻣뻣하게 굳었다.

어디서 온 연락인 알았기 때문이다.

바로 하얀 거인이었다.

산달폰은 주변의 눈치를 보다가 품에서 무언가를 꺼냈다. 그건 매끈한 흑요석으로 만들어진 작은 석판이었다.

그 위에 몬스터의 불길한 문자가 선명하게 떠올랐다.

[중요한 논의가 있으니 내일 달이 뜰 무렵 찾아오라.]

간결하면서도 거부할 수 없는 명령이었다. 하얀 거인의 명령은 이런저런 핑계로 미루거나 거절할 성질의 것이 아니니까.

산달폰은 재빨리 머리를 굴려 일정을 계산했다.

다행히 달이 뜰 무렵이다.

낮에 유제아로 활동한 뒤 몰래 빠져나가기 적당했다.

확실히 이럴 때는 천사는 낮에 주로 활동하고 몬스터는 밤에 주로 활동하는 게 도움이 된다.

'어쩔 수 없어.'

무리해서라도 응해야 한다. 돌아가는 일을 보니 왜 부른 건지는 대강 짐작이 됐다.

분명 이번 협정에 관해 천사 쪽 사정을 파악하고자 하는 것일 터. 산달폰은 전해줄 적당한 수준의 정보를 속으로 추렸다.

부족한 정보라면 하얀 거인에게 다르쿠다란 공작원이 쓸모가 없단 생각이 들게 할 거다. 반면 너무 중요한 정보는 아군을 위태롭게 할 수 있다.

적당한 수준이 중요했다.

'위험천만하네….'

하지만 이중첩자가 된 이래 상황은 늘 지금과 비슷했다. 새삼스러울 것도 없는 일.

외줄타기 같았지만 해야만 한다.

언젠가 줄에서 떨어질 날이 오긴 할 테지만 말이다.

산달폰은 다음날 밤에 몰래 빠져나갔다. 처음에는 문 앞에서 경비를 서는 즈굴에게 들키지 않기 위해 창문으로 빠져나갈까 싶었지만, 이내 고개를 저었다.

즈굴 정도 되는 놈이면 안쪽에 기척이 사라진 걸 눈치채고도 남으니까.

대신 즈굴에게 자신의 외출을 비밀로 하라고 일렀다.

"잠시 나갔다 오겠다. 누가 찾아오면 적당히 돌려보내."

"알겠습니다. 주인이시여. 걱정 마십시오 야행이 어디 한두 번이어야지."

즈굴은 별일 아니라는 태도였다. 아무래도 유제아는 남몰래 밤에 나가는 일이 잦았던 것이다. 산달폰에겐 다행스러운 일이었다.

그녀는 빠르게 진지를 벗어나 북상했다. 충분히 멀어진 뒤, 유제아의 모습을 벗어던지고 다르쿠다로 돌아갔다.

몬스터들의 지역에 도착하자 적대적이고 날 선 반응이 쏟아졌다.

"구에에으으!"

"쓰게게게!!"

기괴한 울음소리가 사방에 가득하다. 거기에는 산달폰을 향한 분노가 담겨 있었지만 그뿐이었다. 하얀 거인이 허락하지 않는 한 산달폰에게 위해를 가할 존재는 없었으니까. 그렇기에 산달폰은 주변의 몬스터를 시끄럽게 짖는 동네 개처럼 생각하며 지나쳤다.

그녀는 고개를 들어 저 멀리 높은 빌딩처럼 서 있는 하얀 거인의 검은 실루엣을 바라봤다.

'언제 봐도 위압적이네.'

벌써부터 저 꼭대기 위에 있는 서늘하기 짝이 없는 푸른 눈빛이 자신을 내려다보는 게 느껴졌다.

꿀꺽.

산달폰은 드물게 마른침을 삼켰다. 하지만 작은 머뭇거림도 보이지 않기 위해 노력했다.

둔해 보이는 하얀 거인이지만 겉모습과 다른 통찰력이 있다는 걸 알기 때문이다.

[다르쿠다.]

묵직한 음성이 그녀를 불렀다. 동시에 저 하늘위에서 폭탄이라도 터지는 것 같은 굉음이 함께했다.

우르릉! 콰앙!

단지 입을 연 것만으로도 흡사 천둥이 치는 것 같다.

가까이하니 그야말로 숨이 막힐 듯한 힘. 산달폰은 숨통이 조여오는 것 같았으나 태연자약하게 대꾸했다.

"가장 명예로우신 분이여."

명예롭다는 것은 하얀 거인이 왕의 심장과 관련된 존재이기 때문이다. 이에 하얀 거인은 귀찮다는 태도로 답했다.

[그딴 허례는 됐다. 천사 놈들의 상황이 어떤지 보고하라.]

"알겠습니다."

산달폰은 고개를 숙이며 내심 안도했다. 예상대로의 용무였기 때문이다. 게다가 위험천만하게 하얀 거인의 손바닥 위로 올라가지 않아도 됐다.

그저 정전협정의 진행 상황에 대해 파악하고자 함 같았다.

"현재 상황은……."

산달폰은 미리 선정한 내용을 읊어나갔다. 하얀 거인이 만족할 만하면서도 인간과 천사 쪽에는 덜 치명적인 것으로.

다행히 하얀 거인의 태도를 보니 보고 내용이 마음에 든 듯했다. 그는 모든 게 예상한 대로라며 흡족한 모습이었다.

[다르쿠다여. 맡긴 일을 잘해주고 있구나.]

"미천한 자가 소임을 다할 뿐입니다."

산달폰은 무사히 돌아갈 수 있으리라 여겼다. 그래서인지 저 살아 있는 재앙을 마주하고도 다소 마음이 편해졌다. 하지만 이어진 말에 움찔했다.

[하지만 빼먹은 이야기가 있구나? 어째서인가?]

하얀 거인답지 않게 능글맞은 말투로 무언가 떠보는 태도였다. 산달폰은 바짝 긴장했다.

'무언가 실수한 게 있나? 내가 일부 정보를 누락했다고 여기는 건가?'

그렇다면 추가로 어떤 정보를 보고해야 할까?

자연스럽게 그런 행동으로 넘어갈 수 있을까?

놈은 어디까지 의심하고 있나?

찰나의 순간 온갖 생각이 머릿속을 어지럽혔다.

"그것이….."

일단 운을 뗐지만 말을 이어가기가 쉽지 않았다.

하지만 더 고민할 시간도 없었다. 하얀 거인이 기괴한 웃음을 터뜨렸기 때문이다.

[크흐흐흐흐!]

동시에 밤하늘의 구름으로 전격이 퍼져나가며 빛이 산란했다.

[긴장할 것 없다. 네놈을 질책하려 꺼낸 이야기가 아니니.]

"네? 그게 무슨 말씀이신지….."

[다르쿠다여. 오늘 네놈을 부른 건 크게 상찬하기 위함이다. 그 교활함으로 대군주급도 하지 못한 일을 이뤘으니 어찌 모두에게 알리지 않을 수 있겠느냐?]

하얀 거인의 말에 산달폰은 더욱 상황을 알 수 없었다.

정전에 관해 보고 하고 있었는데 갑자기 상찬하겠다니 무슨 소리인가?

빠르게 머리를 굴려봤어도 큰 공을 세운 적은 없다. 왜 저렇게 나오는지 이해불가였다.

하지만 하얀 거인은 드물게도 신난 태도였고, 이에 호응해 주변에 구름떼처럼 몰려 있던 몬스터들도 시끄럽게 울어댔다.

사방에 가득한 소음 때문에 귀청이 떨어질 지경이다. 하지만 하얀 거인이 다시 입을 열자 조용해졌다.

[다르쿠다여.]

"네, 위대하신 분."

[더는 겸양하며 감출 것 없다. 이미 이 몸은 네가 교활한 적의 수괴인 유제아를 붙잡은 걸 알고 있다. 참으로 장하구나.]

그 말에 산달폰은 굳어버렸다.

미동조차 할 수 없었다.

금속질의 몸에서 땀이 날 리가 없음에도 식은땀이 줄줄 흐르는 것만 같았다.

영민하고 늘 잘 굴러가는 머리가 지금은 완전히 정지했다. 그냥 백지처럼 하얗게 변한 상태였다.

"그게 무슨 소리신지…."

일단은 부정했으나 하얀 거인을 여전히 웃어댔다.

[크흐흐흐! 아직도 감출 셈이더냐? 이 몸은 다 알고 있다. 네가 유제아를 오브 안에 가두고 몰래 그의 행세를 했다는 걸. 이번 정전 또한 네 작품이지 않느냐? 어찌 이런 큰 공을 세우고도 아직 보고하지 않은 것인가?]

마치 인자한 상관 같은 말투였다. 하얀 거인의 성정에 대해 잘 알고 있는 산달폰은 전신에 소름이 돋았다. 높은 확률로 비아냥일 테니까. 하지만 아니라고 할 수도 없는 법.

'절대 떠보는 게 아니야. 이미 다 알고 있어. 게다가 내가 오브를 되찾은 걸 어찌?'

생각할수록 두렵다. 하지만 일단은 장단을 맞춰 나가며 활로를 찾는 수밖에.

"위대하신 분이여, 따로 감추려 했던 게 아닙니다. 그저 일이 완벽하게 끝나지 않아서 아직 보고 드리지 않은 것입니다."

[호오, 그런 것이냐? 하나 상관없다. 어서 오브에 사로잡은 그 발칙한 인간을 꺼내놓아 보라. 그것만으로 차고 넘치는 공이니 너는 더 염려할 것 없다.]

"그 점이 어려운 게… 아까 제가 말씀드린 바와 관계가 있습니다."

[그게 무슨 소리지?]

여태껏 부드러운 태도가 거짓이었다는 듯 정색하며 묻는 하얀 거인.

그의 거체에서 여기저거 불길이 화산처럼 폭발하며 피어올랐다. 마치 노여움을 형상화 한 것만 같다.

주변에 있던 몬스터들은 혼비백산해서 도망갔고, 일부는 다르쿠다의 무례를 꾸짖어댔다.

"건방진!"

"위대한 분을 노엽게 했다!"

사방에서 쏟아지는 비난에도 다르쿠다는 동요하지 않고 침착하게 답했다.

"다른 게 아니라 오브의 특성 때문입니다. 그건 유제아 같은 놈을 가둘 정도로 강력하지만 제약이 있습니다."

[무엇이냐?]

"오브 안은 허무의 공간이라 부르는데 시간과 공간이 바깥과 상이합니다. 안은 시간이 존재하지 않는 세계입니다."

[신기하군. 그래서?]

"몹시 송구합니다만, 앞으로 며칠이 있어야 명하신 바를 수행할 수 있습니다. 그때가 되면 오브의 힘이 일시적으로 다하고, 허무의 공간 안에도 시간이 흐르기 시작합니다. 그때부터는 유제아를 꺼내는 게 가능합니다."

[정리하자면 이렇구나. 허무의 공간 안에 시간이 없어서 바로는 안 된다는 거군?]

"맞습니다. 위대하신 분이여."

[내부에 시간이 흐르기 시작하면 가능한 거고?]

"물론입니다."

답을 하면서도 산달폰은 약간 불길해졌다. 한데 하얀 거인이 생각지도 못한 이야기를 했다.

[하면 간단하구나. 내 직접 오브에 시간을 부여하면 되겠지.]

그 대답에 산달폰은 몹시 놀랐다. 만약 금속질의 매끈한 얼굴에 눈이 있었다면 찢어질 듯 커졌을지도 모른다.

'어떻게 그게 가능하지? 하얀 거인이 대단하다고는 하나 왕도 아닌데?'

시간은 모든 걸 이긴다고 한다. 그래서인지 시간은 가장 위대한 힘 중 하나이다. 몬스터 중에서도 오직 왕만이 시간을 제한적으로나 다룰 수 있다고 했다.

하얀 거인의 격이 높다곤 해도 시간의 영역은 넘볼 수 있는 게 아니었다. 그런데 저리 태연자약하게 시간을 언급하다니?

태도를 보니 허장성세도 아닌 것 같았다. 그저 그러면 되겠지라는 듯 무심하기 짝이 없다.

놀란 산달폰은 그점을 물었다.

"위대하신 분이여, 그 능력을 의심하는 바가 아니나 어찌 왕과 같은 일을 하겠다고 하십니까?"

[그건 네가 걱정할 것 없다. 품에 넣어둔 오브를 꺼내 이리 넘기라.]

단호하기 짝이 없는, 거부는 일절 허용하지 않겠다는 태도였다.

산달폰은 혹시나 도망칠 수 있을까 싶어 주변을 슬쩍 살폈다. 하지만 바로 답이 나왔다.

'불가.'

언제부터였는지 군주급 몬스터와 고위 몬스터가 여기저기 포위진을 이뤄 배치돼 있었던 것이다.

심지어 비열하게 웃고 있는 전직 대천사 바라카엘도 보였다. 몬스터를 수집하러 갔던 일이 끝난 모양.

그야말로 호랑이 주둥이 안이다.

[자, 어서 내놓지 않고 무엇을 하느냐? 설령 꺼내놓지 않더라도 결과는 같을 터.]

거부한다면 제압한 뒤에 억지로 꺼내겠다는 소리였다.

하얀 거인은 이제 비웃음을 감추지 않았다.

[자발적으로 내놓고 그 공을 자랑해야하지 않겠느냐? 왜 망설임을 보이는 것이냐? 충직한 자여.]

산달폰은 일이 틀렸음을 깨달았다. 그리고 위태로운 외줄타기에서 떨어지는 날이 왔음을 알게 됐다.

'하필 오늘이라니….'

산달폰은 모든 게 틀렸음을 직감했다. 마음 같아선 어떻게든 오브를 꺼내지 않고 버티고 싶었지만 방법이 없다.

어떻게 그게 가능한 건지 모르겠지만 지금 하얀 거인은 산달폰의 오브에 시간을 부여해 유제아를 꺼내겠다고 했다.

최악의 상황이다.

산달폰은 자책하지 않을 수 없었다. 자신의 행동 때문에 유제아가 적진 한가운데서 튀어나오게 생겼으니.

'옳다고 여긴 일이 이런 결과로 이어지다니.'

최악의 실패였다.

일을 망친 데다가 은인을 사지로 밀어 넣은 셈.

산달폰은 아득한 기분이 됐다.

자신이 얼마나 큰 잘못을 한 건지 절감한 것이다. 목숨을 바쳐 이 일을 무를 수만 있다면 그게 값싸게 느껴질 정도였다.

산달폰은 심장이 조여오는 상황 속에서도 어떻게든 현명한 판단을 하려 애를 썼다.

'이미 틀렸다. 정체를 드러내고 먼저 움직여야 해.'

다르쿠다라는 존재의 끝이 드디어 오고 말았다. 산달폰은 저 위에서 공허하고 잔혹한 눈동자로 자신을 내려다보는 하얀 거인을 보며 마음을 굳혔다.

'아직 끝난 게 아니야.'

산달폰은 좋은 수가 생각났고, 목숨을 다한다면 단 한 번의 기회는 남았다고 여겼다.

그녀가 그렇게 결심을 굳히고 움직이려는 순간 장대한 무언가가 덮쳐왔다.

우우우웅!

흡사 중력으로 찍어누르는 것 같은 보이지 않는 힘. 찍어누르는 듯한 압박감에 산달폰은 꼼짝도 할 수 없었다. 하얀 거인이 권능이라 불리는 그의 강대한 힘을 일으킨 것이다.

한데 이어진 하얀 거인의 말은 이런 폭압적인 태도와 다르게 부드러웠다.

[다시 생각하라. 아직 기회가 있으니까.]

그건 동료를 팔라는 제안이었다. 하얀 거인은 이미 모든 게 틀어지지 않았냐고 설득해 왔다.

[일을 그르칠 필요는 없다. 순응하거라. 하면 네놈에 대해 다시 생각해 보지.]

"뭐라…?"

[이 기회에 스스로 몬스터임을 증명하라.]

천사가 몬스터임을 증명하는 방법은 한 가지다. 바로 타락. 일전에 우리엘이 했던 것과 같은 일이다.

[크흐흐, 타락에는 많은 게 필요하지 않다. 커다란 죄악일 필요도 없다. 그저 중요한 순간, 외면하면 되는 것이다. 어려운 일은 아니지.]

하얀 거인이 말하는 바는 명료했다. 오브 안에 든 유제아를 넘기고 남아 있는 천사의 성질을 모두 버리라고. 그리고 진정한 몬스터 다르쿠다로 태어나라는 회유였다.

하면 이미 알고 있는, 괘씸한 배신을 용서해주겠다고 했다.

마지막으로 하얀 거인이 물어왔다.

[네 이름은 다르쿠다다. 그렇지 않느냐?]

산달폰은 자신이 중대한 선택의 기로에 섰음을 알았다.

딱히 운명에 대한 통찰력이 없는 범인이라도 깨달을 수 있을 정도며 명확한 상황.

여기서 자신이 다르쿠다라고 인정하면 그녀는 위기를 넘길 수 있을 것이다.

하지만 그녀는 거절했다.

"아니, 내 이름은 산달폰이다!"

그 말과 함께 금속질의 피부 표면이 요동치는 것처럼 출렁였다. 그리고 빛을 뿜어내며 본신을 드러냈다.

바로 산달폰이라 불리는 반은 천사고, 반은 몬스터인 그 외형을 말이다. 주변에서 보던 몬스터들이 그 희한한 형상에 탄성을 내질렀다.

특히 전직 대천사 바라카엘의 눈이 빛나고 있었다.

"배울 게 있는 외형이로군. 조금 더 꾸민다면 나쁘지 않겠어. 크크큭."

하얀 거인은 재밌다는 듯 내려다 봤다.

[호오… 그런 선택도 뭐 나쁘지 않은 일이지. 하지만 타락이란 결과는 같다는 걸 알려주지.]

딱히 산달폰이 다르쿠다란 이름을 받아들이고 타락을 택하지 않았다고 아쉬워하는 기색은 없다.

[기개는 좋으나 혼자 뭘 하겠다는 거냐? 반푼이 천사여?]

산달폰은 더 대답하지 않았다. 대신 힘을 끌어올려 온 몸을 짓누르던 압박감을 깨부수기 위해 악을 썼다.

"끄으읏! 끄읏!"

놀랍게도 산달폰이 기운을 끌어내자 그녀의 주위에 실금이 그어지기 시작한다. 마치 공간에 금이 가는 것처럼 말이다.

[대단하⋯.]

감탄한 하얀 거인이 뭐라고 하기도 전에 산달폰은 자신을 짓누르던 무형의 압박감을 박살냈다.

무언가 와장창 깨지는 듯한 소리와 함께 사방에 부서진 마력의 잔재가 불티처럼 요란하게 흩날렸다.

그와 함께 산달폰은 하늘로 마법을 쏘아냈다.

퍼엉!

불꽃놀이처럼 폭발한 그것은 허공 위에 커다란 기호를 만들어냈다. 천사의 날개가 들어간 구(舊) 산달폰 클랜의 문장이다.

구원을 요청하기 위한 것인데 하얀 거인은 조소를 금치 못했다.

[무의미하군. 이 적진 한 가운데로 올 천사가 있겠나? 설령 온다고 해도 무얼 할 수 있나?]

틀린 말은 아니었다.

하지만 산달폰은 아주 작은 가능성만 있다면 뭐든 해야 했다. 그리고 이게 산달폰의 주된 대비책도 아니었고.

[재롱은 그만 되었다.]

하얀 거인은 산달폰의 반항에 다소 흥미를 느꼈으나 거기까지였다. 그는 손을 앞으로 뻗어 작은 오브에 시간이란 개념을 주입하기 시작했다.

이에 산달폰은 악을 쓰며 그걸 저지하려 했다. 본신의 힘을 드러낸 것도 그걸 위함이다. 하지만 무궁해 보이는 출력을 가진 하얀 거인의 마력은 산달폰이 감히 당해낼 수 없는 성질의 것이었다.

산달폰의 마법적인 저항은 차례로 박살나며 하얀 거인이 부여한 힘이 오브에 스며들어갔다.

'이대로는 안 돼.'

산달폰은 상대와 거대한 힘의 격차에 절망했다. 무언가 현실적인 방법이 요구됐다. 짧게 고민한 그녀는 자신의 특기인 '조건 마법'을 걸기로 했다.

조건 마법이란, 특정한 조건을 설정해 한정적인 부분에서 마법의 능력을 강화시키는 것을 말한다.

어차피 하얀 거인이 오브에 시간을 부여하는 건 막지 못한다.

그것은 거대한 해일을 어떻게든 저지하려는 것처럼 무리해 보였다. 하니 산달폰은 이런 조건을 걸었다.

─앞으로 한 시간 동안 유제아는 오브에서 나올 수 없다.

한 시간이라는 제한적인 조건.

대신 그만큼 강력한 힘을 발휘하게 된다.

또한 오브에 시간이 부여되는 것 자체를 막는 게 아니라, 그저 유제아가 나올 수 없다는 한정적인 조건.

이 두 가지를 결합해 산달폰은 하얀 거인의 힘에 저항할 생각이었다.

사실 더 많은 시간을 벌면 좋겠지만 무리였다. 그만큼 마법의 힘이 약해지니까.

'한 시간 안에 지원이 올까?'

구원을 청하긴 했지만 별다른 희망은 없어 보였다. 그래도 작은 가능성이라도 있으면 버텨야 했다.

그나마 다행인 건 하얀 거인이 자신을 적극적으로 죽일 생각이 없어 보인다는 점. 상황 자체를 즐기는 것 같았다.

'뭔가 목적이 있겠지. 사실 내 본심을 알았다면 진작 숙청해 버릴 수 있었을 텐데.'

설령 하얀 거인이라고 해도 산달폰이 유제아를 납치하는 지금과 같은 사태는 예견할 수 없다.

다른 꿍꿍이 때문에 살려놨다고 봐야 하는데 정황상 그녀의 타락을 원하는 것 같았다.

하면 어떻게든 도망다니며 버틸 수 있을 터.

산달폰은 실낱같은 희망에 의지해 조건 마법을 발동했다.

심장이 죄여오는 것처럼 긴장된다. 그 사이 마법의 구조가 재빠르게 쌓이며 완성됐다.

"됐다!"

산달폰의 눈빛은 희열로 번뜩였다.

실패하거나 방해받을 수도 있었지만 조건 마법은 성공한 것이다.

[그 사이 무언가 수작을 부렸군.]

오브의 내부에 시간을 부여하던 하얀 거인은 상황을 알아챘다. 그리고 자신의 탁월한 능력을 이용해 그것을 파악했다.

[한 시간 동안 그 인간을 꺼낼 수 없다라? 쓸데없는 짓거리를 하는군. 크흐흐흐.]

"나는 포기하지 않는다."

작은 희망을 쥐고도 결연한 태도를 보이는 산달폰을 하얀 거인을 다시 비웃어댔다.

[천사의 조력을 기다리는 거겠지. 하지만 지금은 애초에 그런 부분이 문제가 아니다. 아둔한 것아.]

"뭐라?"

[네가 건 조건 마법은 아무 의미가 없기 때문이다.]

"허튼 소리. 분명 제대로 발동했다."

[틀린 소린 아니다. 이제 한 시간 동안 안에 든 인간을 꺼낼 수 없음은 분명하다.]

"하면 대체?"

[해결책은 간단하지 않느냐? 이 몸이 바라는 건 그 인간을 사로잡거나 하는 게 아니다. 죽이기만 하면 되지.]

"설마 오브를 파괴하겠다는 건가? 말도 안 되는!"

산달폰의 말은 틀리지 않았다. 설령 하얀 거인이라고 해도 그녀의 오브를 사탕 부수듯 쉽게 파괴할 수는 없으니까.

그것은 천사들의 힘을 모아 만든 위대한 성물인지라, 파괴하려면 하얀 거인조차 공을 들여야 한다.

애초에 그게 쉬웠으면 굳이 오브에 시간을 부여해 귀찮게 유제아를 꺼내야 할 이유도 없었다.

다르쿠다의 전주인이었던 대군주 카르페도 오브를 흡수하거나 부수진 않았다. 그게 간단했으면 산달폰의 오브는 오늘날까지 남아있지도 않을 터.

이런 의문에 대해 하얀 거인은 낮게 웃었다.

[네놈은 완고하지만 상상력이 부족한 혼종이로군.]

"대체 무슨 소리냐?"

[꺼낼 수 없다면 집어넣으면 그만이 아니더냐?]

하얀 거인의 결론은 간단했다. 유제아를 이 몬스터 밭으로 꺼내지 못한다면, 오브 안으로 몬스터를 밀어넣으면 그만이라는 것.

이미 안쪽에 시간이란 관념을 주입하기 시작했으니 공간도 생겨나는 등, 오브 안은 이전과 다른 환경이 되어가고 있을 상황이다.

하면 바깥과 큰 차이 없는 공간일 테니 몬스터를 투입해 유제아를 죽이는 것도 가능하단 판단이었다.

산달폰은 이에 버럭했다.

"어림없는 소리! 오브의 통제권은 주인인 내게 있다. 아무리 네놈이라도 멋대로…."

[안 될 게 뭐가 있느냐? 통제권도 빼앗으면 그만인 것을.]

"뭐라?"

[그깟 오브 하나 빼앗지 못할 줄 알았나? 네놈은 이미 대군주 카르페에게 오브를 한 번 빼앗겼던 경험이 있지 않나. 네 알량한 자만심이 정말 놀랍군.]

"그것과는 상황이 다르다!"

당시에 산달폰은 일개 몬스터로 전락해 카르페의 지배력을 받아들였던 상황.

이번에는 아니다.

산달폰은 갖은 핑계를 대고 하얀 거인의 지배력을 받아들이지 않았다.

산달폰의 자신감도 근거가 없는 건 아니었다.

하지만 왕의 심장이라 불리는 하얀 거인은 격이 달랐다. 대군주급 보다도 위에 있는 그 존재는 그런 것에 연연할 필요 없는 이였다.

[다를 것 없다. 어리석은 것아. 내 굳이 지배력을 받아들이지 않는 네놈을 내버려둔 것도 결과에는 차이가 없기 때문이다. 약자의 팔을 비틀어 물건을 빼앗는게 무엇이 힘들겠나?]

그건 산달폰의 자존심을 박살내는 말이었다.

'말도 안 돼!'

비록 몬스터화 되긴 했으나 산달폰도 대천사이던 시절 상좌에 앉아 있던 이였다. 참수된 대천사 라파엘이 갖고 있던 서열 4위의 좌가 본디 그녀의 것이었던 것.

그 정도로 강대했던 대천사였는데, 자신의 전용 성물을 빼앗긴다는 게 믿기지 않았다.

"허풍을 떨고 있군. 구조상 절대 불가능한…."

[어마어마한 힘은 그런 구조도 박살내는 법이다.]

그 말과 함께 막대한 힘이 산달폰에게 쏟아져 내렸다.

보이지 않는 무형의 힘이었지만 그 무엇보다 압도적이었다. 산달폰은 마치 하늘꼭대기까지 솟은 거대한 산이 눈앞에서 자신을 향해 무너져 내리는 것 같은 착각이 들었다.

구우우우웅!

그 정도로 항거불능의 힘이 덮쳐왔던 것이다.

'이 정도라고?'

과연 하얀 거인이 알량한 자만심이라 평가했던 이유를 알 것 같았다. 아무리 자신이 전성기만 못하다고는 하나 이 정도로 무력할 줄이야.

산달폰은 그 광대함 앞에 무릎을 꿇고 말았다. 어렵게 되찾은 오브의 통제권을 삼시간에 빼앗겨 버렸다.

[흐흐흐, 볼수록 재밌는 물건이란 말이지.]

산달폰에 손에 있던 오브는 허공에 떠올랐다.

"안 돼!"

산달폰은 어떻게든 막아보려 손을 뻗었으나 소용없었다.

파칫!

오브에선 강력한 스파크가 튀더니 산달폰의 손을 튕겨낸 것이다.

하늘 위에 있는 하얀 거인의 눈동자는 오브를 흥미롭게 살펴봤다.

[혼종, 과연 네 조건 마법은 일절이로구나. 이런 상황에서도 정상적으로 작동하고 있으니.]

제한을 건 조건 마법의 힘은 역시 강했다. 오브를 빼앗아간 하얀 거인조차 한 시간 동안은 유제아를 꺼낼 수 없다는 조건을 어길 수 없었으니까.

하지만 상관없는 일.

그가 이미 말했던 것처럼 꺼내지 않고, 안으로 몬스터를 밀어 넣을 작정이었으니까.

[바라카엘이여.]

하얀 거인의 부름에 바라카엘이 몹시 기쁘다는 듯 나섰다. 원래부터 기괴한 외형이었지만 지금 그의 모습은 어느 몬스터보다도 끔찍했다.

그는 길게 찢어진 입을 헤벌쭉 벌리며 웃어댔다.

"위대하신 분이여. 뭐든 명하십시오."

이미 몸을 들썩이는 게 유제아를 잡으러 오브 안으로 들어갈 게 자신이라 확신하는 듯했다.

　현재 그의 힘은 가히 대군주급에 이를 정도. 하얀 거인이 하사한 힘을 바탕으로 신체 개조를 한 탓에 천사이던 시절과는 비교할 수 없이 강해졌다.

　바라카엘이 오브 안으로 들어간다면 유제아에게 심대한 위협이 될 터. 문제는 그것만이 아니었다.

　하얀 거인은 과연 바라카엘을 오브에 들어갈 선봉장으로 삼더니, 군주급 몬스터 셋과 고위 몬스터 열둘을 추가로 붙였던 것이다.

　바라카엘과 합치면 그 수가 열여섯이니 정면충돌로는 유제아가 이길 방법 따위 없었다.

　심지어 오브 안은 갇힌 세계.

　도망갈 장소도 무한하지 않을 테니, 실로 중대한 위기였다.

　산달폰은 어떻게든 저지하려 했으나 하얀 거인의 힘에 눌려 할 수 있는 게 없었다.

　그저 바라카엘이 괴성을 지르며 부하들과 함께 오브 안으로 빨려들어가는 걸 지켜봐야 했다.

　이곳에 갇힌 지 대체 얼마나 지난 걸까?

　문득 그런 의문이 피어올랐다.

　산달폰에게 기습당했던 일이 어제 일 같기도 하고, 백년 전쯤 일

같기도 하다.

아니, 애초에 이런 헤아림이 의미가 있는지 모르겠다.

분명 이 공간은 시간이란 게 존재하는지도 미지수니까.

애초에 시간이란 무엇인가?

나는 다양한 사고를 이어갔다. 그리고 시간의 힘이 담긴 태양신격의 방패를 어떻게 다룰지 고민을 거듭했다.

분명히 여기에 내가 화신을 넘어서 힘의 본질적인 부분을 다룰 실마리가 있을 게 틀림없었으니까.

단순히 메타트론의 화신으론 다가올 싸움에 대비하기 어렵다.

나는 새로운 경지에 올라설 필요가 있었다.

문제는 굳은 각오와 다르게 그게 쉽지 않다는 점. 뭐든지 각오대로만 된다면 세상 일이 지금처럼 어렵지는 않겠지.

"무언가… 무언가 실마리라도 좀 있었으면 좋겠는데."

조금만 나아가면 알 것 같은데 말이야. 내게 시간의 힘을 교습해 줄 선생이 필요했지만 어디에도 보이지 않는다.

애초에 내가 가려는 건 인류의 미답지.

지금껏 많은 헌터가 있었지만 천사가 내려주는 힘을 다루는 것에 불과했다. 그걸 뛰어넘어 힘의 본질에 접근한 이는 없다.

나는 시간을 이해함으로써 거기까지 가려는 것이니, 참으로 지난한 길이다.

그렇게 힘겨운 때를 보내고 있을 때 변화가 일어났다.

콰직.

그건 무언가 부서지는 듯한 소리를 동반했다.

아니, 실제로는 소리가 나진 않았을 거다. 그저 그런 느낌이 확 와 닿았을 뿐.

동시에 나는 내 앞에 무언가 거대한 게 있다는 걸 알게 됐다. 다만 보이지 않는다.

왜 볼 수가 없지?

의문을 품던 나는 힘이 너무나 작게 뭉쳐 있어서 눈으로 볼 수 없었다는 걸 깨달았다.

이윽고 그건 작은 점으로 보일 정도로 커졌고 관찰할 수 있게 됐다.

무언가 단단하게 뭉친 것 같은 거대한 힘의 덩어리.

"뭐지? 이게?"

놀랍게도 그건 점점 커져갔다.

작은 점이 사과만 해졌고, 이윽고 농구공만 해졌다.

나는 그걸 살펴보면서 한 가지 중요한 결론에 이를 수 있었다.

이 작은 원형에 시간과 공간이 담겨 있다는 사실을 말이다.

놀랍게도 보이지도 않는 점에서 시작한 그것은 허무의 공간 안에서 시간과 공간을 만들며 확장하고 있었다.

동시에 작은 무언가 충돌하며 쌍소멸을 반복하며, 이 시공에 관한 규칙이 만들어지는 걸 볼 수 있었다.

"세상에…."

나는 경탄하며, 찬탄하며, 감격까지 하며 그 광경을 지켜보았다.

그것은 세상을 구성하는 규칙이 어떤 식으로 만들어지는지 내게 설명해주고 있었다.

사실 이 현상을 지켜보고 이해하는 건 평범한 인간의 지혜로 불가능한 일일 터. 그럼에도 가능한 건 지금 들고 있는 태양신격의 방패 때문이 틀림없었다.

이 신물이 분명 내게 저 불가해하여 보이는 현상에 대한 신적인 이해를 돕고 있었다.

나는 시간을 조정하는 방패의 힘이 지금도 쓰일 수 있음을 직감했다.

방패에 용두처럼 튀어나온 부분을 역으로 돌리자 놀라운 일이 일어났다.

어느새 거대한 안테나 원반만큼 커진 그것이 역으로 돌아가며 작아지는 것이다.

그와 함께 짧은 사이에 발생한 규칙과 물질의 생성을 거꾸로 보여주기 시작했다.

나는 홀린 듯 그걸 지켜보면서 새로운 깨달음을 얻었다. 이후 용두를 정방향으로 돌리면 그 움직임이 다시 시작됐다.

나는 정신이 나간 사람처럼 그걸 지켜봤다.

때론 용두를 뽑는 게 도움이 됐다.

용두를 잡아뽑는 순간 눈앞에서 벌어지는 격렬한 시공의 형성이 딱 정지했기 때문이다.

이 모든 과정이 작은 하나의 우주가 탄생하는 것처럼 보였다.

나는 그걸 재생하고, 되돌리고, 멈추며 계속 관찰했다.

시간이 얼마나 걸리는지 신경 쓰지 않았다.

아니, 애초에 나는 시간의 밖에 있으니 상관없는 문제였다. 시간이란 지금 발생하며 사방으로 퍼지고 있는 저 원형의 공간 안에서만 존재했으니까.

나는 시간 밖에서 반복해서 살펴봤다.

내게 시간은 없었지만 무한한 시간이 있는 것처럼 말이다. 그 찬란한 탄생은 쉽게 이해할 수 없었기에, 내 머리가 알게 될 때까지 무수히 반복해서 지켜봤다.

이윽고 변화가 이어졌다.

"엄청난 열로 끓어오르는군!"

그 원형의 공간 안은 가공한 열기와 빛으로 가득했다.

물질과 반물질의 충돌은 격렬해 저기 휘말리면 나 따위는 순식간에 소멸할 것임을 알았다.

그래서 계속 뒤로 물러나며 저 확장하는 원형의 공간 안에 들어가지 않기 위해 노력했다.

그렇게 얼마나 관찰하고 얼마나 물러났을까?

아니, 애초에 저 원 밖은 공간이란 개념이 거의 없는 탓에 물러났다는 말이 맞는 걸까?

한 가지 확실한 건, 나는 끝없이 그 확장을 재생하거나 역재생하고 때론 멈추면서 관찰해 마침내 큰 깨달음을 얻었다는 사실이다.

그때쯤 사방을 거의 집어삼킬 듯 확장하던 원형의 세계 안은 급속도로 식어갔다.

동시에 세계를 구성하는 수많은 것들이 만들어지는 걸 발견했다. 그것 하나하나가 무엇과도 바꿀 수 없는 보석과 같이 느껴졌다.

원 안의 온도가 빠르게 식어가며 모든 게 안정됐다. 그때쯤 이미 나는 더 물러나지 못했고, 점에서 시작했던 원형이 주변을 가득 채웠음을 알게 됐다.

나 역시 그 안에 있었다.

시간과 공간 속에 말이다.

주변에는 아무 것도 없었다.

동시에 모든 게 있었다.

그건 세계를 구성하는 규칙과 입자들이었다.

이 안에서 유일한 빛은 태양신격의 방패에서 뿜어져 나오는 것 뿐이었다.

"그렇군. 이제야 알겠다…."

나는 시간과 공간 같은 개념을 온전히 이해할 수 있게 됐다. 왜냐하면 아둔한 인간의 머리로도 이해할 수 있을 만큼 무한하게 관찰했기 때문이다.

그와 함께 태양신격의 방패가 가진 힘을 어떻게 다뤄야 하는지 진정으로 알게 됐다. 그와 함께 나직한 한탄이 흘러나왔다.

"아쉽군…."

이유는 이랬다.

나는 시공이 생기는 걸 관찰한 경험 덕에 신격의 지혜를 얻게 됐다. 하나 신의 힘을 갖게 된 것은 아니다. 평범한 인간이 갑자기 신격이 될 리가 없으니까.

알면서도 쓸 수 없다는 사실에 아쉬움이 큰 것이다.

물론 기쁨도 따랐다.

이 지혜를 바탕으로 제한적으로나마 활용하던 태양신격의 방패가 가진 힘을 온전히 다룰 수 있게 된 것이다.

또한 가능성도 갖게 됐다.

나는 이제 화신 이후의, 근본적인 힘에 접근할 수 있게 된 것이다. 왜냐하면 세계의 규칙이 생성되는 걸 보면서 큰 이해를 얻었으니까.

더 이상 힘을 쓰기 위해 천사란 존재의 도움을 받을 필요는 없었다.

나 스스로 그 힘을 끌어 쓰는 게 가능해진 것이다.

"이런 식으로 발전하면 언젠가는 정말 신격이 되는 건가?"

모르겠다.

하지만 충분히 가능한 이야기란 걸 깨달았다.

우주의 법칙은 몹시도 복잡하면서 동시에 명확했으니까.

한 가지 확실한 점이 있다.

천사를 파견했다는 그 태양신격이란 미지의 존재도, 결국 우주의 법칙이란 명확한 규칙 속에서 그 위치에 올라섰다는 것.

아무리 위대한 이라고 해도 우주 속에서 존재하는 한 우주의 법칙을 벗어나지 않는 것이다.

하면 나 역시 언젠가 그 자리에 닿는 게 가능하겠지.

이런 발견은 희열로 다가왔다.

가슴이 떨리고 환희가 날 지배한다.

그러다 깊은 의문이 피어올랐다.

"누가 여기에 시간을 부여한 거지?"

본디 이 안은 아무 것도 없는 허무의 공간.

누군가 인위적으로 시간을 이곳에 생성했다.

깨달음을 얻은 터라 그게 얼마나 대단한 일인지 알기에 더욱 의문이었다.

이상한 일이다.

아무리 산달폰이 대단해도 그 정도 일은 불가할 테니까.

대체 날 여기 가둔 산달폰이 아니면 누가?

의문이 꼬리에 꼬리를 문다.

이런저런 추측이 떠올랐으나 확실한 건 없다.

다만 한 가지 명확한 건 누군가 인위적으로 이곳에 시간과 공간을 만들었다는 것이다.

"왜…?"

무엇을 목적으로?

머리 위에 물음표를 띄우던 나는 곧 한 가지를 알게 됐다.

이곳에 시간과 공간을 창조한 이가 내 죽음을 바란다는 점을.

그런 결론에 이른 이유는 간단하다.

저 앞에서 혐오스러운 전직 대천사 바라카엘이 몬스터 무리를 이끌고 갑자기 나타났기 때문이다.

갑자기 허공에 틈새가 갈라지고 바라카엘과 괴물들이 튀어나왔다. 입을 크게 벌리고 포효하는데 아무런 소리도 들리진 않았다.

뭐랄까, 소리가 이쪽으로 닿지 않는 것 같다.

바라카엘과 무리들은 허공에 우주인처럼 둥둥 떠 있었다. 그들은 곧 날 발견하고는 사납게 눈을 번뜩였다.

그때 갑자기 바라카엘이 권능에 가까운 힘을 일으켰다.

동시에 나는 갑자기 누군가 두 다리를 잡아당기는 것 같은 감각을 맛봤다.

무슨 증상인가 하면, '추락'이었다.

허공에 떠 있다가 갑자기 밑으로 떨어지기 시작한 것이다. 그리고 저 아래 단단한 지면이 생겨나 날 기다리고 있었다.

'아!'

낙하하면서 무슨 일이 벌어진 건지 알게 됐다.

바라카엘이 지금 대지와 중력을 만든 것이다. 그래서 저 밑에 보이는 땅바닥으로 떨어지고 있는 것. 그때 바라카엘의 목소리가 들려왔다.

"유제아! 딱 좋은 곳에서 만났구나! 크흐흐흐!"

소리가 전달되는 걸 보니 매질인 공기 역시 창조한 모양이다. 나는 지금껏 내가 숨을 안 쉬고 있었음을 깨닫고는 놀랐다.

"후우우."

길게 숨을 빨아들이자 폐부로 공기가 차올랐다. 동시에 방패를 지면으로 향하면서 땅바닥에 떨어졌다.

콰아아앙!

요란한 소리와 함께 포탄이 터진 듯 흙먼지가 피어올랐다. 나는 그와 함께 방패를 바닥에 깔고 길게 미끄러졌다.

한참을 그런 뒤에야 멈출 수 있었는데, 어느새 근처에 바라카엘과 그를 따르는 몬스터들이 떨어졌다.

어떤 놈은 멋지게 착지했고, 일부는 그냥 대책 없이 떨어졌다. 또 날개가 있어 우아하게 착륙하는 자도 존재했다.

"제법 많네."

적의 면면이 만만치 않았다. 몬스터에 대한 경험 때문에 한눈에 전력을 파악할 수 있었다.

고위 몬스터가 열둘.

군주급이 셋.

그리고 바라카엘은….

"놀랍군. 대군주급에 오른 건가?"

내 물음에 바라카엘은 기뻐하며 자신의 성취를 자랑해왔다.

"크하하핫. 두 눈이 아주 쓸모 없지는 않은 모양이군. 하긴 네놈은 당장 눈앞에 있는 건 잘 보는 편이었지. 대신 영 못 보는 것도 있었지만."

"그게 무슨 소리지?"

"네놈 미래 말이다. 유제아. 크흐흐흐. 네놈은 스스로 승리했다고 생각했을 거다. 하지만 이런 미래가 있을 줄은 전혀 몰랐을 터."

괴물 같은 하체를 가진 바라카엘은 양팔을 넓게 벌리며 호탕하게 웃어댔다.

"앞을 보라. 이 전력을. 이길 수 있다고 생각하느냐?"

"그래서?"

"뭐가 그래서인가? 이 상황에 대한 해답은 실로 간단한데. 오늘 네놈은 여기서 죽게 되어 있단 말이다."

저런 자신감이 이해되긴 한다.

대군주급에 오른 바라카엘만 해도 당해내기 어려운데 같이 온 전력도 엄청났으니까.

하지만 나는 두려움 보단 궁금증에 사로 잡혀 있었다.

"대체 밖에서 무슨 일이 벌어졌던 거냐? 네놈이 여길 어떻게 들어왔고."

"궁금한가? 유제아? 곧 뒈질 네놈에게 못 알려줄 것도 없지."

아니, 정확히 말하자면 바라카엘은 내가 얼마나 절망적인 상황인지 설명해주고 싶어 입이 근질근질한 것 같았다.

그는 무슨 일이 벌어졌던 건지 알려줬다.

산달폰의 위기와 하얀 거인의 능력, 그리고 바라카엘이 오브로 들어왔다는 것까지.

나는 겉으로 동요하지 않으려 하면서도 꽤나 놀랄 수밖에 없었다.

'세상에, 이 공간에 시간을 만들어준 게 하얀 거인이라고?'

믿을 수가 없는 얘기가 아닌가?

그 과정에서 엄청난 은혜를 입었으니 말이다. 태양신격의 방패의 도움으로 시간이 생기는 과정을 관찰하며 신격의 지혜를 얻었다.

그건 홀로 고민하던 우매한 인간에게 기적과도 같은 일.

'만약 내가 태양신격의 방패가 없었거나, 하얀 거인이 이곳에 시간을 부여하지 않았다면 결코 일어날 수 없었던 상황이다. 맙소사……'

하얀 거인은 내게 벌어질 일을 감히 짐작도 못했겠지. 놈이 왕의 심장이라 불리는 대군주급 이상의 거물이긴 하지만, 태양신격의 방패에 대해선 잘 모른다.

게다가 어느 인간이 시공이 생기는 과정을 끝도 없이 지켜보며 심득을 얻을 거라 여기겠나?

아니, 애초에 그런 과정에서 배울 수 있다는 사실 자체도 모르겠지.

그런 점을 알고 있다면 놈이 몬스터가 아니라 어딘가의 신격일 테고, 이런 투쟁의 굴레에 휘말려 있지도 않았을 거다.

결국 하얀 거인이 대단하다고 해도 양진영의 주인이 명령한 일을 수행하는 자에 불과하니까.

시간을 부여한다는 것도 그저 자신에게 주워진 권능을 썼을 뿐 원리에 대한 이해 자체는 없었을 거다.

　우리가 스마트폰을 손쉽게 다루면서도 내부의 기계 장치를 완벽하게 이해하는 게 아닌 것처럼 말이다.

　그저 어느 게 AP고, 어느 게 기판이고 메모리며, 어떤 역할을 하는지 대강 알 뿐이다.

　하나 그럼에도 다운 받은 앱을 쓰는데는 문제가 없다.

　하얀 거인도 마찬가지.

　정밀한 원리는 모르지만 주인에게 하사받은 권능은 자유자재로 썼겠지.

　반면 나는 다르다.

　하얀 거인조차 이해하지 못하는 것들을 알게 됐으니까.

　그래서인지 눈앞의 위협적인 전력에도 절망감을 느끼긴 않았다.

　일전에 태양신격의 방패가 가진 시간의 힘을 어설프게나마 다룰 수 있던 덕에 즈굴과의 싸움에서 승리했다.

　이젠 방패의 힘을 온전하게 다룰 수 있으니 저 정도랑도 부딪쳐 볼 만할 것 같았다.

　'물론 쉬운 싸움은 아니야.'

　내심 각오를 다지고 있는데, 바라카엘은 내가 가만히 있자 겁 먹었다고 여겼는지 입을 벌리고 웃어댔다.

　"참으로 볼 만한 꼴이로군. 생쥐처럼 얼어붙어 있는 것은! 유제아, 네놈도 이런 날이 올 줄은 몰랐겠지!"

　바라카엘의 감정에 호응하듯 주변의 몬스터들이 시끄럽게 웃어댔다.

완전히 승리를 자신하는 모습.

어떻게 날 괴롭힐지 궁리하는 기색이었다.

바라카엘은 잔인한 미소를 감추지 않았다.

"사실 이 시간이 끝없이 계속되면 좋겠다는 생각마저 든다. 감히 내게 굴욕을 준 대가로 영겁의 괴로움을 선사할 수 있게."

"거참 가학적이군."

태평한 내 감상이 마음에 안 드는 걸까? 바라카엘은 인상을 찌푸리더니 말을 이어갔다.

"여유 부릴 수 있는 것도 지금뿐이다. 시간이 제한적이긴 하지만 네놈에게 고통을 주기엔 충분하니까. 좌절과 절망 속에서 죽어가게 해주마."

바라카엘은 거기까지 말하더니 수하들을 움직였다. 아무래도 놈들과 싸우는 모습을 구경하다가 마지막에 나서려는 것 같다.

하긴, 군주급이 셋에 고위 몬스터가 열둘이다.

이전의 나라면 걸레짝이 됐을 터. 바라카엘의 즐거운 볼거리로 전락하게 됐을 것이다.

하지만 지금은 승리의 가능성이 충분했다.

"마침 잘 됐어."

새로 알게 된 것들을 시험해 보기 딱 좋은 전장이 펼쳐졌다.

어째서인지 질 거라는 생각도 들지 않았다.

"놈을 쳐라!"

바라카엘의 명령과 함께 전투가 시작됐다.

3. 빛이 어둠에 삼켜지다

미카엘라는 깊은 밤까지 잠들지 못했다.

불길한 감상에 사로잡혀 서성이는 날이 처음도 아니지만, 오늘 따라 유난히 심했다.

'무언가 일어날 것 같은 밤이구나.'

그러던 중 미카엘라는 즈굴에게서 연락을 받았다.

-주인께서 외출했다. 북쪽으로 가는 것 같은데 정확한 것은 모르 겠군.

연락을 받자마자 미카엘라는 처소를 나섰다.

"유제아! 이 녀석이 또!"

유제아가 몰래 이곳저곳 싸돌아 다니는 건 진즉부터 알았다. 하 지만 지난번에 거하게 사고를 친 까닭에 그러려니 할 수 없게 됐다.

이젠 안 그러겠다고 약속을 받았지만 그다지 믿음직스럽지도 않 았고. 애초에 즈굴을 포섭해 놓은 것도 그 때문이었다.

미카엘라는 즉각 밤하늘로 날아올라 북으로 향했다. 대체 어디로 간 건지는 알 수 없으나 몬스터가 있는 지역까지 간 건 아니길 빌었다.

'차라리 메타트론을 보러 간 거면 다행인데.'

애써 별 일 아닐 거라고 생각하면서도 그녀는 조급해졌다. 그리고 마법을 써 일대를 레이더로 탐색하는 것처럼 뒤졌다.

하지만 유제아는 어디에서도 감지되지 않았다.

'예감이 안 좋아.'

미카엘라의 표정이 한층 초조했을 그 무렵, 저 멀리서 마법진이 하늘 위에 솟아 올랐다.

꽤 거리가 있는 탓에 간신히 보인다. 북쪽으로 비행하고 있지 않았으면 몰랐을 터.

"저건!"

놀랍게도 그건 이미 사라진 산달폰 클랜의 문장이었다. 미카엘라는 이게 범상치 않은 일임을 직감했다.

'저쪽은 분명 하얀 거인이 있는 곳.'

하필 저기서 산달폰의 문장이 빛나다니. 미카엘라는 혼란에 빠졌다.

어쩌면 몬스터의 동향을 신경 쓰고 있는 천사를 끌어들이기 위한 함정일지도 모를 일이다.

하나 미카엘라는 이내 그걸 부정했다.

'산달폰 클랜의 문장은 위조할 수 있는 게 아냐.'

적어도 마법으로 띄우는 대천사 클랜의 문장은 여태 위조된 적이 한 번도 없었다.

고민하던 미카엘라는 접근해 보기로 했다. 뭣보다 저 문장에는 구조 요청이 덧붙어 있었으니 무시할 수도 없는 노릇.

'혼자 가는 게 낫겠어. 그래야 만약에 도망치기도 수월하니까.'

적진 한 가운데지만 군대를 이끌고 가기도 어려웠다.

군대를 소집하는데 시간이 걸릴 뿐더러 패퇴했다가는 감당이 어렵다. 차라리 냉큼 도망칠 수 있는 단신이 낫단 결론이다.

'상황을 보고 군대를 동원해야지.'

결론을 내린 미카엘라는 빠르게 북쪽으로 날았다. 그 모습은 어두운 밤하늘을 가르는 유성처럼 보였다. 미카엘라는 여태 조심하며 모습을 숨긴 채 비행했지만, 이제는 속도가 중요했다. 그녀는 몬스터에게 들키든 말든 힘을 끌어냈다.

위급한 상황일지도 모른다는 생각 때문이다.

'유제아가 저기 있을지도 몰라.'

설령 교활한 함정이라고 해도 망설일 이유는 없었다. 어차피 저주로 죽어가는 몸. 본인의 안전 따위보다 혹시 저기 유제아가 있을지가 더 중요했다.

미카엘라는 도중에 새떼처럼 많은 비행 몬스터를 만났지만 신경 쓰지 않았다. 그들은 갑자기 나타난 태양의 대천사를 보더니 기겁하고 도망갔기 때문이다.

물론 군주급 몬스터가 통제하면 덤벼들겠지만 어째서인지 그런 일은 없었다. 다들 어딘가에 신경이 쏠린 기색이다.

미카엘라는 의아할 수밖에 없었는데 적진에 도착하고서야 상황을 파악할 수 있었다.

"산달폰!"

적진 한 가운데서 산달폰이 위기에 빠져 있었던 것이다.

군주급 몬스터 셋이 그녀를 포위한 채로 괴롭히듯 공격하고 있었고, 그 뒤엔 하얀 거인이 거대한 산처럼 자리잡은 모습이다.

하얀 거인은 이런 싸움을 즐기듯 내려다보며 이따금씩 끼어들어 산달폰의 위기를 부채질하고 있었다.

[겨우 그 정도인가? 이 몸의 자비를 거절한 각오가?]

산달폰은 만신창이였는데 필사적으로 싸우고 있었다. 도망갈 생각 따위는 없는 것 같았다.

'대체 이게 무슨 일이지?'

미카엘라는 상황을 파악해 보려고 했지만 알 길이 없었다. 그때 하얀 거인이 미카엘라를 발견했다.

[호오, 마치 부나방 같은 존재가 끌려왔구나.]

자못 재밌다는 음색이다.

미카엘라는 이 상황을 모른 채 할 수 없었다. 산달폰은 귀중한 전력이며 친우의 여동생이니까. 위험이 가득한 상황이었으나 어떻게든 산달폰을 데리고 탈출하기로 하고는 힘을 일으켰다.

차르르르.

쇠가 부딪치는 듯한 소리와 함께 미카엘라 주위로 수십 가닥의 쇠사슬이 형성됐다. 그것은 고열로 달군 쇠처럼 노란 빛을 뿜어내고 있었다.

이것은 저주를 극복하기 위해 노력해 만든 그녀의 새로운 경지다.

앞서 즈굴을 간단하게 제압한 바 있었다. 그렇기에 저기 모인 몬스터들에게 큰 충격을 줄 수 있을 터. 하지만 왕의 심장이라고 불리는 하얀 거인에겐 얼마나 통할지는 미지수였다.

하얀 거인의 힘은 대군주급을 넘어선다. 아무리 미카엘라라고 해도 단독으로 쓰러뜨리긴 어려운 상대였다.

그럼에도 미카엘라는 일말의 망설임 없이 난입했다.

소용돌이치는 쇠사슬과 함께 적들을 향해 미사일처럼 내리꽂혔다.

콰아아아앙!

그야말로 몬스터 입장에선 날벼락이었다. 미카엘라는 빛살처럼 빠르게 날았고, 그 접근을 제대로 알아차린 이는 하얀 거인 외에는 없었다. 군주급 몬스터 몇이 고개를 돌리긴 했으나 이미 늦은 상황이었다.

미카엘라의 사슬들이 주변에 있던 모든 걸 마치 믹서기처럼 갈아버렸다.

사방으로 피와 살점, 뼈와 박살난 신체들이 어지럽게 흩날렸다. 군주급 몬스터들조차 중상을 입고 뒤로 나자빠질 정도였다.

하얀 거인인 이 모습에 감탄을 금치 못했다.

[참으로 인상적인 등장이군. 태양의 대천사.]

"하필 오늘 같은 날 네놈을 다시 만나다니…."

[그 정도 힘을 쏟아 붓고도 지친 기색조차 없군? 마지막으로 봤을 때보다 훨씬 강해졌구나. 무엇이 널 그렇게 강하게 만들었지?]

하얀 거인은 물었지만 미카엘라는 답하지 않고 재빨리 산달폰에게 물었다.

"대체 무슨 일이야?"

가공할 공격 속에서도 산달폰만은 멀쩡했다. 미카엘라의 사슬은

무질서하게 사방을 유린한 것처럼 보이지만, 그 어지러운 궤적 속에서도 용케 산달폰만은 피해갔다.

엉망으로 두들겨 맞던 산달폰은 갑자기 나타난 구원자를 보고 눈이 커진 상태.

하지만 얼 타는 것도 잠시, 즉각 상황을 설명해줬다.

"이 오브 안에 유제아 위원장이 있어요! 저보다 오브를 갖고 탈출하세요!"

"뭐?"

앞뒤 다 잘라먹고 가장 중요한 목표만 알린다. 상당히 효율적이었지만 하얀 거인 덕에 그럴 필요가 없었다.

그는 느긋하게 웃어댔다.

[크흐흐흐, 그것만으론 부족할 듯하니 이 몸이 상세히 알려주지.]

하얀 거인은 거들먹거리며 무슨 일이 있었는지 설명했다. 특히 오브 속으로 바라카엘이 무리를 이끌고 들어갔다는 걸 알게 됐을 때 미카엘라는 눈동자가 흔들렸다. 그 초조함을 발견한 하얀 거인을 무척이나 즐거워했다.

[태양의 대천사여, 이쯤에서 네 선택이 기대되는구나.]

"그게 무슨 소리지?"

[여기 있는 수많은 몬스터들은 지금 바로 움직일 것이다.]

"뭐라고?"

[인간의 수도가 있는 방면으로 진군시킬 계획이지. 여기서 선택을 해야 할 것이다. 태양의 대천사.]

놀랍게도 하얀 거인은 두 가지 선택지를 제시했다.

　이대로 안산으로 돌아가 군대의 침략에 대응할지. 아니면 남아서 자신과 싸우며 오브를 탈취할지 말이다.

　[네 선택을 존중해 떠나겠다면 붙잡지 않겠다. 대천사의 의무를 다할 수 있게.]

　"……."

　[아니면 여기 남아서 이 몸과 겨뤄보는 것도 괜찮겠지. 군대는 떠날 테니 승산이 있는 싸움이 될지도 모른다. 네가 집착하는 인간을 구할 수 있을지도 모르나 대신 대천사의 의무를 저버리는 행동이 될 터.]

　미카엘라 입장에선 고르기 힘든 선택지였다. 하얀 거인이 상황을 자세히 설명해줬던 건, 이런 난처함을 강요하기 위해서임을 미카엘라는 깨달았다.

　"악랄하구나."

　[글쎄? 이런 싸움터에서 상대의 결정을 존중해주겠다는, 이처럼 관대한 태도에 대해 그런 표현이 맞는지 모르겠군. 다만 한 가지는 확실하지. 어느 쪽을 택해도 너는 후회할 거라는 것.]

　의무를 택하려면 사랑하는 사람을 위험 속에 버리고 떠나야 한다.

　사랑하는 사람을 택하면 대천사의 의무를 저버려야 한다.

　그야말로 진퇴양난의 상황.

　하얀 거인은 미카엘라가 어떤 선택을 할지 흥미가 돋았다.

　"가증스러운…!"

　미카엘라는 선심을 쓰듯 이런 선택을 강요하는 하얀 거인에게 분노가 치밀어 올랐다. 하지만 상황 자체가 어쩔 수 없었다. 미카엘라는 선택해야만 했던 것이다.

'큰일이구나.'

오랜 시간 동안 투쟁을 해온 그녀지만, 이 정도로 결정하기 어려운 갈림길은 처음이었다.

혼란을 느끼던 그녀는 잠시 지난 삶을 반추했다.

처음 이 싸움을 시작했을 그녀는 원시적인 형태를 하고 있었다. 태양신격의 창조물답게 찬란한 빛의 덩어리 같은 모습이었다. 적도 별로 다르지 않아 시커먼 영기를 뿜어내는 불길한 덩어리에 불과했다. 그들은 빛과 어둠을 쏘아내며 대결했다.

이후 그 형상이 다양한 행성과 차원을 거치며 구체적으로 변해 갔다. 처음으로 미카엘라가 인격이라 불릴 만한 걸 얻은 건 정령계에서 이어졌던 싸움이다.

그녀는 빛의 정령이 되었고, 인간 여성과 비슷한 외형을 처음 갖게 됐다. 하지만 아직 지금처럼 완전한 자아가 형성되진 않은 상태.

그 뒤로도 다양한 행성에서 계속 싸움이 이어갔다. 그 때마다 미카엘라는 현지의 주민에게 친숙하거나, 그들이 기원하는 존재로 다가갔다.

그런 일련의 과정에서 미카엘라는 온갖 형상을 거쳤다.

우주 해적인 다크엘프, 행성 밑에 왕국을 세운 지저인 타르나이, 신비로운 정신적 문명을 가진 샤딤족, 높은 지성의 기계 생명체, 가상현실 속의 인공지능 신격 등등.

많은 역할을 거쳐왔다.

그 과정 속에서 항상 여성을 고집했고, 안 그런 경우는 해당 종족이 무성인 때였을 뿐이다.

미카엘라는 그 다채로운 과정 속에서도 비교적 일관되고 진중한 고집을 유지해 왔다.

그렇기에 오늘날 그녀가 있는 것이기도 했다.

개성을 갖고 자기만의 신념이 없던 동료들은 자아를 잃고 그저 에너지의 형태로 동족에게 흡수돼 사라졌다.

현재 대천사라고 하는 존재들은 무수한 투쟁 속에서도 자아를 유지하며 한결 같은 길을 걸어온 자들이라 하겠다.

미카엘라는 그중에서 두각을 나타낼 만한 존재였다.

긴 세월 속에서 그녀를 유지해 준 건 일종의 단호함이었다. 또는 협상하지 않고, 타협하지 않는 불굴의 정신이라 하겠다.

그녀는 실로 모범생 같은 존재로, 여태 게으름 없이 늘 헌신적으로 주인이었던 태양신격의 명령을 따라왔다.

그런 태도는 지금의 미카엘라를 만들었다.

사실 초기의 미카엘라는 신분이 낮은 편이었다. 하지만 무너지지 않는 신념을 빛낼수록 그 위치가 상승해갔다.

종종 그런 타협하지 않는 정신 때문에 좌천되고 밀려나기도 했지만, 결국 정상에 설 수 있게 됐다.

당시 그녀를 험담하고 깔아뭉갰던 동족들이 모두 실각해 에너지의 형태로 사라져 버린 지금까지도 말이다.

그렇기에 미카엘라는 지금 어떤 선택을 해야 하는지 알 수 있었다.

자신이 여태 쌓아온 신념은 쉽게 답을 도출해줬다.

'유제아와 산달폰을 버려야 해. 구할 가능성은 없다. 유제아가 대단하긴 하지만 일개 화신에 불과하지. 메타트론만 보존하면 왕과 싸울 수 있다.'

옳은 판단이었다.

설령 패한다고 해도 최악의 경우 이번 회차의 싸움을 접고 다른 행성으로 떠나면 된다.

비록 지구는 엉망이 되겠지만 이런 일이 한두 번은 아니다.

결국 이 모든 희생이 종국적 승리로 가는 과정일 뿐.

미카엘라는 과거에도 이런 비정한 선택을 했던 적이 몇 번이고 있었음을 기억해냈다.

괴로운 기억이라 새로 태어나면서 봉인해 버렸는데, 현 상황 때문에 생생이 다시 떠올랐다.

괴로움이 가슴을 엄습해온다.

"아……, 아."

미카엘라의 얼굴은 파랗게 질렸다. 찬란하게 빛나던 사슬들은 빛을 잃고 칙칙한 형태로 바닥에 떨어졌다. 그것은 이제 빛나는 병기가 아니라 미카엘라를 구속하는 사슬처럼 보였다.

하얀 거인은 이런 그녀의 모습을 흥미롭게 지켜봤다.

[왜 고민하는 것이지? 너는 늘 한결같은 선택을 해왔지 않는가? 그게 지금의 널 만들었고.]

확실히 지금의 망설임은 이상하다고 미카엘라는 생각했다.

하지만 그녀는 결정할 수 없었다.

'이번에도 똑같이 해야 하나? 유제아를 잃어야 한다고? 딱 한 번이라도 다른 선택을 하면 안 되는 걸까?'

지켜온 오랜 신념이나 현실적인 가능성이 아니라, 그저 지금 자신이 원하는 길에 대해 고민했다.

미카엘라는 그런 선택으로 잃게 될 걸 떠올렸다. 그리고 곧 결론을 내렸다.

그 모든 게 자신에게 유제아보단 크지 않다는 걸 말이다. 긴 세월 동안 쌓아왔던 모든 게 유제아와의 짧은 만남만도 못했다.

미카엘라는 지금 생각이 이성적이지 못하다고 여겼지만, 동시에 마음에 들었다.

'그래, 한 번이라도 내 마음대로. 외면하지 않고… 아마 이 일에 대한 대가를 치르겠지.'

신념을 버렸으니 반동이 따를 터. 어쩌면 다음 싸움에서는 자아를 잃고 흩어져 버릴 수 있다. 미카엘라란 존재의 소멸이다.

하지만 두렵지 않았다.

그것도 괜찮다는 생각이 들었다.

'비록 저주 때문에 죽어가는 몸이라… 성공한다고 해도 유제아랑 오래는 못 있겠지만.'

영원한 겨울보다는 짧게 빛나는 봄날이 그녀는 더 좋았다.

그렇게 미카엘라는 자신의 의무 대신에 유제아를 선택했다.

지이이이잉.

땅바닥에 아무렇게나 널브러져 있던 사슬이 다시 선홍색으로 타오르기 시작한다. 그리고 미카엘라의 몸에서 태양빛이 뿜어져 나오며 어둠을 밀어냈다.

[어리석은 것. 감히 이 몸에게 대항…]

하얀 거인은 끝까지 말하지 못했다. 미카엘라가 전력으로 사슬을 휘둘러 앞으로 뻗었던 그의 손을 강타했기 때문이다.

번쩍!

빛이 무수히 점멸하더니 폭발이 일어났다. 그리고 하얀 거인의 거대한 팔을 일격에 날려버렸다.

퍼어엉!

요란한 폭발과 함께 엄청난 크기의 팔이 잘려 허공에 떠올랐다. 화염이 붙어 타오르는 하얀 살덩어리 역시 사방으로 운석처럼 쏟아져 내렸다.

곧 하얀 거인의 절단된 팔이 땅에 떨어지자 엄청난 소음이 일어났다.

콰아아아앙!

자욱히 이는 먼지구름 속에서 미카엘라는 의심스러운 눈초리를 빛냈다. 첫 일격을 깔끔하게 성공시켰지만 전혀 기쁘지 않은 얼굴이다. 오히려 의혹만이 가득해 보였다.

[크흐흐흐, 정말 놀라게 하는군.]

팔이 하나 떨어졌는데도 하얀 거인은 당황하는 기색 따윈 없었다. 다신 전군에게 진격을 명했다.

[너희는 모두 남진하라.]

그 명령에 수많은 몬스터들이 일제히 움직였다. 군주급 몬스터들이 공손한 자세로 명을 받들더니 군대를 이동시켰다.

소란스러움과 함께 몬스터들이 하얀 거인을 두고 떠나가기 시작했다.

하얀 거인은 희희낙락한 모습이다.

[태양의 대천사여, 저들이 떠나고 있다. 지금이라도 늦지 않았으니 전선으로 돌아가 대비함은 어떤가? 네가 직접 가지 않고는 알릴 방법도 없을 텐데?]

"일대에 깔린 마법은 네놈 짓이었군."

하얀 거인이 호언장담한대로 강력한 통신 방해 마법이 주변에 깔린 상태. 마치 몬스터 지역에 들어가서 통신이 안 되는 것과 같은 이치다.

그럼에도 미카엘라는 떠나지 않았다. 그녀는 불가사의한 것을 보는 듯한 태도로 하얀 거인의 팔을 쳐다볼 뿐이다.

"대체… 네놈 정체가 뭐지?"

잘렸던 팔은 실시간으로 재생되고 있었다. 가늘고 단단한 뼈와 그 위를 덮은 시커먼 근육. 어째서인지 하얀 피부는 재생되지 않았다.

뭐랄까, 미카엘라가 보기에 저 근육에 둘러싸인 팔이 진짜 같았다. 겉을 둘러쌌던 하얀 피부와 지방덩어리, 살점은 처음부터 필요 없는 것이었고.

하얀 외피가 사라지고 드러난 저 검은 근육으로 둘러싸인 팔에서 지금껏 느끼지 못했던 막강한 기운이 뿜어져 나왔다.

미카엘라는 식은땀을 흘리며 확신했다.

"네놈… 하얀 거인 같은 게 아니었구나."

[놀랍군. 간파한 것이냐?]

"이제야 알겠다. 하얀 거인이 왕의 심장을 나른다는 건…."

[그래, 하얀 거인은 이 몸의 화신이었던 것이다.]

"아…!"

미카엘라는 눈앞에 펼쳐진 진실에 경악했다.

지금 앞에 있는 존재는 단순히 하얀 거인이 아니라, 몬스터의 왕이었기 때문이다.

"대체 뭐가 어떻게…?"

[어렵게 생각할 것 없다. 하얀 거인은 평소에는 독자적인 인격을 갖고 지낸다. 하지만 화신인 탓에 언제든 이 몸이 깃들 수 있지. 그리고 하얀 거인의 육체는 왕의 격에 어울리게 만들어져 있다. 이렇게 말이지.]

그와 함께 하얀 거인이라 불렸던 존재의 피부가 녹아내리기 시작했다. 하얀 외피와 지방질이 녹아서 사라진다. 장대한 덩치를 자랑하던 하얀 거인이었지만, 외부가 녹더니 상당히 날씬한 형태가 드러났다.

그건 피부가 없이 온몸의 검은 근육이 드러난 메마른 거인이었다.

"몬스터의 왕."

미카엘라는 왕의 심장이란 의미가 뭔지 이제야 알게 됐다.

왕이 원할 때 언제든 그의 육체가 되어주는 역할이었던 것이다.

얼마 전 칼두두가 패한 것도 이 때문이다.

그는 하얀 거인만 상정한 채 싸움을 걸어왔다. 하지만 상대의 정체는 몬스터의 왕.

결국 패사했다. 상황을 지켜보고 있던 산달폰은 그제야 이해하게 됐다.

"어째서인지 시간의 힘을 다루더니!"

아무리 하얀 거인이라도 왕에게만 허락된 권능을 쓰는 게 이상했던 것이다.

하지만 이제야 말이 됐다.

미카엘라는 혼란스러워 하는 산달폰의 앞을 막아서셨다.

"산달폰, 어떻게든 도망치렴. 여기는 막아볼 테니."

"왕이잖아요? 어떻게 하려고? 애초에 왕이 지금 여기에 왜?"

"그런 걸 따질 때가 아니잖니. 어떻게든 틈이 나면 전력으로 빠져나가. 유제아가 들어 있는 오브를 들고."

오늘 밤은 모든 게 의문 투성이었다. 밝혀진 사실도 많았으나 궁금증도 그만큼 피어올랐다. 미카엘라는 혼란스러웠지만 자신이 할 일은 변하지 않는다고 여겼다.

어차피 초개와 같이 버리기로 각오한 목숨. 마지막까지 유제아를 위해 쓸 뿐이다.

"대체 어떻게 여기에 있는 거지? 몬스터의 왕? 네놈이 움직이면 메타트론이 가만 있지 않았을 텐데?"

미카엘라는 일단 말을 걸며 시간을 끌기로 했다. 방금 하얀 거인의 팔을 일격에 날려버리느라 많은 힘을 썼다. 회복할 시간이 필요했다.

왕은 그런 수작을 아는지, 모르는지 기꺼이 응해줬다.

[그래, 이 몸이 나섰다면 메타트론이 성소에서 뛰쳐나오고도 남지. 하지만 지금 그녀는 여력이 없을 거다.]

"그게 무슨 소리지?"

[메타트론의 신성지 앞에 또 다른 내가 있으니까.]

"또 다른 너라고?"

[그렇다. 크흐흐흐.]

이어진 얘기는 아주 놀라웠다. 정전 협정으로 용산 요새를 포기하자마자 몬스터의 군대가 노량진까지 내려갔던 것. 그곳을 이끌고 있는 건 왕의 정신체라고 했다.

"정신체? 그게 무슨 소리냐?"

[이 몸이 두 개로 나뉘어 있다는 거다. 정신체와 지금 너희 앞에 있는 육체.]

어째서 둘로 나눈 건지는 말해주지 않으니 알 길이 없었다. 다만 그 덕에 이런 양동작전이 가능했던 건 사실.

[메타트론은 아마 지금쯤 내 정신체와 싸우고 있겠지. 흐흐흐. 물론 제대로 응해줄 생각 따윈 없지만.]

"대체 꿍꿍이가 뭐지?"

[더 구구절절 설명해 줄 생각은 없다. 태양의 대천사. 이 정도면 충분히 시간을 끌었으니까.]

아무래도 시간을 끌고 싶었던 건 미카엘라만이 아니었던 것 같다. 왕의 육체는 전신의 기운을 끌어냈다. 그러자 시커먼 영기가 타오르는 검은 태양처럼 피어올랐다. 그 기세가 어찌나 대단하던지 산달폰이 놀라 넘어졌을 정도다.

미카엘라는 사슬의 힘을 끌어올리며 버텼다.

"산달폰, 싸움이 재개되는 순간 도망쳐."

"하지만!"

"제발. 가서 지금 들은 걸 전해. 그리고 내 목숨을 헛되게 하지 마."

이미 비장한 각오를 마친 미카엘라를 보며 산달폰은 더는 뭐라 할 수가 없었다. 그리고 그녀의 뜻대로 하기로 했다.

"알겠어요…."

"이걸 가지고 가."

미카엘라는 목에서 태양의 펜던트를 끌러서는 건네줬다. 이것에 담긴 치유의 힘이라면 도망가다 다쳐도 도움이 될 거라는 말과 함께. 그리고는 그녀는 곧장 몬스터의 왕이 충돌했다.

콰아아아앙!

미카엘라는 사선으로 쏘아져 올라가 왕과 충돌했다.

빛과 어둠이 사방으로 요란하게 흩어졌다. 왕은 검은 손을 뻗어 미카엘라를 붙잡으려 했다.

미카엘라는 뛰어난 비행술로 그 손길을 피하며 사슬을 휘둘러 댔다.

차아아앙!

빛을 머금은 사슬이 왕의 육체를 때리자 거대한 홈이 파였다. 그 길쭉한 상처에선 미카엘라의 신성한 빛이 흘러나오며 왕의 재생을 막고 있었다.

[제법이구나!]

비록 왕이 정신체와 분리된 완전체가 아니긴 해도 이 정도로 싸운다는 건 정말 대단한 일이었다.

칼두두가 아홉 개의 머리를 동원해도 순식간에 박살난 걸 생각해 보면 더욱 그랬다.

미카엘라는 죽음 힘을 다해 상대를 밀어붙였다.

산달폰이 도망칠 시간을 벌기 위해서다.

실제로 그건 효과가 있었다.

왕은 산달폰이 빠져나갈 때도 따로 손을 쓰지 못했다. 생의 모든 힘을 끌어내고 있는 미카엘라를 상대하기 위해서였다.

왕은 크게 웃어댔다. 그리고 몸 여기저기서 불길한 레이저를 사방으로 쏘아대며 말을 걸어왔다.

[그 이름만큼 정말 대단하구나! 태양의 대천사! 이전보다 훨씬 발전했군!]

"닥쳐라. 네놈 칭찬 따윈 필요없으니."

미카엘라는 공중에서 현란하게 레이저를 피하는 회피 기동을 했다. 그러다 외통수에 걸렸는데 날개 여섯 개를 펼쳐 몸을 막았다.

지잉!

레이저가 직격하자 황금빛 깃털이 뽑혀 사방에 흩어졌다. 미카엘라의 아름다운 날개는 반 이상 시커멓게 그을렸다.

어떻게든 막아냈지만 벌써부터 미카엘라의 안색은 시커멓게 죽어가고 있었다.

'너무 강해. 말도 안 될 정도로….'

절망감이 얼굴에 어렸다. 왕은 그런 미카엘라에게 추가타를 날리지 않고 느긋하게 물어왔다.

[태양의 대천사. 아까의 질문에 답하지 않았으니 다시 묻겠다. 무엇이 널 그렇게 강하게 만들었나? 홀로 내게 대적할 정도로.]

밀리고 있지만 이 정도면 정말 잘 싸우고 있었기에 왕의 감탄은 거짓이 아니었다.

미카엘라는 어느새 피투성이가 된 얼굴을 소매로 닦으며 답했다.

"모른다. 나도."

[스스로 모른다니 이 몸이 알려줄 필요가 있군.]

"뭐라?"

[아니, 사실 넌 잘 알고 있다. 그저 입 밖으로 그걸 내기 싫을 뿐. 스스로 어찌 강해졌는지.]

"…닥쳐."

왠지 듣기 싫은 소리가 나올 것 같아 미카엘라는 인상을 찌푸리며 일격을 날렸다. 하지만 왕은 공격을 막아내며 외쳤다.

[간단하다! 네가 강해진 이유는 간단하다. 그건 '어리석음' 때문이다!]

"뭐라?"

[이리 어리석을 줄이야! 스스로 돌아보라. 고결했던 태양의 대천사여. 그 하찮은 연정 때문에 마지막에 한 네 선택을!]

왕은 미카엘라의 마음을 비웃고 있었다.

동시에 인정하고 있었다.

미카엘라가 유제아를 향한 연정 때문에 강해졌다는 걸.

"말도 안 되는 소리!"

미카엘라는 겉으론 부정했지만 마음속으론 왕의 말에 공감하고 있었다.

틀린 얘기가 아니었다.

저주를 극복하기 위해 노력하다 만든 사슬의 힘은 사실 유제아

곁에 계속 있고 싶다는 바람 때문이었다.

또 자신의 의무를 버리고 유제아를 선택한 것도 지적한 대로 연심 때문이었다.

여태 단 한 번도 의무를 저버리지 않았던 그녀가 스스로의 신념을 버리면서까지 유제아를 위한 것이다.

그건 말 그대로 어리석음이다.

긴 세월 동안 확립해 온 자아의 포기와도 같았으니까.

왕은 그걸 지적했다.

[너는 사랑 때문에 강해졌지만 사랑 때문에 몰락할 것이다. 태양의 대천사. 의무를 무시한 대가를 치르게 될 터.]

"닥쳐라! 이제 천사놀이는 질려버렸어! 한 번쯤은 내가 원하는 걸 바라도 상관없잖아!"

늘 주어진 일에 충실했던 미카엘라다. 단 한 번만 원하는 대로 하고 싶었다.

하지만 왕은 그걸 어리석다고 했다.

[아둔하구나! 네가 지금 가진 힘은 스스로의 신념을 지키고, 천사의 역할을 다했기에 가능했던 것이거늘! 천사의 의무를 포기하고도 그 힘이 계속 너의 것일 거라 여기는가.]

"상관없다! 설령 다음 생에 자아를 잃고 흩어져도 이번 생의 간절한 단 하나를 위해 움직일 것이니!"

미카엘라도 이미 폭주 상태.

긴 세월간 쌓은 건 모두 내던지고 싸움에 나선 것이다.

하지만 그녀가 아직 모르는 게 있었다. 왕이 가진 특별한 힘을.

그것은 명분과 의무, 인과율에 관한 것이다.

사실 미카엘라가 의무를 저버린다고 해서 당장 힘을 잃는 건 아니다.

애초에 그런 식이면 힘을 유지하는 천사가 남아나지 않을 터. 대신 다음 싸움에서 인과에 의해 영향을 받는 거다.

한데 왕은 그 인과를 자기 입맛에 맞게 사용할 줄 알았다.

다른 이는 따라하지도 못할 권능이었다.

[태양의 대천사여. 네가 의무를 다했다면, 다른 결과가 있었을지도 모르지. 지금의 나는 정신체와 분리된 반푼이니까. 하지만 그 어리석음이 날 돕는구나.]

"뭐라?"

[자, 스스로 행한 일의 대가를 받으라. 이제 너는 태양빛을 잃을 것이다.]

위대한 힘이 미카엘라를 감쌌다. 그건 항거불능의 종류였다.

인과율을 조작해 결과를 당겨오는 힘.

본래라면 다음 생에 받았을 대가를 지금으로 끌어오는 것이다. 그와 함께 미카엘라는 의무를 저버린 대가를 받게 됐다.

맹수처럼 사납게 날뛰던 사슬들이 빛을 잃는다.

차르르르.

그리고 더는 공중에 떠있지 못하고 모두 지면으로 떨어졌다. 요란한 쇳소리를 낸 그것들은 그냥 평범한 쇠사슬처럼 보였다.

미카엘라는 자신의 힘이 대부분 막혀버린 걸 깨닫고는 눈이 휘둥그레졌다.

"이럴 수는 없어….".

하지만 뭐라 더 말하기도 전에 왕의 시커먼 손길이 미카엘라를 공중에서 붙잡았다.

꽈악.

미카엘라는 전신을 조여 오는 고통에 비명을 질렀다. 왕은 그 모습에 가학적으로 웃어댔다.

[크흐흐흣! 어리석음의 대가는 언제나 이렇게 비참한 법!]

"끄으으으! 윽! 날 어쩔 셈이냐!"

[글쎄?]

미카엘라를 들여다보는 왕의 눈동자는 한없이 깊고 어두웠다. 그 모습에 미카엘라는 처음으로 공포를 느꼈다.

"차라리! 죽여라!"

[순순히 그럴 수는 없지. 어떻게 붙잡은 건데. 너는 자양분이 될 것이다.]

"뭐라?"

[널 포식하겠다는 거다. 그리고 그 힘은 정신체와 하나가 되는 원동력이 될 터.]

"여기서 더 강해진다고…?"

미카엘라는 정말 현실을 부정하고 싶었다. 이렇게 강한 존재가 사실 반푼이었고, 지금 메타트론을 견제하고 있는 정신체와 합체해 완전한 형태가 되겠다는 것.

[크흐흐흐. 놀랄 것 없다. 이 기나긴 싸움을 끝내길 궁리한 건 너희만이 아니다. 나는 역사상 최고의 힘을 갖게 될 것이다. 양진영의

균형을 박살낼 정도로.]

"말도 안 돼… 그런 단계가 있을 리가 없다."

많은 싸움이 있었지만 왕이 그 정도로 강해진 적은 없었다. 애초에 그랬으니 여태 대립이 끝나질 않았고.

[분명 그렇게 된다면 메타트론이 온힘을 회복해도 능히 이길 수 있을 것이다. 왜 말이 안 된다고 생각하나?]

왕의 물음에 미카엘라는 당연하다는 듯 답했다.

"그 정도면 신의 힘이 아닌가? 우리 주인에겐 못 미쳐도 이 굴레를 끝장낼 정도의 힘…."

[정확하다. 잘 이해하고 있구나. 분명 반신에 가까운 존재가 되겠지.]

"진정으로 하는 소리인가?"

[그렇다! 이 몸은 이 길고 긴 싸움에서 해방되어 신격의 반열에 올라서겠지. 그것으로 이 지겨운 멍에를 벗어던지겠다!]

미카엘라는 놀라서 아픈 것도 잊고 눈을 크게 떴다.

이 영원한 싸움에 진력을 내는 건 몬스터도 마찬가지인 건 알고 있었다. 그저 끝낼 수 없어서 계속할 뿐.

한데 몬스터의 왕이 저런 야망을 품고 있었을 줄은 생각도 못 했다.

"신격이라고…?"

비록 그게 온전한 신격은 아닐 테지만 감히 바라기 힘든 소망이긴 했다.

왕은 넋이 반쯤 나간 미카엘라를 보며 즐거움을 감추지 않았다.

[왜? 상상치도 못했나? 크흐하핫! 이 몸은 신이 되겠다. 그리고 이 지구란 세계를 영토로 삼아 직접 다스리겠다. 악신격이 새시작을 하기엔 꽤나 아름답고 멋진 장소지.]

"이놈!"

[지구는 생명이 가득한 곳이기에 그만큼 파괴하고 학살하는 재미가 있을 터!]

"네놈은 미쳤군!"

[크흐흐! 본디 세상을 바꾸는 건 미치광이인 법이다. 내 야망에 고개를 숙이라. 태양의 대천사여. 새로 태어날 악신격으로서 지금 서원한다. 나의 악은 이 땅의 생명을 숙주로 삼아 혼돈을 사방으로 뿌릴 것이다. 본디 정렬된 것은 혼돈과 어지러움으로 변해가는 것! 그것이 우주의 법칙이며, 내 승리도 그 수많은 증거 중 하나가 되리라!]

미카엘라는 왕의 진정한 목적과 광기를 마주하고는 머릿속이 하얗게 변하는 듯했다.

그녀는 고통 속에서도 자신의 모든 걸 끌어냈다.

비록 미래에서 결과를 가져오는 왕의 권능 때문에 대부분의 능력이 막히긴 했지만, 자신의 생명력은 그대로였다.

'왕은 내 힘을 흡수하려고 한다.'

차라리 그걸 불태워 공격을 하는 게 낫겠다는 판단이 들었다.

어차피 이곳에서 죽는 건 기정사실이니까.

'아, 유제아…'

결정을 하자 마음속에서 아픔이 피어올랐다. 마지막으로 그의 얼굴을 한 번만 더 봤으면 싶었기 때문이다.

짝사랑만 하고 이루질 못했다.

어리석다고 한 왕의 말이 틀리지 않은 모양이다.

미카엘라는 의지를 다잡고 미련을 끊어냈다.

부디 그가 무사하길 바라며 생명력을 불태우며 최후의 일격을 준비했다.

왕의 손에 작은 새처럼 사로잡힌 그녀가 찬란한 태양빛을 다시 한 번 뿜어냈다.

무척이나 위협적인 빛이라 어둠으로 이뤄진 왕을 단번에 지워버릴 것만 같았다.

"네 야망이 실현되게 두지 않겠다!"

[호오, 그 희생정신이 참으로 근사하군. 하지만 말이야….]

왕은 입꼬리를 올리며 작은 힘을 일으켰다. 그건 미카엘라가 만든 거대한 파괴의 에너지에 비해 너무나 작은 것이었다.

하지만 효과는 확실했다.

미카엘라가 피를 토해내며 애써 끌어 모으던 힘을 다 놓쳐버렸기 때문이다.

태양빛이 허무하게 사방으로 흩어진다. 어둠을 밝히던 그 강렬한 빛은 처음부터 없었던 것처럼 허망했다.

"이건…!"

미카엘라는 자신을 휘감은 탁한 힘이 뭔지 깨달았다.

바로 카르페에게 받은 저주의 힘이다. 그게 마지막으로 발목을 잡아왔다.

애써 억눌러 왔지만 왕이 살짝 건드리자 들불처럼 일어나 미카엘라를 굴복시킨 것이다.

얼굴이 파랗게 질리고 입과 코에서 피가 계속 터져나왔다. 미카엘라는 꼼짝도 할 수 없었다.

왕은 그런 그녀를 보며 한 마디 했다.

[그러게, 조금 더 고결한 선택을 했어야지. 어리석은 천사여. 너는 군대를 막기 위해 돌아갔어야 했다.]

"으윽……."

신음하는 미카엘라에게 왕은 조롱을 감추지 않았다.

[재밌는 걸 하나 알려주지. 사실 네가 이곳에 왔을 때 오브 안에 든 귀찮은 인간 따위는 아무래도 상관없어졌다.]

"…뭐라?"

[애초에 목표가 바뀌었던 거다.]

산달폰이 오브를 들고 도망갈 때 왕은 미카엘라와 싸우는 중이었지만 그걸 막을 여력이 있었다. 하지만 잡지 않았다. 미카엘라가 계속 이 자리에 머물고 있도록.

그건 확실히 그녀를 포식하기 위해다.

왕에겐 화신인 인간 따위보다 미카엘라가 훨씬 중요했던 것이다.

미카엘라는 자신이 왕에게 완전히 놀아났음을 깨달았다. 허탈한 웃음이 절로 흘러나왔다.

"하하…."

[네가 지키고자 했던 인간도 오래가진 못할 거다. 허무의 공간 안에 바라카엘이 무리를 이끌고 들어갔으니까. 설령 천운이 따라 무사히 나온다고 해도 괜찮다. 오늘 널 잡았으니.]

그 말과 함께 왕의 주둥이가 쩌억 벌어진다.

마치 뱀의 그것처럼 커다랗게 열렸다. 목구멍 안으로는 혼돈과 어둠이 가득했고, 촉수처럼 끔찍한 돌기가 무수히 많았다.

미카엘라는 자신을 잡아먹으러 오는 왕을 보고도 꼼짝할 수 없었다. 이미 남은 힘이 없었기 때문이다.

그녀는 짧은 유언도 남기지 못했다.

아그작, 꿀꺽.

짧고 잔인한 소리와 함께 왕의 입 속으로 미카엘라가 사라졌다.

빛이 어둠에 삼켜진 것이다.

4. 가장 필요한 건 복수뿐

지금 허무의 공간 안에서 격렬한 전투가 벌어지고 있다.

이 유제아를 상대로 전직 대천사 바라카엘과 군주급 셋, 고위 몬스터 열둘이 달려들었던 것이다.

누가 봐도 내가 압도적으로 불리한 상황.

도망다니는 게 유일한 희망으로, 놈들에게 붙들리는 즉시 갈려나갈 게 뻔했다. 한데 어째서인지 지금 상황은 꽤 달랐다.

"잡아! 저 빌어먹을 놈이 눈앞에 있는데 왜 못 잡는 거냐!"

바라카엘이 악을 쓰자 군주급 몬스터 셋에서 일제히 마법을 쏴댔다. 하지만 그것은 날 전혀 맞추지 못하고 기묘하게 휘어 어깨 뒤편으로 사라졌다.

콰아아앙!

흘려버린 마법이 폭발하며 뒤쪽에서 불길이 치솟는다. 그럼에도 담담하게 서 있자 군주급 몬스터들은 질렸다는 표정이 된다.

그도 그럴 수밖에.

지금 상황이 뭔가 싶을 테니까.

왜 전력으로 쏘아낸 마법이 목표를 형편없이 빗나가는지 의아하기만 하겠지.

답은 간단하다.

내가 새로 얻은 능력으로 공간을 조작했기 때문.

그렇기에 똑바로 쏘아져 오던 마법이 휘어진 공간을 따라 옆으로 빗나가 버린 것이다.

이전의 나라면 꿈도 못 꿀 어마어마한 능력이다. 이곳에서 신적인 지식을 얻고 대오각성하지 않았다면 어림도 없는 일.

아닌 게 아니라, 군주급 몬스터들조차 그런 힘을 갖고도 눈앞에 벌어지는 현상을 이해하지 못해 쩔쩔매고 있었으니까.

급기야 셋은 마법을 그만두더니 황소처럼 돌진해 왔다. 하지만 이번에는 더욱 기이한 현상이 벌어졌다.

군주급 몬스터 셋이 날 두고는 좌우로 갈라져서 엉뚱한 방향으로 달리기 시작했던 것.

눈앞에 목표물이 있는데 달려서 닿을 수가 없는 상황. 그들은 이 황당함에 분노하며 울분을 터뜨려댔다.

"크워어어어!"

이게 바로 공간을 다루는 힘의 위력이었다.

나는 이런 이점을 이용해 엄청난 전력을 상대로 팽팽한 싸움을 벌이고 있었다.

물론 내가 신도 아니고 시간과 공간을 마음먹은 대로 자유롭게 움직이는 건 아니다. 제약도 있고 일정한 수준 이상은 무리였다. 그래서 싸움은 아슬아슬하기 그지없었다.

조금만 실수해도 살벌한 적이 날 가만두지 않을 테니까.

하지만 이런 줄타기는 내게 익숙한 것이었다. 급기야 변형한 공간의 이점을 이용해 군주급 몬스터 하나를 쓰러뜨리는데 성공했다.

"꾸어어어어!"

어쩐지 소가 울부짖는 것 같은 소리와 함께 군주급 몬스터가 넘어갔다.

남은 건 군주급 둘과 바라카엘뿐. 같이 왔던 고위 몬스터들은 진작 쓸려나갔다. 그들은 내가 방향을 틀어버린 군주급 몬스터의 마법에 맞아 비명횡사해 버렸다.

"잡아! 몸으로 붙잡아라! 이후에는 내가 처리할 테니!"

바라카엘이 흥분해서는 꽥꽥거렸다. 완승을 자신했는데 상황이 이렇게 되자 당황스럽겠지.

그는 계속 소리쳐댔다.

"어차피 이 공간은 작아서 놈이 도망치는 데는 한계가 있다! 몰아넣으라고!"

이 허무의 공간은 생각보다 크지 않았다. 애초에 그것 때문에 금방 잡힐 것 같았지만, 실제로 싸워보니 내게 더 유리하게 작용했다.

이유는 간단하다.

이곳의 공간이 작았기에, 새로 얻은 힘을 더 잘 다룰 수 있었던 것이다.

만약 이곳이 밖의 세계처럼 넓은 곳이었으면 지금처럼 능수능란하게 적을 상대하지 못했겠지.

하지만 작은 공간이라 손쉽게 이리저리 만지며 놈들을 유린할 수 있었다.

그만큼 공간을 조작하는데 부담이 덜하니 말이다.

간단히 말하자면, 이곳에서 나는 밖에서보다 훨씬 강했다.

"유제아! 이 빌어먹을 놈!"

끊임없이 쏟아지는 바라카엘의 극찬을 들으며, 나는 방패 옆에 튀어나온 장식을 쥐었다. 이건 마치 시계의 용두와 같은 구조를 갖고 있었다.

즈굴과 싸우다 일어난 변화인데, 용두를 1단으로 뽑아 돌리면 시간 도약이 가능했다. 시계방향으로 돌리면 미래로, 반시계방향으로 돌리면 과거인데, 과거로 가는 건 부담이 너무 커서 시도하질 않았다.

마력 소모가 엄청났으니까.

하지만 지금이라면 문제가 없을 것 같았다.

내가 과거로 가는 건 이 작은 공간 안에서만 한정되니 마력소모도 그만큼 적었으니까.

나는 용두를 1단으로 뽑아 바로 역방향으로 돌렸다. 임의의 시간으로 돌아가지만 별로 상관없었다. 아까부터 군주급 두 놈의 동선을 다 외우고 있었으니까.

팟!

무리해서 과거로 돌아온 이유는 간단하다. 군주급 몬스터들의 노림수를 미리 봐뒀으니 유용하게 사용하기 위해서다.

나는 이 이점을 이용해 군주급 몬스터를 하나 더 쓰러뜨렸다. 방패의 날 부분으로 내리찍으니 이마가 함몰돼 쓰러졌다.

쿠어어어어!

거대한 육체가 지면에 쓰러진다. 이제 남은 건 바라카엘과 군주급 하나.

바라카엘은 격분했다.

"유제아! 네놈의 장난질은 여기까지다! 이미 지켜보면서 무슨 수작을 부리는지 이해했다."

"오, 그래서 극복할 수 있다는 건가?"

"물론이다! 이 바라카엘을 얕봐선 곤란하지."

저렇게 자신만만하게 나오자 내심 좀 쫄렸다. 바라카엘이 이전보다 훨씬 강해진 걸 알기 때문이다. 그래서 뭘 하나 했더니 생각지도 못한 일을 저질렀다.

촉수를 뻗더니 남은 군주급 몬스터를 관통한 것. 그리고는 군주급 몬스터의 에너지를 꿀꺽꿀꺽 빨아들이기 시작한다.

동족 포식이었다.

군주급 몬스터가 고통에 울부짖으며 벗어나려 발버둥쳤으나 소용없었다. 놈은 곧 말라비틀어진 미라처럼 변해서 바닥에 쓰러졌다.

그러더니 바라카엘이 기세등등해졌다.

"유제아! 이 천한 인간 놈아. 네놈이 공간을 가지고 장난질을 하는 걸 모르지 않는다!"

"알면 어쩔 건데?"

시공을 다루는 건 신적 능력이란 말이 아깝지 않은 고등한 힘이다. 아무리 바라카엘이 강해졌어도 관련된 권능을 받지 않는 이상 나처럼 하긴 무리다. 그래서 어쩌지 못할 거라 여겼는데 바라카엘은 기상천외한 방법을 동원했다.

"네놈의 가증스러운 짓거리야 쉽게 파훼할 수 있다!"

그리 외치더니 바라카엘은 방금 흡수한 군주급 몬스터의 마력을 가루로 만들어 사방에 뿜어냈다.

놈의 몸뚱이에는 기괴한 입이 여러 개 달려 있어, 그곳에서 마력이 먼지처럼 쏟아져 나왔다. 그러자 놀라운 일이 벌어졌다.

그 마력의 가루는 허공에서 마치 작은 별처럼 반짝였는데, 덕분에 휘어진 공간의 모습이 고스란히 드러났다는 거다.

굳이 예를 들자면.

투명인간을 잡으려고 밀가루를 뿌리는 것과 비슷한 원리랄까?

내가 공간을 움푹 파놓거나 도넛처럼 만들어 놓는 등, 다양한 짓거리를 한 게 여실히 드러났다.

적어도 저 마력 가루가 다 사라지기 전에는 감출 수 없을 듯했다.

"이런 방법이 있다니."

설마 바라카엘이 이 정도로 창의력대장일 줄이야. 역시 저 정도 위치에 올라간 게 우연은 아니구나.

바라카엘은 기분이 좋은 듯 째지는 목소리로 웃어댔다.

"크하하핫! 밑천이 드러나니 어떤 기분인가!"

그는 곧장 강력한 파괴마법을 날려왔다. 일단 방패를 들어 막을 수밖에 없었다.

콰아아앙—!

요란한 소리와 함께 뒤로 주욱 미끄러졌다. 이 모습에 바라카엘은 찢어진 입을 벌리며 히죽거렸다.

"그렇군. 역시 즉각 공간을 조작할 수는 없는 거야. 공격을 예상하고 미리 손쓰는 형태인가?"

바라카엘의 말은 정답이었다.

아무리 깨달음을 얻었다고 해도 내가 무슨 신격도 아니고, 마구잡이로 공간을 조작할 수 없는 법.

마법이 날아오는 걸 보고 공간을 조작하는 식으로 쓸 수는 없다.

조작을 위해 다소 시간이 걸리기 때문이다. 그게 오래 걸리는 건 아닌데, 극속으로 날아오는 마법에 실시간으로 대응하긴 힘들었다.

그래서 나는 적과 대치하면 미리 티 안 나게 공간을 조작해 놓는 방식을 썼다.

돌격해 올 거 같으면 앞쪽의 공간을 비틀어 놓거나 하는 식이다. 바라카엘 놈은 한 번 실험해 보더니 그것까지 간파해 버렸다.

'만만치 않군.'

강력한 카드인 공간 조작이 막혀버렸으니 말이다. 그렇다고 너무 낙담할 필요는 없다. 바라카엘이라고 내가 시간을 건드는 것까진 어쩌지 못할 테니까.

"유제아, 어디 계속 해봐라. 마지막에 네놈 머리를 뽑아 들고 있는 건 나일 테니."

바라카엘은 맹렬한 속도로 돌진해 왔다. 마력의 빛무리 덕분에 조작된 공간은 우회해 달려온다. 구더기 같은 모양의 하반신을 꿈틀거리며 오는 게 끔찍해 토악질 나올 것만 같다.

저 모습은 본인의 표현을 빌리자면 '훌륭한 기능의 집합체'이자, '확장된 가능성'일 테지만.

정면으론 놈을 이길 방법이 없다. 수많은 촉수를 꿈틀거리는 괴물이 됐지만 전투력만큼은 확실하니까.

유일한 해법은 즈굴과 싸웠을 때처럼 시간 도약을 쓰는 것.

다만 아슬아슬하겠지.

그 무작위성 때문에.

하지만 다른 방법이 없었기에 나는 방패의 용두를 1단으로 뽑아 돌렸다.

시야가 점멸한다. 이후 나는 좌우를 두리번거리는 바라카엘의 측면에서 나타났다.

몇 초 뒤의 미래로 온 걸까?

놈에겐 내가 갑자기 사라진 걸로만 보일 터.

마침 옆구리의 빈틈을 딱 노릴 수 있게 됐다. 있는 힘껏 방패를 들어서 바라카엘의 구더기 같은 측면을 힘껏 내리찍었다.

퍼억!

측면은 갑충과 같은 껍질로 보강돼 있었는데 방패에 얻어맞고도 깨지지 않고 버텨냈다.

'이 무슨 내구도가?'

놀람도 잠시 바라카엘의 등 위로 돋아난 여러 가닥의 촉수들이 쏟아져 왔기에 황급히 뒤로 물러났다.

일부는 피했지만 일부는 방패로 간신히 막아냈다.

카아앙!

창처럼 쏟아진 촉수가 방패를 때리는 위력은 대단했다. 순간 휘청일 정도였다. 바라카엘은 그 틈을 놓치지 않고 촉수 한 가닥으로 내 발목을 잡아채서는 끌어당겼다. 그리고 몸 여기저기 달려 있는 입을 쩍 벌렸다.

아작아작아작.

그 입들은 금방이라도 날 물어뜯을 것처럼 요란하게 움직여댔다. 끌려갔다가는 그대로 끝이다.

나는 어떻게든 버티며 간신히 다시 용두를 돌려 미래로 점프했다.

팟.

정말 간발의 차이였다.

날 잡아끌기 위해 추가적인 촉수가 뻗어오는 순간 간신히 성공한 것이다.

이후 비슷한 상황이 반복됐다.

시간 도약으로 바라카엘의 빈틈을 노리는 나와 그걸 계속 붙잡으려는 바라카엘의 대결이다.

즈굴과 다른 건 내 공격이 거의 먹히질 않는다는 점.

시간 도약으로 즈굴을 상대로 꾸준히 유리한 고지를 점해가던 양상과 완전히 다르다.

바라카엘 역시 그걸 깨닫고는 기세등등해졌다.

"언제까지 할 수 있나 보겠다! 이 날파리야! 그 정도의 힘을 무한정 쓸 수는 없는 테니."

저 지적이 맞다.

시간 도약은 강력하긴 하지만 남발할 수 있는 힘은 아니다.

벌써 마력이 바닥을 드러내고 있는 상태. 이대로라면 내가 먼저

지치는 건 자명했다. 그렇다고 이 공간 안에서 달리 도망칠 곳도 없고.

결국 또 한 번 도약했을 때 위기에 처하고 말았다.

도약의 무작위성이 결국 내게 나쁜 패를 주고 만 것.

하필 나타난 장소가 바라카엘의 정면이었다. 그러자 바라카엘은 반색하며 귀신처럼 웃었다.

"크헤헤헤! 딱 걸렸구나."

삽시간에 바라카엘의 촉수들이 뻗어와 날 휘감는다. 두 다리를 묶더니 오른손에 든 태양신격의 방패를 빼앗으려 했다.

"빌어먹을! 으읔!"

어떻게든 빼앗기지 않기 위해 발버둥을 쳤다. 하지만 저쪽도 날 이기기 위해선 어떻게든 방패를 처리해야 한다는 걸 알았기 때문에 필사적이었다.

그야말로 드잡이질이 벌어졌는데 결국 바라카엘이 승리했다.

놈은 내 손에서 태양신격의 방패를 떼어낸 뒤 멀리 던져버리고는 포효했다.

"됐다! 됐어! 이제 네놈은 끝장이다!"

특히 암담한 표정을 짓는 내 모습이 그를 흡족하게 한 것 같았다. 길게 찢어진 입을 크게 벌리고는 웃음을 감추질 못한다.

"거미줄에 걸린 벌레 같은 처지로군. 유제아. 이제 네놈을 어떻게 죽여줄까?"

바라카엘은 길고 긴 혓바닥을 내밀더니 내 얼굴을 살짝 핥아댔다. 실로 변태 같은 행동이다. 끈적이는 침은 단순히 기분 나쁜 것이상이었다.

치이익.

침에는 강한 산성이 있어 얼굴이 타오르듯 뜨거웠다.

"끄으윽!"

아무래도 뺨이 녹아내린 것 같다. 눈앞이 어지러울 정도의 통증이다. 그러자 바라카엘은 더욱 기뻐했다.

"네놈을 핥아서 죽이는 것도 나쁘지 않겠군. 살점이 모두 녹아서 흘러내리고 자신의 뼈마디가 드러나는 걸 지켜보게 해주마."

"닥쳐라. 변절자."

"기운 넘치는 것도 나쁘지 않아. 오래 살아줄수록 내겐 기쁨이니까. 아아, 훌륭하다. 삶이여! 인생이여! 드디어 내 원수를 잡아 앙갚음 할 날이 이렇게 오는 구나. 찬란한 하루로다!"

"돌아버린 놈."

나는 아직 붙들리지 않은 오른손을 뻗어 마법지퍼에서 끝이 뭉뚝한 검 하나를 꺼냈다. 그것은 검신이 무척이나 넓은 종류였다.

바라카엘은 눈앞에 칼이 있었지만 전혀 위협을 느끼지 못하는 것 같았다.

"그깟 무딘 날붙이로 무엇을 하려고? 어디서 본 물건 같은데…."

내가 꺼낸 건 천사의 참수검이다. 바라카엘은 평소에 볼 일이 없어서 그런가 잘 모르는 모양이다. 하긴, 그의 클랜에서 죄인이 나오면 직접 처리하곤 했으니까.

다른 클랜처럼 참수검에 의해 처형하는 게 아니라 놈이 직접 죽여서 신체 개조에 쓰곤 했다고 한다. 그러니 이 칼을 잘 모르지.

게다가 참수검에서 무슨 엄청난 위협이 느껴지는 것도 아니니까. 일견에는 그냥 평범한 검 같다. 하지만 이것에는 아주 빼어난 능력이 있다.

바로 천사의 살점을 가르는 것.

나는 다시 혀를 내밀며 나를 산성침으로 핥으려는 바라카엘을 향해 검을 휘둘렀다.

바라카엘은 내 공격을 완전히 무시했다.

그는 태양신격의 방패로 때려도 별다른 피해를 입지 않을 정도의 몸이 됐다. 하니, 딱 봐도 허접해 보이는 검 따윈 신경도 안 쓰는 기색.

하지만 그게 놈의 실수였다.

참수검은 대번에 바라카엘의 목줄기를 파고 들었다.

"케에에엑!"

바라카엘은 검신이 깊게 박히자 비명을 질러댔다. 커진 동공을 보니 크게 놀란 기색이 역력하다.

"이게…? 이게 무슨!"

"참수검이다. 천사를 베는 검으로 라파엘의 목을 치기도 했지."

"그게, 그게… 무슨 상관이라고?"

완벽한 육체가 된 자신에게 참수검이 박힌다는 게 이해하기 어려운 모양이다.

그러나 이것에는 이유가 있었다.

아무리 갖은 몬스터의 신체를 이용해 개조를 진행했더라도 그의 본질은 천사.

지금이야 천사이던 시절을 발견하기도 힘든 지경이지만 분명 그

때의 흔적이 남아 있었다.

나는 시간 도약을 쓰면서 계속 그것을 찾았던 것이다.

"바라카엘, 설마 내가 먹히지도 않는 공격 때문에 계속 시간을 건너뛰었던 걸로 보였나?"

"설마, 네놈!"

그제야 내 노림수를 알게 된 바라카엘이 몸을 파르르 떨었다.

그렇다.

애초에 태양신격의 방패로 가한 공격은 눈속임. 잘 먹히지도 않는 걸 본 이후에는 바로 다음수를 준비하고 있었다.

계속 공격하는 척하며 바라카엘의 신체를 유심히 봤던 것. 그리고 목 부분에서 아직 천사이던 시절의 육체가 남아 있는 걸 발견했다. 치명타를 먹일 수 있는 부위에 천사의 육체가 남았다는 건 그야말로 큰 행운. 승리의 가능성을 볼 수 있었다.

그래서 기회가 나자마자 일격을 가한 것이다.

"유제아, 이 간교한 놈! 하지만 새로운 신체를 얻은 이 몸이 겨우 이 정도 따위에……."

바라카엘은 허세를 부렸지만 말을 다 끝마치지도 못했다. 검을 억지로 뽑자 목덜미에서 피분수가 쏟아진 것.

어찌나 심하게 피가 나오던지 마치 도심의 소화전이 고장난 걸 떠올리게 했다.

바라카엘은 대번에 힘이 빠져서는 붙잡고 있던 날 놓쳤다. 그리고는 한손으로 상처 부위를 짓눌렀다.

"끄으으으!"

어떻게든 상처를 틀어막고 날 노리려 했으나, 나도 이미 다음 동작에 들어간 상황.

천사의 육체가 남아 있는 부위는 목덜미만이 아니었다. 인간형의 상반신과 구더기 형태의 하반신이 연결된 지점 역시 아직 천사의 육체였다.

누더기처럼 기운 살점이 대천사 바라카엘이라 불리던 그때와 똑같았다.

즉각 달려가 그곳을 베자 다시 상처가 크게 벌어졌다. 바라카엘은 고통에 겨워했고, 목을 틀어막고 있던 손을 놓을 수밖에 없었다.

어떻게든 날 붙잡으려 했으니까.

하지만 이미 한 수 뒤쳐진 상황. 필패가 예정된 거나 마찬가지였다. 차라리 밖이었다면 도망이라도 치면 그만인데, 허무의 공간 안으로 들어온 게 문제였다.

결국 좁은 공간 안에서 싸운다는 건 나뿐만 아니라 놈에게도 문제가 있었던 거다.

"끝이다."

나는 바라카엘의 드러난 목에 다시 검을 휘둘렀다.

퍼억!

이번에는 훨씬 깊게 박혀서는 두툼한 목뼈에 박혔다. 순간 바라카엘은 신경의 일부가 끊어진 듯 촉수 가닥이 일제히 힘을 잃고는 바닥에 늘어졌다.

나는 그런 바라카엘의 몸에 발을 대고는 힘껏 참수검을 다시 뽑아냈다.

피슈슈슛!

검을 뽑자마자 피가 튀며 바라카엘의 머리가 오른쪽으로 기울었다. 이대로 두면 목이 분질러진 것처럼 덜렁덜렁하고 다닐 것 같았다.

바라카엘은 황급히 오른손으로 자신의 목을 떠받쳤다. 그의 얼굴은 이미 공포로 질려 있었다. 지금 상황이 도저히 믿을 수 없는 거겠지.

"자, 잠깐…!"

충혈된 눈동자로 바라카엘이 입을 열었다. 이미 눈과 코, 귀에서 피를 뿜어내는 중. 비참하기 이를 데 없는 몰골이다. 얼마 전에 선전포고를 가져와서는 으스대던 모습은 온데간데없었다.

"남길 말이라도 있나? 원한다면 들어주지."

나는 참수검을 양손으로 쥐고 어깨 위로 들어올렸다. 그러자 바라카엘이 필사적인 태도로 입을 열었다.

"사, 살려준다면 네게 더없이 훌륭한 제안을…."

더 들을 것도 없었다. 나는 힘껏 검을 휘둘렀다.

서걱.

섬뜩한 소음과 함께 바라카엘의 머리가 잘려서는 허공을 날았다. 그리고는 땅에 떨어져서는 볼품없이 굴렀다.

그는 죽지 않고 살아서는 원망의 말을 쏟아냈다.

"간악한 것! 남길 말을 들어준다고 하지 않았나…!"

"마지막이라면 뭔가 그럴 듯한 말이라도 남길 줄 알았지. 그 정도 위치에 있었던 자니까. 한데 설마 목숨이나 구걸할 줄이야."

더 들어줄 것도 없었다. 바라카엘은 뭐라 다시 입을 열려고 했지만 그게 끝이었다.

검을 내리찍어 두개골을 갈라버렸기 때문이다. 두개골이 단단하고 미끄러워 칼날이 깔끔하게 들어가지 못했다.

뭔가 베기보다 박살낸다는 느낌의 일격이었고, 그 덕에 바라카엘의 머리는 터지듯 갈라졌다. 안대를 벗고 몬스터의 것을 박아넣었던 두 눈도 터진 붕어처럼 툭 튀어나왔다.

기린처럼 긴 혓바닥이 튀어나와서는 아직 생명력이 남았는지 꼼장어처럼 꿈틀꿈틀 댔다.

"끝났군."

혹시나 싶어 태양신격의 방패로 태양광 폭사를 써 남은 살점을 모두 태웠다. 꼼꼼해서 나쁠 건 없다. 이런 놈은 혹여나 부활할 여지까지 없애버려야 안심이니까.

작업을 끝마치자 사방에 더러운 불티가 흩날렸다.

"후우⋯."

배신자인 바라카엘을 직접 처리했다는 건 큰 만족감을 줬다. 꼴보기 싫은 녀석과 원한이 하나둘씩 정리되는군.

그런데 대체 밖에 무슨 일이 벌어진 거지?

뭔가 터져도 터진 모양.

바라카엘이 어떻게 몬스터를 이끌고 안으로 들어왔을까?

'산달폰이 놈들을 안으로 넣을 리도 없고.'

아무리 내 뒤통수를 쳤어도 그럴 녀석은 아니다.

안에서는 알 수가 없으니 답답한 노릇.

'나가야겠군.'

시공을 다루는 힘이 생긴 이상 마음만 먹으면 충분히 가능했다.

문제는 이대로 탈출해도 괜찮냐는 것.

나가자마자 적진 한 가운데일지 누가 알겠나?

그래서인지 이대로 버텨야 하나, 나가야 하나 갈등이 일어났다. 하지만 여기 있어봐야 죽도 밥도 안 된다.

'어쩔 수 없다.'

나는 바로 공간을 비집기 시작했다. 일단 나가서 판단하자고.

지이이잉.

마치 레이저로 뭔가를 지지는 듯한 소리와 함께 공간에 틈새가 벌어져 간다. 다소 시간이 걸릴 것 같았다.

'그런데 바라카엘이 들어왔을 때는 공간이 확 찢어졌지. 나보다 훨씬 강한 존재가 힘을 쓴 건가?'

대체 그게 누굴까?

설마 하얀 거인? 아니, 내가 알기론 하얀 거인이 강하긴 해도 시간이나 공간을 다룰 정도는 아닌데.

그런 게 가능하다면 몬스터의 왕 밖에 없다. 하지만 왕은 분명 평양에 있다고 들었는데⋯. 알 수가 없군.

그때 밖으로 나갈 틈새가 완성됐다.

밖으로 나온 후의 상황은 충격적이었다. 어째서인지 천사와 몬스터가 융합된 형태로 돌아와 있던 산달폰은 괴로운 얼굴로 내게 무슨 일이 벌어졌는지 알려왔다.

"뭐, 뭐라고…?"

"미카엘라가 죽은 거 같다고?"

어이가 없어 되물었다. 어느새 입술이 덜덜 떨리고 있었다. 산달폰의 말로는 그녀가 우리를 구하기 위해 하얀 거인과 혼자 맞섰다고 한다.

"그럴 리가 없잖아. 그 강한 녀석이? 근거가 있어?"

머릿속에 태양처럼 반짝이며 상냥한 대천사의 모습이 떠올랐다. 산달폰의 말은 받아들이기 힘든 현실이었다.

본디 전쟁에선 많은 목숨이 사라진다. 가까운 존재라고 예외는 없다. 그렇기에 나 역시 이런 일을 많이 겪긴 했지만, 미카엘라가 죽었다는 건 받아들이기 어려웠다.

하지만 산달폰이 우는 얼굴로 태양의 펜던트를 내밀었을 때 결국 털썩 주저앉고 말았다.

"이럴 수가…."

이것은 미카엘라의 상징과도 같은 보물. 태양처럼 찬란한 빛을 내던 펜던트가 완전히 빛을 잃은 상태였다.

주인의 목숨이 끊어진 걸 확인이라도 해주는 것처럼.

머릿속이 하얗게 변했다. 그러다 이내 나는 벌떡 일어나서 북쪽으로 달려가려 했다.

"아직 살아 있을 거야."

"안 돼요!"

산달폰을 비롯해 다른 천사들이 날 붙잡았다. 이미 천사 진영으로 돌아온 상태.

"놔, 놓으라고. 이대로 죽었을 리가 없잖아!"

상황을 받아들이지 못하는 내 앞을 철심장 쿠니엘이 막아섰다.

"유제아, 지금은 그럴 때가 아니야."

그녀는 평소처럼 느릿느릿한 말투가 아니라 또렷하게 말해왔다.

나는 인상을 구겼다.

"어떻게 그리 말할 수 있어?"

"나라고 괴롭지 않을 리가 없잖아. 하지만 이미 여기저기서 싸움이 벌어졌어."

하얀 거인의 군대가 즉각 남하했다고 한다. 놈들은 사방으로 갈라져 방어가 취약해진 안산 여기저기를 공격하는 중이라고.

이미 불바다가 된 곳이 나오고 있다고 했다.

"이런 상황에서 네가 또 혼자 가버리면 안 돼. 유제아, 아군을 지휘해야지."

"안 돼. 아무리 그래도…."

"유제아, 스스로의 의무를 다해줘. 그게 미카엘라도 원하는 바일 테니까."

쿠니엘의 말은 정론이었다.

아군의 지휘를 포기하고 미카엘라 하나 때문에 달려갈 수는 없는 일. 하지만 그것 때문에 억장이 무너지는 것 같다. 쉽게 결정을 못하고 있자 쿠니엘이 한 가지를 덧붙였다.

"혼자 가서는 안 되는 이유가 더 있어. 지금 메타트론의 신성지도 공격받고 있어. 믿기 어렵겠지만… 몬스터의 왕이 나타났다고 해."

"왕이?"

"정확한 건 아니지만 왕이란 존재 외에는 설명할 수 없어."

노량진에서 온 보고에 의하면 어마어마한 존재감을 가진 괴물이 나타났다고. 혼자 수많은 몬스터에게 지배력을 발휘하고 있는 게 대군주급을 초월한 모습이라 했다.

또한 눈으로 관측할 수 없어서 마치 끓어오르는 거품 덩어리처럼만 보인다고.

"그런 존재는 왕 밖에 없지. 유제아, 미카엘라를 걱정하는 마음은 알겠어. 하지만 지금은 군을 지휘해야 해. 메타트론까지 위험에 빠지게 할 거야?"

대꾸할 말이 없었다.

이런 상황에서 혼자 미카엘라를 구하겠다고 떠나는 건 말도 안 된다.

까드득.

원통함에 이가 절로 갈렸다.

하지만 쿠니엘의 말대로 하기로 했다. 지금 곳곳에서 전투가 벌어지고 있었으니까.

사방이 화염에 휩싸였다.

최근 약간이나마 형태를 갖추고 사람 사는 모양새를 갖추던 난민촌을 화마가 뒤덮고 있었다.

하지만 사람들은 불길을 무시하고 미친 듯이 달렸다.

공포에 질려 머리나 옷에 불이 붙은 것도 모르는 것만 같았다.

"으아아아!"

"같이 가!"

절규에 가까운 소리가 사방에 가득하다. 그도 그럴 게, 난민촌까지 몬스터가 들이닥쳤기 때문이다.

최근 전투가 극렬하다곤 들었지만 설마 여기까지 몰려올 줄이야. 사람들은 기겁했다.

특히 몬스터를 처음보는 이들은 거의 패닉을 일으켰다.

키에에엑!

기괴하게 생긴 괴물들이 사람을 집어삼키며 피의 축제를 벌이고 있었다. 그 모습에 다리에 힘이 풀려버린 이도 여럿이다.

사방에 사람이 토막이 나고 내장이 질질 흘렀다. 아무리 정신이 강한 사람이라고 해도 견디기 어려운 일.

"안 돼! 그쪽으로 가면!"

공포에 이성을 잃고 불바다로 뛰어드는 이가 나오는 것도 이상한 일은 아니었다.

우리엘은 지금 상황에 욕설이 절로 나왔다.

"유제아! 이 빌어먹을 놈! 자기 일도 제대로 못하는 거냐!"

말은 그렇게 했지만 지금 상황이 유제아의 잘못이 아니란 것은 알고 있다.

이미 전면전이 벌어졌다. 전쟁은 양 진영 중 하나가 멸망해야 끝날 듯 살벌하기 짝이 없었다. 그러니 여기까지 몬스터가 들이닥쳐도 이상한 일은 아닌 셈.

우리엘은 단기간이지만 자신이 쌓아올렸던 게 통째로 무너지는 걸 지켜볼 수밖에 없었다.

대천사의 힘을 드러내지 않고 인간의 형태를 유지한 채로 밀려드는 몬스터 떼를 막기는 무리였으니까.

그렇다고 본래 형태로 돌아가긴 어려웠다.

'이 싸움에 다시 뛰어든다면 모처럼 얻은 자유는 끝이 난다.'

제멋대로 필요할 때만 분쟁에 끼어든다면 다른 천사들이 곱게 볼 리가 없다. 또한 뭔가 목적이 있는 게 아닐까 의심할 수도 있는 일. 열외했다면 그냥 죽은 듯 지내는 게 답이었다.

그 때문에 눈앞에 몰려드는 몬스터를 처리하면서도 망설였다.

'어차피 쓰레기 같은 곳에서 사는 놈들 아닌가? 전쟁에 이런 일은 흔하지. 큰 대가를 치르고 얻은 자유를 낭비해선 안 된다.'

생각해 보면 이상했다.

왜 자유를 얻고 이딴 곳에서 시간을 보냈던 건지 의아할 뿐.

차라리 이번 일을 기회삼아 훌훌 털어버리고 떠나는 게 맞을 터였다.

유일하게 신경 쓰이는 존재가 있었지만 일찌감치 떠나는 걸 몰래 지켜봤으니 괜찮다.

"으아아아!"

"살려줘! 아악!"

비명을 지르는 인간들의 모습에 다소 흔들렸으나 우리엘은 자신이 얻은 걸 지켜내기로 했다.

'어차피 인간을 지켜야할 이유도 모르겠고.'

우리엘은 자신을 향해 달려드는 몬스터 다섯을 일시에 얼려버리고는 결론을 내렸다.

파지직!

힘을 과도하게 끌어낸 탓에 애써 유지하고 있던 인간의 모습이 살짝 흔들렸다.

서늘한 한기와 특유의 머리색이 슬쩍슬쩍 드러나기 시작했다.

하지만 슬슬 떠날 생각이었기에 상관없었다.

'이 지겨운 곳도 안녕이군.'

그러던 중 우리엘은 저 혼돈의 너머에 쓰러져 있는 소녀를 발견했다.

그걸 보자마자 우리엘의 심장은 얼음 파편에 찔린 듯 움찔했다.

대체로 동요가 없던 그의 눈동자가 파르르 떨린다.

"빌어먹을…."

우리엘은 단번에 그곳까지 힘을 사용해 관통했다.

콰앙!

중간에 많은 몬스터들이 있었지만 쏟아지듯 나아가는 우리엘에게 스치자 얼어붙은 뒤 터져나갔다.

사방에서 얼음폭발이 일어나는 것만 같았다. 그리고 우리엘이 질주한 길을 따라 거대한 직선의 얼음 기둥이 세워졌다.

이글거리는 불길을 반사하며 주홍색으로 일렁이는 얼음 기둥은 무척이나 이질적으로 보였다.

사방에는 전혀 어울릴 거 같지 않은 불티와 얼음 가루가 섞여서 요란하게 날아다녔다.

우리엘은 그 속에서 쓰러진 작은 소녀 앞에 무릎 꿇었다.

소녀는 기침을 심하게 하고 있었다. 작은 손으로 애써 누르는 복부는 피가 흥건했다.

"케엑! 켁."

"가만히 있어라. 바로 치료해 줄 테니. 멍청한 것!"

우리엘은 소녀의 숨이 끊어지기 전에 발견해서 내심 안도했다. 치유는 자신의 특기가 아니지만, 이런 아이 하나 살리는 건…….

"이런 빌어먹을. 젠장."

우리엘은 나직이 욕설을 내뱉을 수밖에 없었다.

치료가 전혀 먹히지 않고 있었기 때문이다.

바로 상처에 붙은 부정한 저주 때문이었다.

몬스터 중에는 이런 식으로 물리적인 피해와 함께 저주를 동반하는 경우가 있다.

어쩌다 휘말린 건지는 모르겠지만 꽤나 강한 것이었다.

우리엘은 이런 것에 한 번도 문제를 느끼지 못했었다. 어지간한 저주는 자신의 몸을 침범하지 못하는 데다가, 휘하에 저주를 푸는 데 전문인 자들이 따라다녔기 때문이다.

하지만 지금 그의 곁에는 아무도 없었다.

우리엘은 머리가 핑핑 돌았다.

"이딴 저주 하나 때문에…?"

대천사라고 만능은 아니라지만, 이렇게 허술한 구석이 있을 줄은 스스로도 몰랐다.

모두와 함께 있었기에 몰랐던 단점이 너무나 간단하게 드러난 것이다.

"젠장! 젠장!"

우리엘은 이를 갈며 연달아 치료 주문을 사용했다. 하지만 그뿐이었다. 근본적인 저주를 해결하지 못하니 치료 주문의 효과는 미비했다.

이런 모습에 쓰러져 있던 소녀는 힘겹게 고개를 저었다.

"저… 괜찮아요."

"멍청한 것. 어디가 괜찮다는 말이냐?"

"저 멍청이 아니라 아영이에요."

"……."

우리엘이 말문이 막혀 가만히 있자 아영이가 품에서 뭔가를 꺼냈다. 그건 전부터 주겠다는 빵이었다. 비닐에 피가 잔뜩 묻어 더러워져 있었다.

"이거… 받아주세요."

"왜 다시 돌아온 거냐. 떠나는 걸 봤는데."

"두고 간 게 있어서 잠깐 들른다는 게 그만…."

"역시 너는 멍청이다."

"헤헤…."

작게 웃던 소녀는 홀린 듯 멍한 눈으로 우리엘을 쳐다봤다. 힘을 드러낸 탓에 천사의 모습 상당부분이 드러난 우리엘을 말이다.

"역시 천사님이셨네요…. 이름이 뭐예요?"

"…우리엘이다."

"아, 대천사님이셨구나. 역시…. 뭔가 다른 분인 줄 알았어요."

"……."

"우리를 지켜주시려고… 그런 모습으로 몰래…."

"끝까지 편한 대로 생각하는군."

"저는 괜찮으니 사람들을 좀 지켜주세요… 우리엘 님."

얼마 안 가 소녀는 숨이 끊어졌다.

우리엘은 멍하니 그걸 내려다보고 있었다. 마지막에 소녀가 쥐어준 빵 봉지를 쥔 채로 말이다.

그의 머릿속에는 오로지 한 가지 생각만이 맴돌았다.

'처음부터 정체를 드러내고 싸웠으면 아영이가 살 수 있었을까?'

아마 그럴 확률이 높았을 터.

타락하긴 했으나 대천사의 본래 능력을 발휘한다면 정착촌으로 몰려든 몬스터를 일소할 수 있었을 거다.

하지만 자유란 것 때문에 망설였다.

망설임.

그 속에서 머뭇거렸던 판단의 결과가 지금 우리엘의 정신을 뒤흔들고 있었다.

'이런 멍청한…. 자기 일도 못하는 건 유제아가 아니라 나 아닌가.'

가치란 건 수시로 변하는 법.

우리엘에겐 어느새 이 난민촌에서의 일이 자유란 것보다 큰 가치를 가지게 됐다.

본인이 인정하지 않았을 뿐이다.

그저 계속 원했던 자유란 것에 매몰되어 스스로 해야 할 일을 직시하지 못하고 말았다.

"미안하다. 진짜 멍청한 건 네가 아니라 나다."

어느새 우리엘의 주변은 몬스터들이 짐승떼처럼 둘러싸고 있었다. 시커먼 탐욕이 가득한 수많은 눈동자가 불길 속에서 일렁였다.

　몬스터들은 불행히도 우리엘이 대천사라는 걸 몰랐다. 아직 힘의 일부만 드러냈기 때문이다.

　그저 특별히 맛있는 먹이란 생각에 불길에 날아드는 나방처럼 이끌려 왔다.

　그러던 중 가장 강해 보이는 놈이 주둥이를 쩍 벌렸다.

　"키에에에!"

　동시에 사방에서 수십여 개의 주둥이가 일제히 벌려진다. 천사라는 존재의 육체를 피라냐처럼 뜯어먹기 위해서.

　하지만 그 주둥이들이 다물어지는 일은 없었다.

　파직!

　짧은 소음과 함께 일대가 빙벽처럼 얼어붙었기 때문이다. 몬스터들은 욕망에 젖어 있던 모습 그대로 굳어버렸다. 삽시간에 꺼져버린 불길에서 자욱하게 일어난 연기가 일대를 휘감을 뿐이다.

　우리엘은 그 속에서 대천사의 날개를 펼쳤다.

　검은빛으로 물들어 버린 그 날개를 말이다.

　타락한 모습이긴 하지만 지금만큼은 이상하리만큼 성스럽게 보였다.

　그는 자신이 원하는 일을 하기로 했다.

　"진영 싸움이니, 자유니 하는 건 이제 아무래도 좋다. 내가 가장 원하는 건, 복수다."

　그저 몬스터들을 갈아버리고 싶을 뿐이다.

거창한 목표 같은 것도 없었다.

잠깐, 짧은 인연이었던 이 아영이란 작은 인간의 복수를 해주면 속이 좀 시원해질 것 같았다. 그리고 죽음이란 게 인간에게도 꼭 축복이 아니란 사실을 깨달았다.

5. 소멸의 회오리

노량진.

메타트론 신성지의 성소.

기기묘묘한 마법진 가운데 메타트론이 조용히 무릎 꿇고 앉아 있었다. 그녀의 주위로 두 가지 상반된 힘이 일렁거렸다.

반짝이는 성스러운 빛과, 탁하고 어두운 연기. 이 두 가지의 상반된 힘이 충돌하지 않고 휘감기더니 이내 회색으로 변해 메타트론에게 흡수되길 반복한다.

현재 그녀는 자신의 힘을 회복 중이었다.

'거의 다 됐다.'

분신체가 죽은 뒤 성소 밖으로 일절 나가지 않은 게 도움이 됐다. 본체의 힘을 되찾는 일은 상당한 성과를 보고 있었다.

조금만 더하면 왕을 찔렀던 그때로 돌아갈 수 있을 것만 같다.

힘을 되찾는다는 건, 왕과의 결전이 재차 벌어질 거란 얘기. 그녀는 조용히 명상하면서 각오를 다지고 있었다.

비록 신성지 밖에 몬스터 군대가 몰려온 상황이지만 말이다.

"메타트론 님."

그때 한 천사가 성소 밖에서 기별해 왔다.

청성 칼리엘. 그 무력이 빼어나기로 이름 높은 자로 현재 노량진 신성지의 방어를 담당하고 있었다. 티르리온 100인대 역시 그의 휘하로 들어간 상황.

"무슨 일이지?"

"몰려온 몬스터에 관해서 드릴 말씀이 있습니다."

"별다른 문제는 없을 텐데? 방어하기엔 부족한 병력이 아니지 않느냐."

뭣보다 메타트론이 안에 버티고 있는 탓에 신성지의 힘이 막강했다. 그렇기에 별다른 우려를 하지 않았는데 칼리엘의 목소리가 심상치 않았다.

"척후조에서 심상치 않는 소식이 들려왔습니다. 지금 용산 요새쪽에서 어마어마한 괴물이 남하 중이라 합니다."

척후병은 노량진 앞에 몰려든 몬스터의 군대 너머로도 뿌려져 있었다. 후속적인 증원이나 보급 상태를 파악하기 위해서였다. 한데 그들이 놀라운 정보를 가져왔다.

정체불명의 괴물이 막강한 호위를 거느린 채 이동 중이라고.

"뭐라?"

"고위 몬스터들이 그 괴물 주위에서 뼈로 된 악기와 천사의 살가죽으로 만든 북을 치며, 춤을 추는 모습도 보였답니다."

"그 무슨 기괴한…. 괴물 놈은 어떻게 생겼느냐?"

"그게 파악이 안 된다고 합니다. 기묘한 거품 덩어리로만 관측된다고…."

"큰일이로구나."

메타트론은 그 이야기를 듣자마자 괴물의 정체를 알게 됐다.

"몬스터의 왕이다. 왕이 왜 내려오고 있는 거지?"

"역시 왕이군요."

메타트론의 확인에 칼리엘은 앓는 소리를 냈다. 사실 그 역시 짐작하고 있었다. 다만 긴가민가 하고 있었을 뿐인데, 저리 확인해 주자 암담할 수밖에.

하지만 그는 곧 의지를 추스렸다.

"왕이 온다고 해도 달라지지 않습니다. 끝까지 노량진을 지키고 메타트론 님을 수호하겠습니다."

"훌륭한 각오다. 모두에게 동요하지 말라고 하라. 만약 왕이 전투에 나선다면 본녀가 출정할 터이니. 무엇보다 신성지에서 싸우면 아군이 유리하다."

"네, 알겠습니다. 지배의 대천사시여."

칼리엘은 해당 소식을 안산에 보고하겠다고 말하며 물러났다. 메타트론은 혼자 성소에 남아 생각에 잠겼다. 왕의 노림수가 뭔지 헤아려 보기 위해서였다.

그러던 중 불길한 목소리가 성소 안을 울려왔다.

[본왕의 숙적이여⋯]

메타트론은 잠깐 눈을 치켜떴다. 지금 대화를 건 이는 몬스터의 왕이다.

'설마 신성지 안 성소까지 통신 마법을 해올 줄이야.'

언젠가 다시 대화할 날이 올 줄은 알았지만 갑작스러웠다. 하지만 메타트론은 침착하게 대꾸했다.

"괴물 놈. 찔렸던 등판은 괜찮은지 모르겠군?"

[덕분에 편안히 쉬는 날을 보냈지. 이렇게 다시 대화할 날을 기다리면서 말이야.]

"본녀 역시 기대하고 있었다. 다시 한번 네놈 몸뚱이에 칼을 꽂을 날을 기다렸지."

메타트론의 목소리는 사납기 그지없었다. 유제아 앞에서 보여주는 모습과는 완전히 달랐다. 마치 그 기세에 베일 것만 같이 서슬퍼랬다.

[그 날카로움이 사라지지 않았다니 반갑기 그지없군. 숙적이여. 눈앞에 다가온 복수의 순간이 더욱 달콤하겠구나.]

"놀랍군. 네놈이랑 서로 의견이 맞다니. 평양에 숨어 있어서 늘 짜증스러웠느니라. 마침 이렇게 나타났으니 반가워 죽겠구나."

메타트론은 대화를 이어나가면서 슬쩍 일어났다. 그리고 검을 들고는 성소 밖으로 나갔다.

밖에서 대기 하고 있던 청성 칼리엘이 놀란 표정을 짓는다.

"어찌 나오셨습니까?"

"우리 쪽에서 먼저 공격한다."

"네? 방어하며 버티기로 했던 것 아닙니까? 적의 숫자가 많습니다. 공격을 하기엔 무리입니다."

"불가능한 것도 아니지 않느냐. 용산 요새의 병력이 합류했으니까."

"어찌 그런 결정을 내리게 된 건지 알 수 없겠습니까? 지배의 대천사시여."

메타트론은 조용히 칼리엘에게만 말했다.

"지금 놈과 대화 중이다."

"정말입니까?"

"그렇느니라. 대화를 하면서 파악한 게 있다."

메타트론은 놀라운 감각으로, 통신 중에 몬스터왕의 상태를 파악해냈다. 놈이 완전체가 아니라는 것을 말이다.

"무슨 이유인지 모르겠지만 왕은 현재 반문이 같은 상태. 무언가 노림수가 있어서 허세를 부리고 있는 것이니라."

"아니, 대체 왜?"

"자세한 이유는 본녀도 모른다. 유제아가 옆에 있었다면 알려줬을 텐데 아깝구나. 쯧!"

메타트론은 몬스터의 왕에게 뭔가 노림수가 있는 게 확실해 보인다고 했다. 비록 뭘 하려는 건지는 모르겠지만 자신의 상태를 감추고 대치하려는 기색이라는 것.

"이럴 때일수록 의표를 찔러줘야 한다. 왕을 직접 상대하겠다. 아군을 이끌고 길을 열어라, 칼리엘. 왕을 격살하기만 하면 이번 전쟁은 승리다."

메타트론은 이 기회를 놓치지 않겠다고 했다. 왕은 어째서인지 전력이 아니다. 반면 그녀는 성소에서 착실히 힘을 수복한 상태. 정면충돌하면 승리할 수 있었다.

하지만 칼리엘은 신중론을 내세웠다.

"뭔가 다른 안배가 있을지도 모릅니다. 요컨대, 당신을 끌어내기 위한 수작이면 어찌하시렵니까?"

"확실히 그것도 일리가 있다."

메타트론은 고개를 끄덕이면서도 묘한 말을 덧붙였다.

"설령 그렇다고 해도, 그것도 나쁘지 않다."

"네? 어찌?"

"에이, 시끄럽다. 노량진의 총대장은 본녀. 시키는 대로 하지 못할까? 출진해서 공격할 테니, 너희는 따르면 그만이다."

결국 칼리엘은 메타트론의 고집을 꺾을 수 없다는 것을 깨달았다. 애초에 메타트론은 완고함과 고집불통으로 널리 알려진 존재. 유제아의 말은 잘 듣긴 하지만 다른 이에겐 어림도 없었다. 결국 칼리엘은 고개를 끄덕였다.

"명을 받들겠습니다."

"좋다. 전군 쐐기형으로 돌격한다. 본녀가 왕에게 닿게만 해다오. 이후에는 본녀가 처리할 테니까."

"네, 지배의 대천사시여."

메타트론이 결정하자 노량진 신성지의 병력은 유기적으로 움직이기 시작했다. 어쨌건 모두 메타트론에게 충성하는 자들이기 때문이다. 게다가 왕을 공격한다는 점이 이 위험한 제안을 매력적으로 만들었다. 다들 혈기왕성하게 무기를 들고 외쳐댔다.

"가자아아아!"

"오늘 우리는 역사를 쓸 것이다!"

노량진 신성지에 주둔한 헌터와 천사들은 최정예라 왕이 나타났다고 해서 겁먹지 않았다. 특히 당당하게 나타난 메타트론의 본체는 모두를 열광하게 하기 충분했다.

"와아아아아!"

"저게 서열 1위!"

"메타트론! 메타트론!"

확실히 메타트론의 본체는 위압감이 남달랐다. 그녀를 본 모두가 깨달았다. 가녀린 소녀의 외형 따위는 껍질에 불과하다는 걸. 저건 어마어마한 힘의 덩어리이자 압도적인 파괴력을 의인화한 존재였다.

"저 정도일 줄이야…."

"다른 대천사 님과는 비교가 안 되는군."

다들 왜 메타트론이 서열 1위인지 절감했다. 그간 가출천사란 오명을 뒤집어 쓴 채로 이탈했으면서도 서열 1위란 위치가 왜 유지됐는지 말이다.

메타트론 외에는 그 위치에 올라설 존재가 없었던 것이다.

그녀는 검을 들고는 모두의 앞에 섰다.

"성문을 열어라. 그리고 분노와 함께 돌격한다. 본녀가 왕에게 가닿을 수만 있다면 이 싸움은 무조건 승리한다!"

호언장담하는 태도에 환호성이 터져나왔다.

"와아아아아아!"

지금 그녀의 목소리를 듣는 이는 모두 절로 고개를 끄덕일 수밖에 없었다. 모두 깨달은 것이다. 이 정도의 힘을 가진 존재가 질 리가 없다는 점을.

부우우우웅!

황동 나팔이 요란하게 울렸고, 모두 군기를 앞세워 성 밖으로 몰려나갔다. 밖에는 몬스터의 대군이 마치 해일처럼 몰려오고 있는 상황. 하지만 두려움 따위는 없었다.

메타트론의 단호한 명령만이 있을 뿐이다.

"전군, 돌격!"

그 말과 함께 노량진의 천사와 헌터들은 몬스터를 행해 쐐기 대형으로 돌격했다. 그리고 얼마 안 가 가공할 충돌이 벌어졌다.

콰아아아앙!

마법이 폭발하고 육체가 터져나간다. 이윽고 양쪽이 맹렬하게 부딪쳤다. 그런데 놀랍게도 싸움은 천사와 헌터들이 기세를 탄 상황. 몬스터들은 설마 웅크리고 있던 적이 이렇게 날뛸 줄은 생각도 못했다. 숫자도 적은데 죽자고 돌격해 오니 당황할 수밖에.

첫 싸움부터 완전히 기세에서 밀렸다. 뒤늦게 군주급 몬스터들이 지배력을 발휘해 상황을 수습하려고 해봤지만 소용이 없었다.

메타트론이 나서서 군주급 몬스터를 직접 베어버렸기 때문이다.

스팟!

레이저처럼 날카로운 검광이 번쩍이자 군주급 몬스터의 몸이 반으로 갈라진다. 거대한 육체가 앞으로 허물어지자 사방을 휘어잡던 지배력도 흩어졌다. 동시에 몬스터들의 방어진이 무너져 내렸다.

의지를 강제하는 지배력도 없는 상황에서 미친놈들처럼 돌격해 오는 적을 상대할 생각 따윈 없었기 때문이다.

이런 상황을 지켜보던 여러 군주급 몬스터들은 당황한 기색이 역력했다.

"회색 천사가 본체로 나왔다!"

"맙소사. 막아! 막으라고!"

"감히 저 존재를 누가 막을 수 있다고?"

군주급들이 여럿 덤벼봐야 모조리 쓸려나갈 뿐이다. 군주급이 죽으면 지배력은 사라지고 거대한 군대도 와해된다.

천사와 헌터의 돌격은 기세를 더하고 있었다.

군주급 몬스터들은 군을 이끄는 강력한 장군이었으나 지금만큼은 대책이 없었다. 이젠 다들 고개를 돌려 왕을 쳐다봤다.

왕이 나서주지 않으면 서열 1위 대천사의 본체를 막을 길이 없는 것이다.

"왕이시여…."

[허둥대지 마라. 꼴사납구나. 작전대로 행한다. 넓게 퍼져 놈들을 포위하라.]

"하지만 그렇게 했다가는 저 대천사가 왕의 바로 앞까지 당도할 것입니다. 그때가 되면 무력한 저희는 고기방패가 되는 것 말고는 왕을 도울 길이 없습니다."

[숙적과의 만남은 바라는 바다. 너희는 맡은 군대를 통솔하라. 본왕이 원하는 것은 그것뿐이니.]

왕에게 무슨 꿍꿍이가 있는 건 확실해 보였다. 군주급 몬스터들은 그게 뭔지 알 길이 없었지만 일단 다행스럽게 여겼다.

저 미친 대천사를 막으라는 명령은 없었으니까. 왕의 주위에 있던 군주급 몬스터들은 군대를 통솔하러 흩어졌다. 명령대로 적군을 넓게 쌈 싸먹듯 포위하기 위해서다.

그러니 당연히 천사와 헌터들의 돌파는 훨씬 편해졌다. 그들은 적을 일방적으로 두들기며 마침내 몬스터의 왕에게 닿을 수 있었다.

이쯤되자 천사와 헌터들은 거대한 몬스터 무리 안에 갇힌 신세가 됐지만, 누구하나 절망하지 않았다.

메타트론이 왕을 쓰러뜨리면 살아나갈 수 있기 때문이다. 결국 처음 의도한 바대로 메타트론과 왕을 만나게 하는 작전은 성공한 것이다.

좌아아아아!

메타트론이 검을 한 번 휘두르자 수십 미터가 단번에 갈라졌다. 왕 앞에 근위병처럼 늘어서 있던 고위 몬스터들이 속절없이 죽어나갔다. 그들은 메타트론의 본체에 작은 생채기도 내지 못하고는 고깃덩어리로 변했다.

메타트론은 그들을 짓밟고는 앞으로 걸어갔다. 아직 적이 남아 있었지만 누구도 그녀의 앞을 막을 엄두를 내지 못했다.

덩치 큰 몬스터들이 주춤주춤 물러나자 드디어 왕의 모습이 메타트론의 시야에 들어왔다.

"드디어 다시 만났군."

메타르론은 왕에게서 눈을 떼지 않았다. 그녀의 시야에는 왕이 거품덩어리처럼 보이지 않았다. 그 외형을 또렷하게 관측할 수 있었다. 그 덕에 자신의 생각이 맞았음을 확신했다.

"반푼이 같은 상태로군. 대체 뭐지?"

왕은 완전체가 아니었다. 왜 반절인 상태로 자신을 찾아왔는지 의아해졌다. 만전으로 와도 누가 이길지 알 수 없는 일이거늘.

[반푼이라⋯. 그래, 본왕의 상태를 설명하기엔 더없이 적당한 단어로군.]

왕의 모습은 거미의 하반신과 악마의 상반신을 합친 형태 같았다. 몸에 따로 피부는 없고, 전신은 시커먼 근육으로 둘러싸여 있었다. 입술이나 눈꺼풀이 없어서 이빨과 안구가 그대로 드러난 모습이다.

　다만 그 육체는 물질적인 것보다 영체에 가까워 보였다. 메타트론은 의심스럽다는 눈길을 감추지 않았다.

　"무슨 꿍꿍이더냐? 그런 형상으로 왔다고 해도 본녀가 베지 못할 거라 여기는 건 아니겠지?"

　[그런 헛된 바람은 갖지 않았다. 숙적이여.]

　"하면?"

　[꽤나 신중해졌군. 예전이면 보자마자 칼질부터 했을 텐데.]

　그런 지적에 메타트론은 자기도 모르게 살짝 끄덕였다. 확실히 그 말대로였다. 유제아를 만나고 나서 성격이 좀 변했다.

　저런 형태로 나타난 게 의심스러워 일단 대화를 하는 척 살펴보고 있는 것이다.

　그녀는 격이 높은 대천사다.

　안력을 높이는 것만으로도 많은 걸 파악할 수 있다. 실제로 금방 답이 나왔다.

　"네놈? 일종의 정신체 같은 거로군?"

　결과는 놀라웠다. 메타트론은 깨달을 수 있었다. 지금 왕이 자신을 육체와 정신이란 두 가지로 나눠놓은 상태라는 걸.

　"대체 육체는 어디로 가고 정신만 온 거지? 그깟 상태로 본녀를 상대할 수 있을 것 같나?"

　상황 파악이 끝난 메타트론은 목소리가 날카로워졌다. 당장이라도 검을 휘두를 기세였다.

그럼에도 왕은 여유롭기만 하다.

[승리를 위해서는 이 정도로도 충분하니까.]

"본녀를 쓰러뜨리는 게 승리의 조건이 아니로군?"

메타트론의 지적에 왕은 놀라움을 감추지 않았다.

[훌륭한 통찰력이군. 확실히 그대는 변했구나. 지배의 대천사여. 무엇이 그대를 그리 만들었을지? 애지중지하던 그 인간인가?]

현재 왕의 목표는 메타트론을 잡아두기만 하는 것이다. 그 동안 하얀 거인이 남하해 안산 일대를 타격하고 인간과 천사를 쓸어버릴 계획이었다.

메타트론은 강력한 무력을 가지고 있기에 갑자기 튀어나와 변수가 되는 걸 막기 위해서였다.

그녀만 나서지 않으면 하얀 거인과 휘하의 병력만으로도 충분했으니까.

한데 지금 한 가지 이유가 더 생겼다.

바로 미카엘라를 포식하는 것이다.

뜬금없이 미카엘라가 하얀 거인과 대치중인 상황. 그녀는 하얀 거인이 실제론 왕의 육체란 사실을 모르고 있었다.

하면 분명 포식해 버릴 수 있을 터. 그 때문이라도 메타트론을 여기 잡아두는 게 더욱 중요해졌다. 그녀가 튀어나가 미카엘라를 구원하면 일이 틀어지니까.

왕에겐 다행히도 메타트론은 현재 미카엘라에게 벌어지는 일을 모르고 있었다.

"알 것 없다. 반푼이. 더 대화할 필요는 없을 것 같구나."

메타트론은 상대를 살펴보는 게 끝나자 지체없이 달려들었다.

싸움 전에 말로 이득을 보는 건 유제아의 특기지 자신과는 무관하다 여겼으니까.

번쩍.

메타트론의 불타는 검이 왕을 대번에 갈라버리려 했다. 하지만 역시 왕은 왕. 반푼이 상태임에도 방어에만 집중하자 메타트론의 공격을 효과적으로 막아냈다.

왕은 애초에 정정당당한 대결을 벌일 생각 따윈 없었다. 메타트론을 상대로 방어에 집중하고 때론 이리저리 도망만 다녔다. 그리고 필요하면 주변에 널린 몬스터를 불러서 고기방패로 삼았다.

왕을 호종하는 개체는 모두 고위 몬스터였기에 그들이 물량으로 막아서자 메타트론도 마냥 편하게 칼질을 할 수는 없었다.

"이 비겁한 놈! 언제까지 내빼고만 있을 거지!"

메타트론의 목소리에 분기가 어렸다. 반쪽짜리 왕은 메타트론의 상대가 전혀 되지 못했고, 싸움은 일방적이었다. 제대로 한 방만 걸리면 왕은 치명타를 입을 게 뻔했지만, 아주 능수능란하게 피해 다녔다. 그는 기분 좋게 웃어댔다.

[숙적이여. 본왕 같은 존재는 과거에서 교훈을 얻는 법이지.]

"뭐라?"

[네가 갑자기 나타나 본왕을 찔러버린 순간을 기억한다. 다시 생각해도 아찔했지. 그런 일을 겪고도 아무런 대비도 하지 않았을 것 같나?]

몬스터의 왕은 찔린 몸을 회복하면서 다양한 기술을 개발했는데, 대부분 회피와 방어에 관계된 종류였다. 그래서 지금 성난 기세로 날뛰는 메타트론을 상대로도 곧잘 버티고 있었다.

잡힐 듯, 잡힐 듯하며 잡히지 않는 솜씨가 아주 예술이다. 더군다나 주변에는 검을 대신 맞아줄 몬스터가 널려있었다.

"언제까지 그럴 수 있나 보자!"

메타트론은 더욱 힘을 끌어내 광역기를 난사했다.

하늘로 치솟아 오른 그녀는 땅을 향해 들고 있던 검을 힘껏 내던 졌다.

쌔애애앵! 쾅!

빠르게 내리꽂힌 검은 그대로 번개를 동반한 폭발을 일으켰다.

콰아아앙!

마치 그건 화산이 터지는 것과 비슷했다. 자욱하게 화산재가 피어오르고, 그 화산재 구름에서 수많은 번개가 작렬하는 듯한 광경.

어마어마한 마력의 운용이다.

군주급 몬스터 여럿이 협동해서 사용할 만한 기술을 메타트론은 단신으로 쉽게 감당했다.

촤아아아아!

일대에 있던 몬스터들이 열기와 번개에 그대로 갈려나갔다. 메타트론은 그것으로 그치지 않고 온통 먼지구름으로 뒤덮인 지상을 향해 내리꽂혔다. 그녀의 눈에는 자욱한 먼지구름 속에 있는 왕의 모습이 선명하게 보였기 때문이다.

그녀는 건틀렛을 낀 주먹을 들어서는 그대로 운석처럼 떨어졌다.

하지만 그 순간 갑자기 어디선가 군주급 몬스터가 하나 튀어나와 그것을 막아냈다.

커다란 갑충처럼 생긴 놈이 두 팔을 교차하자 그것이 방패 같은 구실을 했다.

메타트론은 그 정중앙을 때렸는데, 강철보다 훨씬 단단한 그 갑충의 껍질조차 녹아내리듯 박살나고 말았다. 그리고 충격파가 군주급 몬스터를 관통하자마자 놈의 등이 터져나갔다.

때릴 때는 작은 주먹이었지만 등판에는 일미터가 넘는 지름의 구멍을 만들어냈다.

쿠우웅!

거대한 덩치의 군주급 몬스터가 일격에 쓰러져서 요란하게 땅을 울렸다. 그틈에 왕의 정신체는 도망간 상태.

"이런 쥐새끼 같은!"

메타트론은 짜증을 내며 몸을 한 바퀴 회전했다. 그러자 그녀의 여섯 장의 날개가 돌풍을 일으켜 주변에 가득했던 먼지 구름을 날려보냈다.

그와 함께 주변에 상황이 여실히 드러났다. 어느새 군대를 지휘하러 갔던 군주급 몬스터 상당수가 복귀한 것이다.

모두 전쟁보다 왕을 수호하는 게 더 중요하다고 여기는 듯했다. 군주급 몬스터가 지휘하지 않는다면 많은 숫자에도 불구하고 패전할 확률이 높았지만 다들 그딴 건 안중에도 없어 보였다.

왕은 비장한 어투로 입을 열었다.

[본왕이 어리석었다. 숙적을 상대하며 네 군대까지 도모하려 했

다니.]

실제로 왕은 스스로 메타트론을 감당하기로 하곤, 군주급 몬스터들은 내보냈다. 적군을 넓게 포위하기 위해서였다.

한데 막상 포위가 완성된 뒤 메타트론과 겨뤄보자 그게 과욕임을 깨닫게 됐다. 메타트론의 힘이 생각보다 훨씬 강했던 것이다.

그래서 왕은 군주급 몬스터를 다시 불러들여 자신을 호위하게 했다.

군대끼리의 싸움은 후순위로 밀린 것이다.

[본왕의 충실한 수족들이여. 저기 날뛰는 대천사를 막아라.]

왕의 명령이 떨어지자 군주급 몬스터들이 몸을 돌보지 않고 메타트론에게 달려들었다.

상황이 이렇게 되자 메타트론도 버거운 상황이 됐다. 아무리 그녀가 강해도 군주급 몬스터들을 모두 따돌리고 왕만 노릴 수도 없는 노릇.

그녀는 더이상 왕을 벨 생각은 못한 채 달려드는 군주급 몬스터들을 착실히 쓰러뜨려갔다.

그것은 왕이 원하는 만큼 시간을 벌 수 있다는 걸 의미했다. 얼마 뒤, 왕은 만족한 표정으로 웃음을 떠뜨렸다.

[태양빛이 사라졌구나.]

마침 그 시점은 하얀 거인이 미카엘라를 집어삼킨 때였다. 메타트론 역시 놀라서 우뚝 멈춰 섰다.

"잠깐, 태양빛이라고?"

그게 의미하는 바는 하나다. 바로 태양의 대천사 미카엘라. 지금 어딘가에서 그녀도 싸우고 있었단 말인가?

황급히 통신마법을 사용해 봤지만 왕의 방해로 미카엘라에게 닿지 않았다. 다만 확실한 건, 미카엘라란 존재가 전혀 느껴지지 않는다는 것이다.

뭔가 변고가 생긴 것 같았다.

"네놈, 무슨 짓을 한 거냐? 태양의 대천사에게."

[말 그대로다. 태양빛이 사라진 것이다.]

왕은 아주 만족스러웠다. 고위 몬스터로 이뤄진 근위대가 전멸하고, 군주급 몬스터가 여럿 죽었지만 그게 손해라고 느껴지지 않을 정도였으니까.

포식한 태양의 대천사는 아주 훌륭한 에너지원이 되어줄 터였다.

메타트론의 얼굴이 확 일그러졌다.

"만약 그 녀석에게 무슨 일이 생긴 거면 쉽게 죽지 못할 거다."

[무척이나 두려운 이야기군. 하지만 그런 협박은 본왕에게 통하지 않지. 저쪽 일이 끝났으니 이쪽도 본격적으로 나서야겠군.]

능글능글하게 웃던 왕이 한쪽 손을 올려 신호를 했다. 그러자 물러나 있던 한 무리의 몬스터가 나타났다.

매우 특이한 부류로 뼈로 된 악기와 천사의 가죽으로 된 북을 든 기괴한 녀석들이었다. 고위 몬스터긴 한데 메타트론도 처음 보는 종류였다.

"저 악취미 같은 녀석들은 뭐지?"

[이제부터 알 수 있을 것이다.]

불길함을 느낀 메타트론이 놈들을 향해 검기를 날렸으나 남은 군주급 몬스터들이 서둘러 막아냈다.

"무슨…?"

이상한 일이었다. 왜 군주급 몬스터가 악기를 든 저 무리를 호위하는 건지 의아했다.

둥둥! 둥둥둥!

부우우웅!

그들은 도저히 음악이라고 할 수 없는 시끄러운 소음을 만들어냈다.

메타트론은 머리가 깨지는 것 같은 기분을 느끼고 눈살을 찌푸렸다. 어느새 주변을 보니 군주급 몬스터와 저 괴상한 악단이 자신을 둘러싼 상태. 그리고 이 괴이한 음악단의 지휘자는 몬스터의 왕이었다.

왕은 양손으로 무언가 주문을 완성하면서 메타트론에게 소리쳤다.

[이렇게 함정 안으로 들어와 줘서 고맙구나. 숙적이여. 유인을 위해 많은 목숨을 낭비하긴 했지만 어쩔 수 없는 일.]

"함정이라고!"

왕의 노림수는 간단했다. 메타트론을 함정으로 끌어내 일시적으로 봉인하는 것. 주변에 있는 기괴한 악기는 봉인을 위한 장비였다.

애초에 메타트론 정도 되는 존재를 긴 시간 봉인할 수는 없다. 하지만 며칠에서 몇주 정도는 가능할 터. 그 정도 시간이면 왕에겐 대세를 결정하기 충분하다고 여겨졌다.

그래서 양면 작전을 썼다.

정신체로 함정을 발동해 메타트론의 본체를 묶어둔다. 그리고 육체인 하얀 거인의 힘으로 남하해 인간과 천사들을 쓸어버린다.

이후에 정신체와 육체가 합쳐 완전체로 돌아간 후에 군주급을 이끌고 메타트론을 처리하는 것이다.

왕은 메타트론의 의지가 꺾이고 절망하도록 이런 점을 알려줬다.

[처음부터 완전체로 나타나지 않은 이유는 간단하다. 그대가 달라붙으면 천사를 포식할 수 없을 테니까.]

반푼이인 정신체만으로 메타트론의 본체를 묶어둔다면 그야말로 큰 이득이다. 그 틈에 육체 쪽에서 대천사를 포식하고, 이후 완전체로 돌아가면 그 힘은 메타트론을 능가하게 된다.

훌륭한 기만책이었다.

[그간 웅크리고 있으면서 힘만 무식하게 강한 숙적을 상대하기 위해 궁리를 해왔다. 그 방법 중 한 가지가 이리 잘 먹히다니 참으로 만족스럽군!]

메타트론은 힘을 쏟아내며 함정에서 벗어나려 했지만 쉽지 않았다. 이미 그물 안에 들어온 것과 같은 처지였으니까. 그 모습에 왕은 더 유쾌해졌다.

[봉인된 채로 똑똑히 지켜보도록. 본왕의 숙적이여. 그대가 지키고자 했던 모든 게 무너지는 꼴을.]

"이놈!"

[마지막까지 모든 걸 보거라. 그 후 본왕이 온전해지는 순간 원 없이 싸우도록 해줄 테니 그때 원망과 분노를 마음껏 토해내라.]

"감히 이딴 짓거리를 해!"

일그러진 메타트론의 얼굴을 보며 왕은 선언했다.

[그 뒤에는 사라지도록. 한 많은 역사 속으로.]

몬스터의 왕은 봉인이 진행되는 과정을 보며 내심 전율하고 있었다. 높은 자리에 오른 뒤로 좀처럼 격동하지 않던 가슴이 오늘만큼은 달랐다.

봉인의 절차는 놀랍도록 잘 진행되고 있었다. 숙적은 함정에 빠져 이리 튀고 저리 튀고 할 뿐이다. 이걸 벗어날 방법은 없어 보였다.

왕은 만족했다.

애초에 적을 죽여야겠다는 생각에 매몰되지 않은 게 다행이라 여겼다.

하지만 왕도 모르는 사실이 있었다.

메타트론 역시 성소에 웅크리고 앉아 있으면서 계속 여러 가지 궁리를 했다는 점을.

그녀는 줄곧 이 길고 긴 싸움을 어떻게 끝내야 할지 고민해 왔다. 왕이 신적인 존재로 격상하는 것으로 해답을 찾았다면, 메타트론은 달랐다.

메타트론의 결론은 양진영의 영원한 멸망이었다.

비록 그게 슬픈 결말이긴 했지만 어쩔 수 없단 생각이었다.

'온전한 정신일 때 유제아 놈을 봤으면 좋았는데.'

아쉬움이 없는 건 아니다. 하지만 이것은 심사숙고 끝에 내린 결론. 모든 이의 염원을 이루고, 앞으로 유제아가 살아갈 세계를 위해서이기도 했다.

그 미래에 메타트론 자신은 없겠지만 불가피한 일.

슬픔이란 스스로 짊어지고 가야할 부분이었기에.

메타트론은 조용히 계획해온 걸 준비하기 시작했다.

그 사이 왕의 봉인이 거의 완성 단계에 이르렀다.

사악한 힘이 가시 돋은 철조망 같은 형태를 이뤄 메타트론을 조여왔다. 날뛰던 메타트론은 어느새 제압된 듯 묶인 상태.

누가 봐도 왕의 승리였다.

하지만 메타트론은 침착했다.

아니 살짝 조소를 머금고 있었다.

"숙적이라 칭하더니 네놈은 본녀를 온전히 파악하지 못했구나."

[뭐라…?]

자신만만해 하던 왕은 갑자기 달라진 메타트론의 태도와 뭔가 위화감을 느꼈다.

"사실 이게 함정임을 이미 알고 있었다."

여러 가지로 수상한 게 많았다. 예전의 메타트론이었다면 그런 부분조차 힘으로 극복하려 했겠지만 이제는 달라졌다.

유제아의 영향을 가득 받은 까닭이다. 그녀는 현재 상황을 어떻게 이용할지 궁리했고 나름대로의 답을 도출했다.

[본왕의 의도를 다 알아채고 있었다는 건가?]

"설마 거기까지 예측했으려고? 아니니라. 다만 뭔가 수작질이 있음을 파악하고 본녀도 한수 준비했을 뿐이다."

[놀랍군. 하지만 이제와서 어쩌겠다는 것이냐? 거미줄에 걸린 나비처럼 완전히 제압되어서는? 뭔가 노림수가 있었다면 진즉 써야 맞지 않나?]

왕은 갑자기 느껴지는 불길함을 부정하듯 그리 말했다. 이에 메타트론은 헤죽 웃었다.

"아, 이런 느낌이었군. 유제아가 항상 왜 그리 고약한 짓을 좋아하는지 몰랐다. 하지만 이제야 알겠노라. 적의 뒤통수를 때려주는건 꽤나 즐거운 일이라는 걸."

[허세를 부리는군.]

"허세라? 글쎄. 스이엘은 항상 본녀에게 자질이 있다고 했지. 오늘 그것을 이용할 수 있을 것 같구나."

메타트론은 태생부터 특이한 존재다. 가장 늦게 탄생한 그녀는 천사와 몬스터의 힘이 섞여 있다. 그렇기에 회색인 존재다.

"왕이여. 네놈도 이 긴 싸움에서 특이한 존재겠지. 스스로 이 굴레를 극복하려 했으니까. 하지만 본녀 역시 마찬가지다."

[그게 어쨌다는 거냐?]

"본녀에겐 몬스터의 자질도 있다는 걸 모르지 않겠지? 그리고 본녀는 지배의 대천사기도 하다."

몬스터에게 지배란 아주 중요한 의미다. 지배력을 이용해 졸개들을 움직이기 때문이다.

지배란 즉, 서열구도를 유지하는 중대한 힘이다.

몬스터의 왕은 메타트론이 한 말의 뜻을 깨닫고는 크게 놀랐다.

[감히, 본왕을 지배하겠다는 소리냐? 여태 한 번도 시도해 본 적이 없었으면서?]

"여태 하지 않았던 이유는 간단하지. 너와 내 격이 같기 때문에 지배할 수 없었을 뿐이다. 하지만 지금은 다르다. 반푼이가 된 네놈은 격이 내려갔으니 지배하지 못할 것도 없지."

생각지도 못한 가능성에 대해 말하는 메타트론의 말에 왕은 모골이 송연해졌다. 만약 왕이 땀을 흘리는 몸이었다면 온통 흠뻑 젖어들었을 것이다.

"표정이 왜 그런 것이냐? 왕인 자신이 지배당할 거라곤 생각조차 못 해본 모양이구나."

[어림없는 소리가 아닌가!]

"그런 부정으로 마음이 편해진다면 뭐 상관없노라."

몬스터의 왕은 저 말이 결코 허세가 아님을 알게 됐다. 그리고 메타트론이 이런 상황을 노리고 있었다는 것까지.

메타트론은 곧장 지배력을 일으켰다. 그러자 여태까지 왕의 정신은 누군가 망치로 때린 것처럼 휘청이기 시작했다.

"유제아는 늘 본녀보고 멍청이라 했지만, 아주 생각 없이 살았던 것은 아니다. 이 싸움에서 본녀의 진정한 본질이 쓸만할 거라 여겼느니라."

[본왕을 지배한다고 끝이 아니다. 결국 그대가 지배할 수 있는 건 반쪽 뿐. 본왕이 완전체로 돌아가면 지배는 자연히 풀릴 것이다.]

물론 그전까지 메타트론이 전술적인 이점을 마음껏 누릴 것이지만, 왕은 당장 항변하기 급급해 그리 지적했다.

한데 메타트론이 진정 원하는 건 그게 아니었다. 이어진 메타트론의 계획을 듣자 몬스터의 왕은 아연실색해졌다.

"포식이라고 했지? 그걸 떠올린 게 왜 자신뿐이라고 여기는 것이냐? 몬스터의 왕."

[뭐, 뭐라……?]

왕은 처음으로 얼빠진 목소리를 냈다. 단순히 지배를 넘어서 포식이라니. 상대의 의도가 뭔지 헤아리기 어려웠다. 왕은 어렵사리 물었다.

[숙적이여. 그대는 본왕처럼 신적 존재를 노리고 있는 건가?]

그렇게 여길 수밖에 없었다.

왕의 생각으론 그게 가장 합리적이었으니까.

한데 메타트론은 고개를 저었다.

"겨우 그딴 게 아니다."

[알 수 없는 말을 하는군. 하지만 그만 두는 게 좋다. 숙적이여. 설령 본왕을 지배하고 흡수한다고 해도 원하는 바를 이룰 수 없을 테니까.]

"어째서?"

왕을 둘러싼 지배력이 더욱 강해지고 있었다. 올가미처럼 조여오는 힘에 왕은 고통스러운 신음을 흘리며 소리쳤다.

[크으윽! 본왕을 흡수하고 나면 그대는 천사도 몬스터도 아닌, 제3의 존재가 된다. 양진영 누구의 편을 들어야 하는지도 모르는 위치에 서게 되겠지.]

"흥미로운 얘기로구나."

[엄연한 사실이다! 그때가 되면 그대가 원해도 천사의 편을 들 수도 없을 터! 크으으으으! 어서 지배력을 풀어라.]

왕의 말은 사실이었다.

제3의 존재란 지금처럼 몬스터쪽 자질이 있다던가 와는 완전히 다르다. 양 진영 어디에도 속하지 않은 새로운 개체가 된다는 것.

하여 막강한 힘을 얻어도 어느 한쪽을 위해 쓸 이유가 없어진다.

[우리를 둘러싼 위대한 법칙을 잊은 것이냐! 양 진영의 신들이 만든 규칙이 제3의 존재가 한쪽 편을 드는 걸 막을 것이다.]

충분히 설득력 있는 의견이었다.

확실히 그런 점 때문이 이 긴 싸움이 끝나지 않은 것이니까. 애초에 비슷한 힘을 가진 다른 세력을 끌어들일 수 있었다면 얘기가 달랐을 거다. 양쪽 다 헌터처럼 힘을 내린 하수인 정도만 동원하는 게 고작이었다.

결국 메타트론이 왕을 흡수하고 강해져도 지금의 대립에서 직접적으로 힘을 쓰지 못한다.

처음 싸움을 시작했던 양쪽의 수장이 그리 결정한 탓이다. 그런데도 메타트론은 포기하지 않고 지배력을 더욱 강화했다.

"상관없는 일. 애초에 누구의 편을 들 생각도 없느니라."

[하면 대체… 무엇을 원하는 거지?]

"본녀가 원하는 건, 양 진영의 영원한 소멸과 멸망이다."

[뭐라!]

한쪽의 편을 드는 게 아닌 모든 게 사라지게 만드는 것. 그게 메타트론이 내린 최종적인 결말의 형태였다.

"본녀는 없어지겠지만 지구는 예전의 모습으로 돌아갈 터. 그것으로 우리가 새로운 생을 살아갈 때마다 한 행성이 폐허로 변하곤 했던 참극을 막을 수 있을 것이니라."

[정신이 나간 건가! 스스로 소멸하면 그 모든 일이 무슨 소용

인가!]

"이해하지 못해도 상관없느니라. 본녀는 모든 것의 끝을 원한다. 함께 소멸하자. 왕이여. 신격에 이르러 홀로 오롯이 서겠다고 했느냐? 미안하지만 그런 비원은 결코 이뤄질 수 없을 것이다. 본녀가 영원한 소멸로 가는 길을 발견했기 때문에!"

메타트론은 성소에서 싸움의 최종장을 위해서 다양한 연구를 거듭했다. 영원한 소멸은 그 결과물 중의 하나였다.

[믿을 수 없다. 그런 방법이 있을 리가!]

"믿든 말든 상관없다. 네놈을 지배 후에 포식해 주마. 그리고 우리는 거대한 소멸의 소용돌이로 재탄생할 것이다. 그 소용돌이는 맹렬하게 돌며 모든 걸 집어삼키겠지. 모든 에너지를 사용할 때까지."

양진영의 수장이 내린 결론은 완전히 달랐다.

한쪽은 신격이 되길 바랐고, 한쪽은 소멸을 택했다.

그게 이 싸움의 결과를 갈랐다.

몬스터의 왕은 죽음을 앞둔 것처럼 단말마를 터뜨렸다.

[안 돼—!]

하지만 그것은 거대한 힘의 폭풍에 금세 사라졌다. 지배가 끝나자 메타트론은 왕의 정신체를 포식했고 새로운 형태가 되었다.

그건 모든 걸 집어삼키는 거대한 소멸의 회오리였다.

휘이이이잉!

처음에 그 소용돌이는 작았지만 점점 기세를 올렸다.

그것은 마치, 판타지에 나오는 바람의 정령왕을 떠올리게 하는 거대한 회오리였다.

회색이었고, 번쩍이는 빛과 시커먼 연기를 쉴 새 없이 뿜어냈다.

무시무시한 외형만큼 파괴력도 대단했다. 회오리는 주변의 모든 걸 집어 삼키듯 끌어당겼다. 왕의 주변에 있던 수많은 몬스터가 진 공청소기에 빨려 들어가는 것처럼 딸려왔다.

"키에에에에!"

"꾸아아아!"

비명과 함께 소용돌이에 휘말리더니 이내 온몸이 갈갈이 찢겨져 나갔다.

육편이 된 몬스터의 에너지는 회오리에 그대로 흡수되어, 회전 력을 더욱 강하게 만들었다.

소멸의 회오리는 주변의 몬스터를 잡아먹고 점점 강해지고 있었 다. 심지어 제자리에서만 머무는 게 아니라 이리저리 움직이며 몬 스터를 탐욕스럽게 쓸어 담았다.

"크이이이이!"

긴 비명과 함께 비행 몬스터들이 별다른 저항도 못하고 빨려들 어갔다. 땅에 있는 몬스터도 짐승 같은 앞발로 지면을 긁으며 버텼 지만 이내 허공에 떠올라 삼켜졌다. 군주급 몬스터조차 예외는 아 니었다. 점점 강해지는 이 소용돌이는 모든 걸 먹어치우고 있었다.

심지어 멍한 표정이 된 천사들도 예외는 아니었다.

"저게 뭐지? 대천사께서 소용돌이로…?"

"피해라! 우리도 빨려 들어간다!"

처음에는 몬스터만 먹어치우는 줄 알았던 그들은 질겁하며 내빼 려 했다. 하지만 소용없었다. 소용돌이의 힘이 어찌나 강하던지 천사들도 연달아 흡수됐다.

소용돌이를 이루는 격렬한 바람은 천사들을 비틀어서 에너지를 쥐어짜냈다. 그리고 그걸 포식했다.

예외라면 인간 헌터뿐이었다.

"세상에, 맙소사."

"저게 천사와 몬스터들을 모두 먹어치우고 있습니다!"

어째서인지 이 재앙 속에서 인간들만은 괜찮았다. 군주급 몬스터조차 도축장의 소처럼 잡아먹고 있는 저 가공할 힘이 헌터들은 얌전히 놔두고 있었다.

그래서 처음에는 기겁하고 도망가려던 헌터들은 주춤거렸다.

"대체?"

"이게 무슨 경우입니까?"

하지만 아주 영향이 없는 건 아니었다. 삽시간에 많은 몬스터와 천사를 삼킨 회오리가 헌터들에게도 영향을 주기 시작한 것이다.

"으긋!"

"아아악!"

헌터들은 느껴지는 기괴한 느낌에 저마다 소리를 냈다. 갑자기 보이지 않는 어떤 힘이 그들의 가슴팍에서 무언가를 쑤욱 빼가는 기분이 들었기 때문이다.

그제야 헌터들은 그게 뭔지 깨달았다.

"우리의 마력을 흡수하고 있습니다!"

"천사들에게 받은 힘을!"

"허어어억!"

천사나 몬스터처럼 직접 빨아들여 찢어버리진 않았지만, 헌터를 초인으로 만들어준 그 힘을 가져간 것이다.

그 여파는 바로 나타났다.

육중한 갑옷을 입은 헌터가 그 무게를 이기지 못하고 넘어진 것이다.

"으윽!"

그는 갑옷의 무게 때문에 몸을 일으키지 못하고 버둥거렸다. 이 갑옷은 헌터용으로 무게만 150킬로그램에 이르는 물건이다. 초인의 힘이 사라진 보통 인간이 감당할 수 없는 수준이었다.

그뿐만이 아니었다.

비정상적으로 거대한 병기를 휘두르던 헌터들도 방금까지 함께 했던 애병을 다루지 못해 쩔쩔맸다.

삽시간에 모두 평범한 인간이 돼버린 것이다.

"이럴 수가!"

"아아! 세상에!"

엄청난 탈력과 허탈함에 헌터들은 주저앉아 버렸다. 모두 종말이라도 맞은 것 같은 표정이 됐다. 클랜의 수장인 천사들이 찢겨나가는 데다가 오랜 세월 갈고 닦은 힘도 증발했으니까.

대체 어떻게 반응해야 할지 모르겠다는 표정이었다.

이런 상황에서 몇몇 고위 천사들은 아직 버티고 있었다. 하지만 하나둘 회오리에 쓸려가기 시작했다.

청성 칼리엘도 버티고 있는 자중 하나였다.

대천사를 제외하면 최강자 중 하나인 그는 쉽게 휩쓸리지 않았다. 하지만 남은 시간이 얼마 없음은 자명했다.

"메타트론이시여…!"

그는 서열 1위 천사가 원하는 바를 깨달을 수 있었다. 모두의 소멸. 그것으로 이 오랜 싸움의 종말을 달성한다. 칼리엘은 탄식하면서도 이내 그 뜻에 공감할 수 있었다.

"좋습니다. 당신께서 그리 결정하셨다면…."

메타트론에게 등용된 이후에 줄곧 그녀의 결정을 따라온 충성파 칼리엘은 이내 들고 있던 창을 내려놨다.

청성 칼리엘의 상징과도 같은 아름다운 창이 회오리로 빨려들어 간다. 저항을 포기한 칼리엘 역시 그 뒤를 따랐다.

뒤에서 칼리엘을 따르던 헌터들이 소리를 쳐댔다.

"칼리엘 님! 안 됩니다!"

"이쪽으로 피신하십시오!"

하지만 칼리엘은 그 말을 듣지 않았다. 그저 자신 역시 저 소멸의 회오리의 에너지원이 되기로 결정했으니까.

"모두, 작별이오."

딸려가던 칼리엘은 헌터들을 보며 작게 웃어 보일 뿐이었다. 그의 강철 같은 육신도 회오리 안에서 얼마 버티지 못했다. 에너지가 뽑혀나갔고, 이내 그도 먼지가 되어 사라졌다.

회오리의 안은 천사와 몬스터의 죽음으로 만들어진 가공할 에너지의 폭풍이었다.

마력의 번개가 쉴 새 없이 치며, 폭발이 끊임없이 이어진다. 그것은 세상의 모든 걸 집어삼킬 기세였다.

6. 선택의 순간

[이럴 수가!]

정신체가 메타트론에게 포식된 순간, 한때 하얀 거인이라 불렸던 왕의 육체도 상황을 알아챘다.

여유만만하던 그는 믿을 수 없다는 표정이 됐다.

[그 단순무식한 메타트론이 역으로 본왕을 이용했다고?]

쉽게 받아들이기 힘든 얘기였다.

그는 나름대로 숙적인 메타트론에 대해 잘 안다고 여겨왔다. 메타트론이 추구하는 바는 힘에 의한 직관적이고 빠른 해결.

한 진영의 대표자란 중책을 맡고 있음에도, 홀로 쳐들어와 왕을 찌르고 도망간 것만 봐도 알 수 있는 일이다.

심계와는 거리가 먼 정면돌파야말로 메타트론다운 것이다. 그래서 왕은 이번 함정이 잘 통할 거라고 여겼다.

설령 실패하더라도 지금 같은 상황은 생각해 본 적도 없었다.

'돌격해 오는 메타트론을 함정에 빠뜨려 봉인하기만 하면 되는 일이었는데!'

과하게 욕심을 부리지도 않았다. 메타트론의 막강한 힘을 알기에 그저 며칠만 잡아두려고 했을 뿐이다. 한데도 실패했다.

아니, 보통 실패가 아니라 대실패. 봉인에 나섰던 정신체쪽이 오히려 잡아먹히고 말았다.

현재 메타트론은 그 힘을 짐작하기도 힘든 제3의 존재가 됐다. 왕의 육체는 위기감에 사로잡혔다.

'태양의 대천사를 잡아먹고는 이제 두려울 게 없다고 여겼건만.'

분명 좋은 계획이었다.

정신체와 육체의 양동작전은 그럴싸했다. 미카엘라를 먹어치울 때만 해도 낙승을 자신했건만 일이 꼬여버렸다.

왕의 육체는 한 가지는 확실히 알 수 있었다.

[이대로는 안 된다!]

태양의 대천사를 먹어치우고 막강해진 육체지만, 뭐든 소멸시키는 저 힘에는 당해낼 수 없었다.

[돌풍을 견디려면 튼튼한 뼈대가 필요한 법. 그래, 저 돌풍을 이겨내면 본왕의 승리로다.]

정면돌파를 결의한 그는 안산 방면으로 공격을 나간 몬스터 군대를 불러들였다.

쿠워어어어어!

왕이 고개를 들고 포효하자 그 지배력이 사방에서 난장을 벌이고 있는 몬스터들에게 가 닿았다.

곳곳에서 전투 중이던 몬스터들은 즉각 반응하더니 왕이 있는 곳으로 후퇴하기 시작했다. 놈들과 한창 싸우던 천사와 헌터들은 어리둥절할 뿐이었다.

그렇게 몬스터를 불러들인 왕의 육체는 일단 자신의 주변에 있는 몬스터부터 포식하기 시작했다.

왕은 거대한 손을 뻗어 수십 마리의 몬스터를 한꺼번에 움켜잡았다. 사방에서 경악한 비명이 터져 나왔다.

"왕이시여! 왜 갑자기!"

"크에에에에!"

개중에는 군주급 몬스터까지 있었으나 왕은 신경 쓰지 않았다. 그저 입을 크게 벌려서는 붙잡은 몬스터를 한꺼번에 털어넣기 시작한 것이다.

그렇게 왕은 자기 군대를 포식해댔다. 몬스터들은 두려움에 빠져 도망치려 했지만 왕의 지배력 때문에 감히 그럴 수 없었다.

그들은 온몸을 파르르 떨며 비명을 지르다 왕의 입 안으로 사라졌다.

와드득. 와작!

왕의 입가로 수많은 몬스터의 피가 폭포수처럼 흘러내렸다. 왕은 꼭 몬스터만 고집하지 않았다. 근처에 천사를 발견하면 여지없이 손을 뻗어 잡아먹어댔다. 또 헌터들도 가리지 않았다.

걸리는 건 뭐든 마법으로 끌어당겨서는 입 속에 마구 구겨 넣었다.

더 이상 전쟁 따윈 중요하지 않았다.

왕은 인간의 도시를 점령하는 것에 관심을 껐다. 지금은 소멸의 회오리에 견딜 체급을 만드는 게 중요했다.

그 때문에 실로 기괴한 광경이 연출되고 있었다.

왕은 거대한 손을 포크레인처럼 써서 사방에 개미떼처럼 몰려온 몬스터를 퍼먹고 있었다. 안산으로 간 몬스터만이 아니다. 왕은 평양에 있는 몬스터들까지 불러들였다.

[존재하는 모든 몬스터는 본왕에게 오라.]

서해의 독립군주들이 건방지게 명을 거부하긴 했지만, 대부분 왕의 지배력을 벗어나지 못했다. 심지어 강원도에서 독자적인 터전을 마련한 독립군주들조차 왕의 지배력에 휘둘렸다. 금세, 한반도에 존재하는 모든 몬스터가 바글바글 몰려들기 시작했다.

왕은 메타트론의 소용돌이가 이곳에 닿기 전에 가능한 많은 개체를 포식하려 하고 있었다.

아무래도 시간이 부족할 것 같았다. 평양에 있는 놈들도 호출하긴 했지만 도달하려면 꽤나 걸릴 테니까. 그전에 소멸의 회오리와 마주하게 될 것 같았기에 왕은 아예 안산 방면으로 향했다.

안산으로 가 천사와 헌터, 그리고 인간까지 걸리는 족족 다 잡아먹어서 몸을 불릴 생각이었다.

이제 양 진영의 전쟁 따윈 아무래도 좋았다.

왕에게 중대한 싸움은 하나였다.

[이것은 신이 되려는 자와 모든 걸 끝내려는 자의 대결이다!]

종말의 때가 온다면 이런 느낌일까?

나는 불바다가 된 시가지를 보며 이를 악물었다.

사방에 천사와 헌터, 몬스터의 시체가 어지럽게 널려 있었다.

도시 곳곳이 전쟁터였다.

그야말로 양진영이 사생결단에 들어간 것이다.

"유제아 위원장님."

"가브리엘 님."

대천사 가브리엘이 급히 날 찾아왔다. 온몸이 피투성이다. 다행인 건 강력한 대천사답게 그 피는 모두 몬스터의 것이었다.

그는 괴로운 얼굴로 말해왔다.

"민간인 피해가 엄청납니다."

"이런…."

상황이 이러니 그럴 수밖에. 몬스터들이 미쳐 날뛰고 있단다. 아마 이 싸움이 끝나면 내 정치적 생명도 다할 것 같다는 생각이 들었다. 각계각층에서 엄청난 비난을 받을 테니까. 물론 천사들이 인간 사회에 좌지우지되는 건 아니지만, 마냥 무시할 수도 없는 노릇.

차후 이번 사태에 책임을 질 건 인간인 내가 제일 적당했다. 대천사를 경질시킬 수는 없으니까.

'물론 그것도 뒤가 있다는 가정 하에 할 수 있는 얘기지만.'

자칫하다가는 이번에 대한민국이 망한다고 해도 이상할 것 없는 일이었다.

그 정도로 싸움은 치열했다.

가브리엘은 일반 시민이 파리처럼 죽어나가는데 큰 책임감을 느끼고 있었다.

"적이 강하게 나오면 이쪽은 부드러움으로 상대해야 합니다. 위원장님."

"하고 싶은 말씀이 무엇입니까?"

"적어도 안산 시민들이 대피할 때까진 수세적으로 나가는 게 좋을 것 같습니다. 지금처럼 계속 싸우면 민간인 피해가 기하급수적으로 늘어날 겁니다."

현재 내 작전은 명확하다.

사방에서 들개떼처럼 날뛰고 있는 몬스터를 이리저리 쫓아다니며 진을 빼지 않는다는 것.

가령 안산 시가지 안으로 몇 마리의 몬스터가 들어갔다고 우르르 따라가지 않는다.

대신 군주급 몬스터가 있는 적의 주공을 분쇄하기 위해 노력한다. 후방에 빠진 몬스터 일부가 민간인을 학살하는 건 소극적으로 대처하면서까지 말이다.

"어쩔 수 없습니다. 가브리엘 님. 그런 문제에 매달리면 결국 전투의 승기를 몬스터에게 내어주게 될 겁니다. 한 번 방어에 나선 자는 계속 방어만 하다 지게 돼 있습니다."

"위원장님!"

"불가피한 희생입니다. 대한민국에는 육군도 있지 않습니까? 등급이 낮은 몬스터는 중화기로 어느 정도 상대할 수 있습니다."

"알고 있습니다. 피해가 너무 큽니다. 일부라도 빼서 그들을 도와야 합니다."

"지금 상황은 백척간두 그 자체입니다. 그 일부 때문에 전쟁에서 질지도 모를 일. 어찌 쉽게 판단하겠습니까?"

이런 결정 때문에 사람들이 내게 돌을 던지더라도 감내할 작정이었다. 시민 10만 명이 죽더라도 전투에서 이기는 게 우선이다. 만약 패배했다가는 10만으로 안 끝난다. 1000만 명이 몬스터의 뱃속으로 사라져도 이상하지 않을 일.

비정하다고 해도 어쩔 수 없다고 생각했다.

차라리 내 무덤에 침을 뱉으라지.

"비난은 모두 제가 감당하겠습니다. 가브리엘 님. 이번 싸움이 끝나면 사퇴는 피할 수 없겠군요. 물론 목숨이 남아 있다면 말이죠."

"유제아 위원장 님!"

"현재 메타트론의 신성지에도 적군이 몰려왔다고 합니다. 작은 일에는 신경 쓸 수 없습니다."

"사람들을 구하는 게 어찌 작은 일이라 하십니까? 애초에 왜 천사가 태어난 건지 잊었습니까? 사람들을 구할 게 아니라면 그냥 다른 형태로 몬스터들과 치고박고 싸웠어야 맞습니다. 그 사이 무슨 피해가 생기던 상관하지 않고요."

가브리엘의 말은 틀리지 않았다. 하지만 나 역시 양보할 생각은 없었다. 그렇게 말다툼이 오가는 사이 이변이 일어났다.

한창 싸우던 몬스터들이 움찔하더니 고개를 들어 좌우를 두리번거렸다. 그리고는 약속이나 한 것처럼 모두 물러나기 시작한 것이다.

"이게 대체? 어찌된 건지 아시겠습니까?"

가브리엘의 물음에 나는 고개를 저었다. 다만 한 가지는 확실했다.

"뭔가 이변이 일어난 것 같습니다."

다들 싸움 따위는 아무래도 좋다는 듯 되돌아가고 있었다. 이게 무슨 일인지 파악해야겠다는 생각이 들었다. 아무래도 따라가 봐야 겠군.

"가브리엘 님. 지금부터 총사령관 자리를 넘기겠습니다."

"갑자기 무슨 소리십니까!"

"무슨 일이 일어난 건지 직접 확인하러 가야겠습니다."

"아니, 그래도!"

"제가 잘 할 수 있는 일을 하려는 것 뿐입니다. 가브리엘 님께서도 지휘통솔엔 탁월한 능력이 있으시니 문제없을 겁니다."

인간을 지키는 방식으로 싸우려면 나보다 가브리엘이 낫다. 나는 그건 점을 들어 설득했다.

"지금 여러 가지 일이 벌어지고 있는 게 확실합니다. 앉아서 보고만 기다리고 있을 수 없습니다."

"…알겠습니다."

"그럼 부탁드리겠습니다."

가브리엘에게 군대를 맡긴 뒤 바로 북상했다. 일단 미카엘라를 집어 삼킨 왕이 어떤 상태인지 확인할 필요가 있었다.

'침착하자. 침착.'

마음속에서 피어오르는 증오 때문에 이성이 날아갈 것 같다.

놈은 이제 나와 불구대천의 원수지간이다.

하얀 거인으로 행세하던 시절에는 내 아버지를 죽였다. 그리고 왕의 모습을 드러낸 뒤에는 미카엘라를 잡아먹었다.

내 소중한 걸 두 번이나 가져갔으니 절대 용서할 수 없는 일.

'세 번은 없다.'

만약 메타트론까지 어떻게 하려 한다면 목숨을 걸고 막을 작정이다.

세 번이나 빼앗길 수는 없었으니까.

그렇게 각오를 다진 채 오토바이를 타고 가는데 눈앞에 검은 깃털이 몇 개 흩날리는 게 보였다.

오토바이를 세우자마자 하늘에서 무언가 뚝 떨어졌다.

콰앙!

요란한 소리와 함께 아스팔트를 뒤집으며 한 사내가 나타났다. 날 보는 눈에는 분노가 이글거리고 있었다.

"유제아. 이 멍청한 놈!"

"우리엘!"

놀랍게도 자유를 찾아 떠나갔던 우리엘이 나타났다. 대체 무슨 일인가 싶다.

"꽁무니를 뺀 것 아니었나?"

"닥쳐라! 자기 일도 못하는 네놈 때문에 일이 꼬였으니까."

간단히 사정을 들어보니 자리 잡은 곳에 몬스터가 쳐들어와서 난리가 났다고 한다. 하여간 운이 나쁜 놈이네. 물론 그런 말은 입 밖에 내지 않았다. 우리엘의 얼굴이 살벌하기 그지없었기 때문이다.

나는 직감적으로 그가 소중한 걸 잃은 게 아닐까 싶었다. 그래서 솔직히 사과했다.

"미안하군. 내 능력이 부족해서였다."

"빌어먹을 놈."

다행히 우리엘은 나를 계속 탓하지는 않았다. 태도는 사나웠지만 그 분노의 방향은 내가 아니라 몬스터인 게 틀림없었다.

그는 미간을 좁히며 물어왔다.

"어딜 가는 거지?"

"지금 무슨 일이 벌어진 건지 파악하러 간다. 미카엘라가 먹혔다."

"뭐, 뭐라고!"

우리엘은 노한 것도 잊고 눈이 휘둥그레졌다. 나는 알고 있는 건 대강 설명해줬다. 우리엘은 대번에 심각한 얼굴이 됐다.

"미카엘라는 우리보다 몇 배는 강하다. 그런 존재를 먹어치웠다면 위험해."

"그렇다고 손 놓고 있을 수는 없지. 위험할수록 상대를 파악하기 위해 노력해야 해."

"쯧, 그래. 네놈이라면 그럴 줄 알았지."

우리엘은 맘에 안 든다는 표정을 짓더니 한 가지 제안을 해왔다.

"같이 가자. 비루한 네놈 혼자선 못할 거다. 도와주지."

"정말인가? 날 엄청 싫어한다고 생각했는데."

"싫어하지. 하지만 네놈이 천사와 인간을 위해 진심이란 건 인정한다. 그렇다면 돕지 못할 이유는 없다."

나는 우리엘의 합류가 기꺼웠다. 단순 무식하게 싸움질 밖에 못하는 나와 달리, 대천사인 그는 다재다능했다.

다양한 마법을 다룰 줄 알기에 분명 도움이 될 터.

나는 고개를 끄덕이며 덧붙였다.

"혼자 가던 건 아니었다."

"뭐? 누가 있는데?"

"곧 도착할 거다."

슬슬 그럴 시간이다 싶었는데 저 멀리서 시커먼 점 하나가 출현하더니 자욱하게 먼지를 일으켰다. 우리엘은 놀라서 움찔했다.

"코, 코끼리?"

"아니, 무슨 아프리카에 있는 동물을 찾아?"

"동물원에서 탈주했을 수도 있잖아. 덩치가 코끼리인데."

우리엘이 코끼리가 아니냐고 했던 것의 정체는 바로 오만의 군주 즈굴이었다.

이미 명을 받고 몬스터들을 살피러 정탐을 갔던 것. 나는 북상하며 즈굴과 만나기로 했었다. 무작정 들어가기 전에 즈굴에게 상황을 듣고 가는 게 나을 테니까.

"주인이시여."

황소처럼 돌진해 온 즈굴은 내 앞에 멈춰 섰다. 전신의 근육이 꿈틀꿈틀거리는 게 무척 위압적이었다.

숨을 몰아쉴 때마다 시커먼 연기가 뿜어져 나오는 게 몸속에 용광로라도 갖고 다니는 듯했다.

놈은 우리엘을 한 차례 쏘아보더니 물어왔다.

"뭡니까? 이 얼음 닭날개는?"

"이 무례한 놈!"

우리엘은 눈을 치켜떴지만 즈굴은 듣는 척도 하지 않았다. 단번에 그를 무시하고는 보고 온 걸 알려왔다.

"듣던 대로 왕이 맞습니다. 다만 왕의 일부분이더군요. 왕의 육체였습니다."

즈굴의 보고를 듣고 상황을 완전히 파악하게 됐다.

현재 왕이라 추정되는 개체는 두 개. 메타트론의 신성지인 노량진 앞에 나타났다는 거품 덩어리. 그리고 하얀 거인의 몸을 빼앗아 나타난 왕, 이렇게다.

즈굴은 하얀 거인 쪽이 왕의 육체고, 노량진의 거품 덩어리가 왕의 정신체인 게 틀림없다고 했다.

몬스터에 관해서라면 놈의 말이 신뢰할 만했기에 고개를 끄덕였다.

"노량진 쪽은 왜 거품 형태인 거지?"

"그건 왕이 가진 정신의 격이 높기 때문입니다. 일정한 수준을 가진 이가 아니면 본모습을 관측할 수 없어서 거품 형태로만 보이는 겁니다."

"신기하네. 그런 일도 있나."

이제 중요한 건 대체 왜 왕이 애써 둘로 나뉘어서 나타났냐는 거다.

뭔가 노림수가 있는 것 같은데 알 수가 없다. 일단은 발로 뛰어 확인해 보는 수밖에.

한데 왕의 육체 쪽을 보고 온 즈굴이 놀라운 이야기를 했다.

놈이 몬스터를 불러들인 뒤에 마구잡이로 퍼먹고 있다는 것.

"왜? 뭐하는 짓인데?"

"아마, 몬스터들의 힘을 흡수하려는 것 같습니다."

즈굴에 설명에 나는 고개를 갸웃거렸다.

"이상한데. 그건 효율이 안 좋잖아."

몬스터는 다른 몬스터를 흡수해 강해질 수 있다. 다만 효율 자체가 안 좋다.

1+1은 2가 아니라, 1.2~1.3 정도 되는 것. 당연히 포식이 많이 일어날수록 몬스터 개인은 강해지겠지만, 진영 자체의 힘은 약해진다.

그런 문제가 없었다면 애초에 왕이 모든 걸 잡아먹고 무진장 강해졌을 터. 하지만 현실은 그랬다가는 천사 진영이 사냥할 레이드 보스 정도로 전락해 버리는 것이다.

나는 이런 사정을 잘 알았기에 의아할 수밖에 없었다.

즈굴은 잠시 생각하더니 답했다.

"효율이 안 좋다는 건 왕도 잘 알고 있을 겁니다. 주인이시여."

"뭔가 효율을 개선할 방법을 찾기라도 했다는 건가?"

"아니라고 봅니다. 무수한 싸움 동안 그런 방법은 등장하지 않았습니다. 이제 와서 그럴 리가 없지요."

"하면?"

"아마 어쩔 수 없는 상황이 벌어진 것 같습니다. 왕이 손해를 감수하고라도 자신을 강화해야 하는 경우."

즈굴의 추측에 나는 고개를 끄덕였다. 확실히 일리가 있는 데다가 즈굴은 교활하고 머리가 좋다. 녀석의 의견은 귀담아 들을 만했다.

"그럴듯하군. 여기선 더 고민해 봐야 소용없으니 가서 확인해 보는 수밖에. 즈굴, 너는 노량진으로 가서 사태를 파악해 보도록."

"알겠습니다."

즈굴을 메타트론 쪽으로 보내놓고 우리엘과 나는 왕의 육체가 있는 방향으로 북상했다.

빠른 속력으로 이동한 탓에 얼마 뒤에 도착했는데, 거기에는 종말과도 같은 광경이 펼쳐져 있었다.

쿠워어어어!

왕이 울부짖으며 발밑에 개미떼처럼 몰려든 몬스터를 퍼먹고 있었다.

몬스터들은 공포에 빠져 비명을 질러댔으나 왕의 지배력을 결코 벗어나지 못했다. 잡아먹는 대상에는 지위의 고하가 상관없었다.

귀한 군주급 몬스터조차 한입거리에 불과했다.

우리는 그걸 보고 왕이 더이상 전쟁 따위에는 관심이 없다는 걸 깨달았다. 세력을 유지하고 싶다면 절대 저런 행동을 하진 못할 테니까.

"이제 어쩔 거지?"

우리엘의 물음에 나는 결론을 내렸다.

"지금 벌어지는 일을 다 파악할 수는 없지만, 한 가지는 확실하군."

"뭐냐?"

"우리가 저걸 방해해야 한다는 거지."

"둘이서?"

그 말에는 고개를 저었다. 아무리 생각해도 어림없었으니까. 개미떼처럼 모인 몬스터도 몬스터지만, 저 왕이란 놈은 감당하기 어려웠다.

"대천사들이 전부 와야 해. 메타트론까지. 그래도 이길까 말까야."

대천사에 이르지 못한 천사나 헌터는 소용없었다. 즈굴의 보고에 의하면 왕은 적아를 가리지 않고 잡아먹는 중이라 했다. 그럼 와봐야 포식의 대상만 될 뿐. 대천사급은 돼야 왕의 손길을 피하면서 싸움이 가능할 거다.

"증원을 요청해야겠군."

나는 재빨리 연락을 넣었다. 현재 상황을 알리고 증원이 필요하다고. 이후 메타트론과 연락하려 노력해 봤지만 마법도구나 핸드폰모두 먹통이었다.

"메론이 녀석, 뭐하는 거야."

슬슬 걱정되기 시작한다. 그쪽에는 왕의 정신체가 군을 이끌고갔으니 만만한 상황이 아닐 터. 마음 같아선 당장 가보고 싶지만 애써 자제했다.

지금은 메타트론을 믿고 내게 주어진 일을 하는 게 중요했다.

"우리엘, 우리 둘이 왕을 막진 못하겠지만 지원이 올 때까진 최대한 날뛰어 보자. 약간이라도 방해할 수 있으면 족해."

"빌어먹을… 네놈 옆에 있으면 항상 목숨이 간당간당한 일거리만 있군."

"그래서 겁 먹었냐?"

"입 다물어라. 재수없는 놈아. 몬스터를 죽일 수 있다면 뭐든 상관없다."

우리엘의 눈빛은 살기로 번들거렸다. 대체 뭐가 그를 그리 화나게 만든 건지는 모르겠지만 묻고 있을 틈이 없었다. 우리는 한번 서로 마주본 뒤에 앞으로 튀어나갔다. 그리고는 공격을 퍼부었다. 근처에 있던 몬스터가 피를 뿌리고 죽어나간다.

한창 몬스터를 포식하던 왕은 우리를 힐끔 보더니 무시하고는 자기 일에 열중했다.

지금은 귀찮은 날파리를 쫓는 것보다 포식이 더 중요하다는 것처럼.

"우리엘! 지켜줄 테니까 큰 거 한방 터뜨려라. 놈이 우리를 신경도 쓰지 않는다."

"알겠다."

나는 방패를 들고 우리엘의 앞을 막아섰다. 그렇게 홀로 몬스터를 상대하고 있자니 뒤에 있던 우리엘이 대주문을 하나 완성시켰다.

쩌억!

요란한 소리와 함께 몬스터 무리 위로 거대한 빙산이 하나 만들어졌다. 그리고 그건 인정사정없이 아래로 떨어졌다.

콰지지직!

거대한 빙하가 몬스터를 사정없이 뭉개버린다. 박살나는 얼음과 함께 으깨진 몬스터의 피가 사방에 가득했다.

"이전에 그거군…."

언젠가 미카엘라와 싸울 때 우리엘이 저 주문을 써서 날 구해줬었지. 미카엘라에게 생각이 미치자 가슴팍이 찢어지는 것 같은 고통이 느껴졌다.

'스이엘이 오면 더 이상 감출 수도 없을 텐데….'

일단은 스이엘에게 미카엘라의 죽음에 대해 알리지 않았다. 그 조그맣지만 성질 급한 녀석이 폭주할까 싶어서다. 하지만 미카엘라를 포식한 왕과 싸울 때까지 감출 수는 없는 노릇.

　소문에 의하면 왕은 포식한 존재의 힘을 일부 쓸 수 있다는 얘기가 있었다. 그렇다면 혹시나 미카엘라의 태양광을 왕이 난사해댈지 모를 일.

　스이엘뿐 아니라 대천사 전원에게 전투 전에 알려 대비하게 해줘야 했다.

　[귀찮게 구는군.]

　우리엘의 광역 공격이 먹힌 걸까. 왕이 반응했다. 아무래도 자기가 먹어야 할 몬스터를 떼로 죽여 버렸으니 더는 방치해선 안 된다고 여겼을 터.

　지잉.

　왕의 눈가에 빛이 맺힌다. 우리는 놀라서는 곧장 방어를 준비했다. 딱 봐도 심상치 않았기 때문이다. 우리엘과 내가 공동으로 방어에 나선 그 순간 왕의 눈에서 광선이 작렬했다.

　지이잉!

　그 일격으로 우리엘과 내가 합동으로 만들어낸 방어막이 일격에 분쇄됐다.

　우리엘의 얼음 방벽이 삽시간에 박살나고 내 방패는 녹아내릴 것처럼 새빨갛게 달아올랐다.

　"세상에!"

　피할 틈도 없었다. 위험을 감지하자마자 방어에 나선 게 신의 한

수였다.

지금 거 못 막았으면 우리엘과 내가 나란히 증발할 뻔했다.

우리엘도 그걸 느낀 건지 중얼거린다.

"소름이 돋는군."

대체 저런 괴물을 어떻게 상대해야 할지 싶다. 대천사들이 도착해도 이길 수 있을지 모르겠네.

오히려 몰살당하는 거 아닐까?

지금이라도 물러나서 다른 작전을 세워야 하는지 심히 고민됐다.

그나마 다행인 건 왕이 한번 공격한 뒤로는 다시 포식에 열중하고 있다는 것.

우리가 굳어 있자 더는 신경 쓰지 않는다.

의문이 들 수밖에.

"대체 뭐가 저렇게 급해서 포식에만 열중하는 거지?"

우리엘도 고개를 저었다.

"모르겠다. 우리 둘의 중요도가 떨어지는 것도 아닐 텐데…. 잘난 척하고 싶은 건 아니다. 그저 현실을 말하자면 네놈이나 난, 몬스터 입장에서 최우선 제거 대상이니까."

맞는 말이다.

나는 11인 위원회의 의장.

우리엘은 이탈하긴 했지만 대천사. 중요한 표적이란 소리.

그런데도 무시하고 동족을 먹는데 열중하다니.

마치… 뭐랄까.

"쫓기는 느낌이군."

그런 감상이 내 입에서 흘러나왔다. 우리엘도 살짝 눈을 치켜뜨더니 고개를 끄덕였다.

"듣고 보니…."

대체 뭐가 왕이나 되는 저런 존재를 서두르게 만드는 거지? 이해하기 어려웠다. 그러던 그때 돌연 강풍이 불어왔다.

휘이이이잉.

뭐지? 고개를 들어보니 어느새 하늘이 시커멓게 변해가고 있었다. 그리고 바람이 조금씩 강해진다.

무언가 벌어지고 있는 게 틀림없다.

"우리엘."

"모르겠다. 나도."

우리엘 역시 당황한 기색이다.

거대한 태풍이 다가오는 듯한 모습이었다. 주변을 보니 나무와 풀잎이 미친 듯이 흔들리기 시작했다.

우리엘은 이를 악물었다.

"한 가지는 알겠군. 이건 결코 자연적인 현상이 아니다."

"마력의 작용인가?"

"그래. 저 번개를 봐라."

우리엘이 가리키는 쪽을 보니 어두운 하늘에서 번개가 작렬한다. 그리고 몇 초 뒤에 우르릉 거리는 천둥이 터졌다.

무언가 다가오고 있는 건가?

왕도 그걸 느낀 듯 포식을 멈추고 경계하는 모습을 보였다. 서북쪽을 보며 낮게 울부짖는 게 아무래도 심상치 않았다.

"거대한 게 오고 있다."

우리엘의 경고에 나는 살짝 고개를 끄덕였다. 그리고 그것이 나타는 데에는 그리 오래 걸리지 않았다.

저 멀리에서 장대한 회오리가 모습을 드러냈기 때문이다. 처음에는 저 멀리 시커먼 기둥처럼만 보였다. 하지만 그건 빠른 속도로 가까워져 왔고, 그게 거대한 회오리란 걸 알 수 있었다.

마치 미국에서 발생하는 토네이도를 떠올리게 했는데 크기가 끔찍하게 컸다.

"맙소사…."

회오리는 마치 살아 있는 것처럼 이쪽을 향해 오고 있었다. 그걸 발견한 몬스터들이 일제히 공포에 질린 비명을 터뜨렸다. 그때 왕이 명령을 내렸다.

비행 몬스터 일부를 소용돌이를 향해 돌격시킨 것이다. 그 무모한 명령을 받은 비행 몬스터 수백이 거대한 회오리를 향해 나아갔다. 그리고는 순식간에 갈기갈기 찢어져 사라졌다.

몬스터가 찢길 때 빛이 점멸했고, 마치 마정석의 에너지가 회오리로 흡수되는 것만 같았다.

몬스터의 왕은 바로 알아챈 것 같다.

[과연 그렇군….]

역시 실험을 위해 비행 몬스터를 돌격 시킨 건가?

아무래도 회오리의 위험성을 파악해 보려는 것 같았다. 그러면서도 왕의 육체는 도망치지 않았다.

오히려 제자리에 버티고 서서 저 파멸적인 재앙을 맞이하려는 것 같았다.

"대체 뭐가 어떻게 되고 있는 거야?"

의문을 잔뜩 떠올리고 있을 때 저 멀리서 무언가가 보였다. 거대한 덩치를 가진 몬스터가 엄청난 속도로 질주하고 있던 것이다. 시야를 집중해 살펴보자 그건 즈굴이었다.

노량진으로 보냈는데 왜 여기서 달리고 있는 건지 알 길이 없다. 놈은 회오리에게 쫓기고 있었는데, 멀리서 마법으로 전음을 보내왔다.

-주인이시여.

-대체 어떻게 된 거야?

-이 소용돌이가 메타트론입니다!

-뭐라고!

즈굴은 재빨리 자신이 파악한 걸 설명해왔다.

노량진 앞에 있던 군대가 사라졌으며 모두 이 회오리에 흡수된 것 같다고 말이다.

-이 회오리는 무차별적으로 몬스터와 천사의 힘을 흡수합니다. 저도 가진 힘을 일부 빼앗겼습니다. 크아아아아!

-아니, 그런데 저게 왜 메타트론이란 거야?

-주인이시여, 집중해 보십시오! 지배의 천사가 가진 기운이 느껴지지 않습니까?

-어? 정말?

거짓이 아니었다. 저 회오리 속에서 메타트론의 익숙한 기운이 감지됐다. 하지만 상당히 이상하다.

–네놈이 말해주지 않았다면 화신인 나도 모를 뻔했다. 메타트론의 기운이 맞긴 한데, 이상하기 짝이 없다. 내가 알던 게 아냐.

　–그럴 수밖에! 저도 처음에는 몰랐습니다만, 근처에 살아남은 고위 몬스터가 몇 마리 있어서 사정을 들었습니다. 지배의 대천사가 왕의 정신체를 흡수하고 완전히 다른 존재로 거듭났다고 합니다.

　–뭐?

　나는 화들짝 놀라지 않을 수 없었다. 즈굴이 가져온 정보는 그 정도로 충격적이었기 때문이다.

　메타트론이 왕의 정신체와 합쳐졌다니? 이 무슨 날벼락 같은….

　–대체 왜!

　–모르겠습니다! 제가 그것까진 알 수가, 알 수가 없습니다! 크윽!

　즈굴은 달리면서도 괴로운 듯했다. 뒤쪽의 소용돌이에게 힘이 실시간으로 빨리고 있었기 때문이다. 하지만 다행스럽게도 즈굴은 소용돌이의 영향권에서 벗어날 수 있었다.

　소용돌이가 왕과 몬스터 군대가 있는 쪽으로 향했기 때문이다. 옆으로 슬쩍 빠진 즈굴은 구사일생으로 목숨을 건졌다.

　반면 몬스터 군대는 난리가 났다.

　왕의 육체보다 더 큰 소용돌이가 나타나자 지상과 공중에 있던 몬스터 떼가 무수히 휩쓸리기 시작했던 것이다.

　휘이이이잉.

　마치 진공청소기에 빨려 들어가는 개미떼 같았다. 몬스터들은 칼날 같은 바람 속에서 오체분시 됐는데 그때마다 빛이 번쩍였다.

　저 빛 하나하나가 마정석이 깨지며 에너지가 흘러나올 때 발생하는 것이다. 그래서인지 시커먼 소용돌이 기둥에서 무수히 많은 빛이 점멸해댔다.

뭐랄까? 그건 시커먼 크리스마스 트리에서 반짝이는 작은 전구들 같았다.

[크워어어어!]

왕의 육체는 그 모습에 분노해 울부짖었다. 그리고는 전력으로 돌격하더니 소용돌이에 충돌했다.

콰직!

콰아아아아앙!

일순간 에너지가 폭발했다. 소용돌이와 왕이 부딪친 순간 대폭발이 일어난 것이다.

쿠아아아아!

폭발의 소리가 계속되며 시야가 완전히 하얗게 변했다. 나는 방패에 몸을 숨기고 웅크린 채로 간신히 버티고 있었다. 수많은 몬스터가 폭발에 휘말려 산산조각이 났다. 내 방패에도 날아온 살점이 연이어 철푸덕거리는 소리가 가득했다.

폭발이 끝났을 때는 주변은 완전히 불바다였다.

소용돌이는 이제는 거의 화염 폭풍으로 변해 있었다. 바람을 타고 불길이 번져 올라간다. 그리고 내부에는 무서울 정도의 에너지를 품은 전격이 작렬하고 있었다.

내 평생 저렇게 강대하고 장엄한 건 본 적이 없다.

하지만 그에 맞서는 왕의 육체도 만만치 않았다.

이미 수많은 몬스터를 포식한 왕의 육체는 하얀 거인일 때보다도 덩치가 훨씬 커진 상태. 힘도 대단해서 저 가공할 소용돌이를 상대로 버티고 있었다.

그야말로 괴수대전이다.

[본왕은 신의 반열에 오를 것이다!]

왕이 뜻 모를 소리를 외쳐댔다. 그러자 소용돌이에서도 답이 돌아왔다.

[모든 것을 끝낼 것이니라.]

그건 분명 메타트론의 목소리였다. 원래와 다르게 꽤나 허스키한 기계음 같았지만, 분명 녀석이 맞다.

"세상에…."

눈앞에 벌어지는 광경은 그야말로 세계의 종말과도 같았다. 소용돌이로 변한 메타트론과 한껏 벌크업 한 왕의 육체가 벌이는 힘겨루기. 서로 팽팽하기 짝이 없었는데, 먼저 무너진 쪽이 소멸할 것 같았다.

나는 현재 상황에 대해 대천사들에게 연락해야겠단 생각이 들었다. 하지만 저 엄청난 에너지의 폭풍 때문인지 마법도구나 핸드폰이 모두 먹통이었다.

아니, 조금 더 지나자 연락은커녕 이런 상황에서 버티는 것조차 어려웠다.

상황은 점입가경이었다.

메타트론으로 생각되는 소용돌이는 주변의 몬스터를 닥치는 대로 빨아들이고 있었기 때문이다.

왕은 왕대로 그걸 저지하기 위해 힘을 폭발시켜댔다.

콰아아앙!

콰앙!

왕이 손을 뻗자 시커먼 폭발이 일어났다. 그 힘은 메타트론의 것과 상반되는 기질을 가진 듯 폭발이 일어날 때마다 소용돌이가 살짝 약해지는 게 보였다. 하지만 그것도 잠시. 소용돌이는 몬스터를 흡수해서는 더욱 위세를 더해가고 있었다.

그 여파인지 주변에는 수백 가닥의 번개가 내리꽂히기 시작했다. 딱히 누구를 겨냥한 것은 아니다. 그저 막강한 힘의 충돌 때문에 일어난 결과일 뿐이다.

문제는 거기에 휩쓸린 자들은 시커멓게 그을려 버린다는 것. 우리엘과 나도 방어막을 최대한 전개해서는 이를 악물고 버텨야했다.

"젠장, 점점 나빠지는군!"

우리엘의 안색은 하얗게 질려 있었다. 원래 창백한 놈이 지금은 완전히 핏기가 빠졌다.

나 역시 상태가 좋지 않았다.

거대한 두 힘의 충돌은 점입가경이었기 때문이다. 좀처럼 결판이 나지 않은 채로 에너지만 증폭됐다.

'잘 알지 못하지만 이대로 결판이 안 나면 그 반동이…'

폭발로 이어질 것 같단 생각이 들었다. 그리고 그 위력은 상상을 초월할 것 같다. 직감이지만 어떻게든 그런 상황만은 막아야 한다는 생각이 들었다.

그런데 그때 메타트론이 말을 걸어왔다.

[유제아, 본녀를 도와라.]

　"메타트론!"

　[모든 걸 정리하자. 다 지워버리는 거다.]

　나는 그녀에게서 심한 위화감을 느꼈다. 왕의 정신체를 흡수했다고 하더니 무언가 달라진 것만 같다.

　'뭐지? 저건 메타트론이긴 하지만 메타트론이 아닌 존재?'

　나는 돌풍과 그와 함께 날아오는 화염 덩어리를 방패로 막으며 물었다.

　"정리하고 지운다는 게 무슨 뜻이야!"

　[간단하다. 모든 걸 무(無)로 돌린다는 것이다. 천사와 몬스터가 처음부터 존재하지 않았던 것처럼.]

　"그러면 너도 사라지는 거잖아!"

　[그것이야말로 바람직한 끝맺음이니라.]

　조금의 망설임도 없이 태연히 답하는 모습에 뭔가 숨이 턱 막혔다. 역시 저건 내가 아는 평소의 메타트론이 아니다. 왕의 정신체를 흡수하고 달라진 게 확실하다.

　"왜 다 지워버리려는 거야!"

　[모든 것들을 위해서!]

　메타트론의 음성은 설득의 여지도 없이 단호했다. 일이 어째서 이렇게 된 건지 당혹해 할 때, 이번엔 몬스터의 왕이 말을 걸어왔다.

　[인간이여. 저것보다 기꺼운 걸 제시하겠다. 본왕을 도와라. 그렇게 한다면 원하는 바를 이뤄주마.]

　"뭐라고?"

[네 욕망이 보이는구나. 네가 천사들을 아끼는 걸 알고 있다. 모두를 네 노예로 주지.]

"그게 무슨 소리야!"

[본왕은 신의 반열에 오를 존재. 우주를 유영하고 보다 큰 세계로 갈 것이다. 결국 지구 같은 촌동네는 아무래도 좋다는 거다. 본왕을 돕는다면 그 공로를 인정해 이곳을 통치하게 해주마.]

"허튼 소리 하는군!"

[정말 그렇다고 생각하나? 그런 일이 불가능하지 않다는 걸 누구보다 잘 알고 있으면서? 네가 든 방패. 그것 역시 신의 힘과 연결된 물건. 그것을 체험했다면, 본왕이 말한 것도 모두 실현 가능한 문제임을 알 텐데.]

틀린 말은 아니다. 신격이 되면 분명 가능할 터. 신격에 오르지 않은 존재들의 싸움도 이토록 장대한 서사시 같은데, 그런 위대한 경지에 오르면 저런 제안도 불가능하지 않다.

[혹시 믿음이 부족한 것인가? 본왕의 영혼을 걸고 맹세하마. 이 제안을 이뤄주지 않는다면 신위를 잃고 영원히 저주받겠다고.]

몬스터의 왕은 엄청난 양보를 해왔다. 그도 아는 것이다. 지금이야 말로 모든 걸 가를 기로에 서 있다는 걸. 그렇기에 저런 조건을 걸며 변수를 만들려는 거겠지.

"그렇게 힘이 필요하면 네놈 부하들에게 부탁하던가!"

[아니, 네가 아니면 안 된다. 정확히는 그 방패의 힘이 아니면 이 상황에 영향을 미칠 수 없다는 거다.]

그때 소용돌이가 거세지며 메타트론이 끼어들었다.

[저딴 제안을 듣지 말거라. 소멸만이 답이다. 유제아. 모든 게 사라지면 넌 일상으로 돌아갈 수 있느니라.]

"하지만 네가 없잖아!"

[본녀는 원래부터 없던 존재다. 그저 이치에 맞게 사라질 뿐…]

저렇게 말하니 돕는 걸 망설일 수밖에 없다. 사실 몬스터의 왕을 돕는다는 건 말도 안 된다. 내게 무엇을 약속하던 마찬가지다. 하지만 메타트론의 편을 들자니 그 대가가 두려웠다.

모든 게 사라진다고?

지금껏 맺었던 인연이나 추억도 다 사라진다니?

감당할 수 있을지 모르겠다.

그래서 망설이는 내게 왕이 아주 달콤한 제안을 해왔다.

[인간이여, 한 가지를 약속하지. 본왕의 뜻을 받아들인다면 태양의 대천사를 토해내겠다.]

"뭐!"

[그녀는 아직 흡수되지 않았다. 아무리 본왕이라도 그 정도 되는 존재를 소화하려면 시간이 걸리는 법이지. 그러니 본왕의 손을 잡고 그녀를 되찾아라. 본디 태양의 대천사는 네것이 아닌가? 주인의 권리를 인정하겠다.]

왕은 상대의 욕망을 읽을 수 있다는 말이 맞구나. 나와 미카엘라의 이야기를 알 리가 없건만, 저 공허한 눈동자로 꿰뚫어보며 내 마음을 알아챈 모양이다.

지금 미카엘라는 내게 가장 약한 부분이다. 솔직히 아직도 그녀의 죽음을 인정하지 못하고 있는데 저런 제안을 해오니 눈이 돌아갈 수밖에.

나는 혼란스러워졌다.

'어쩌면⋯ 왕의 손을 잡는 것도 나쁘지 않을지도⋯?'

거래만 확실히 한다면 괜찮을 수도 있다. 천사들을 소유하고 지구의 통치를 인정받는 거다. 물론 그걸 위해 희생할 부분도 많긴 하겠지. 특히 천사 진영의 목표는 영원히 박살난다. 상대를 소멸시키라는 그들의 주인의 명을 받들기는커녕, 신격이 되는 걸 막지 못했으니까.

하지만 그럼에도 살아남을 수 있다.

지금의 형상대로 남아서 지구에서 삶을 이어갈 수 있는 것이다. 언젠가 몬스터의 왕이 우주로 떠나버린다면 지구는 괜찮은 세계가 될지도 모른다.

마음속에 갈등이 일어나던 그때 차가운 목소리가 날 흔들어 깨운다.

"정신 차려라! 유제아, 이 멍청한 놈!"

옆을 보니 분노한 표정의 우리엘이 보였다. 그는 내 뺨을 때리며 소리쳤다.

"왕이 소원을 들어준다는 건 원숭이 손 같은 거다! 네놈 뜻대로 될 리가 없다고. 세상에 그리 사정 좋은 이야기는 없다. 모든 일에는 반드시 대가가 따른다!"

"⋯⋯."

"유제아, 네가 유혹에 굴복하면 비틀린 결과만 얻을 거다. 모르겠나? 미카엘라를 토해낸다고? 그래, 네놈이 아끼는 그 여자를 다시 만날 수 있을지도 모르지. 하지만 썩은 좀비가 되어 나타날지 누가 아나?"

"아…."

"왕의 약속은 교묘하다. 우리의 지혜로 헤아리기 어렵다고. 정신 차려! 거래를 할 수 있는 상대가 아니까!"

내 속을 읽기라도 한 것처럼 우리엘이 쏘아붙인다. 그러더니 그는 전신에서 힘을 일으킨다.

우리엘은 당장이라도 왕에게 쏘아져 나가기 직전이었다. 그는 내게 단호하게 선언했다.

"이렇게까지 말해줬는데 설마 멍청한 선택을 하진 않겠지! 아니, 사실 네놈이 무슨 결정을 하더라도 나랑은 상관없다. 내가 이 자리에 서 있는 건 오로지 복수심 때문이니까!"

우리엘은 마치 쏘아지는 대공미사일처럼 왕을 향해 날아갔다. 그리고는 얼음의 힘을 마구 퍼붓기 시작했다.

거대한 힘의 폭풍 속에서 그는 당장이라도 추락할 것처럼 위태로워 보였으나, 몸을 돌보지 않고 싸우고 있었다.

[크어어어어!]

뜻밖에 왕은 우리엘의 공격에 고통스러운 비명을 질렀다. 우리엘의 힘으론 전혀 타격도 못 줄 것 같았는데 의외가 아닐 수 없다.

"아!"

나는 상황을 알 수 있었다. 메타트론과 워낙 팽팽했던 탓에 그렇구나. 조금만 한쪽으로 추가 기울어도 부담이 심한 거였어.

하지만 우리엘이란 추는 완전히 상황을 한쪽으로 기울게 할 정도는 아니었다. 분명 왕을 괴롭게 하곤 있었지만 천칭이 한쪽으로 기울지 않았다.

아직 추의 무게가 부족했다.

이에 메타트론은 더욱 기세를 올리며 외쳤다.

[유제아, 더는 망설이지 말고 가세하라!]

왕도 다급해진 목소리로 내게 소리쳤다.

[차가운 심장으로 현명한 선택을 하라. 그대는 원하는 걸 다 가질 수 있을 테니!]

난장판이구나.

하지만 결정을 내렸다.

양쪽 다 마음에 안 든다는 게 솔직한 심경이다. 결국 나 같은 반골은 주어진 선택지에 만족을 못하고 제3의 루트를 찾기 마련이지.

될지, 안 될지 모르겠지만 일단 해볼까.

그걸 위해선 우선 저 망할 놈의 왕부터 소멸시켜야 한다.

일단은 메타트론의 편을 들자.

"메타트론, 날 띄워줘!"

그 말을 하자마자 한줄기의 강력한 바람이 날 허공으로 들어올리더니, 그대로 위로 쏘아올렸다.

삽시간에 멀어지는 지면.

그 거대한 소용돌이와 왕의 신체가 저 아래쪽에 보이고 있었다. 떨어지는 궤적을 보니 왕을 정통으로 들이박게 된다.

설령 중간에 비틀어져도 메타트론이 조정해 줄 터.

나는 이 일격에 집중하기로 했다.

'충분한 무게추가 돼야 해.'

단순히 강력한 공격 같은 걸로는 부족하다.

솔직히 공격의 위력은 나보다 전직 대천사 우리엘이 더 강할 거 같다.

아무리 방패로 강한 공격을 해봐야 얼음 마법을 극성으로 익힌 게 더 위력적이지.

애초에 나는 공격력이 주특기도 아니었고.

제일 위력적이었던 게, 방패가 아니라 메타트론의 검을 쓰던 때 였으니 말이다.

하면 어떻게 해야 할까?

단순히 위력적인 공격보다 나만이 할 수 있는 게 필요하다.

왕이 말했다.

내가 가진 방패의 힘이 필요하다고.

'그래, 시공을 다루는 능력이 열쇠다.'

왕은 꿰뚫어 본 것이다. 내가 허무의 공간에서 새로운 힘을 얻은 것을. 그 힘이 지금 상황에서 충분한 무게추가 되어줄 것임을.

'좋아, 결정했다. 공간을 휘어버린다.'

내가 가진 시간의 힘은 지금 상황에서 별다른 영향을 미치기 어렵다. 몇 초 뒤의 미래로 무작위로 뛰어봐야 뭘 하겠는가?

지금 중요한 건 저 대치를 무너뜨릴 방법이다. 그렇다면 내가 가진 공간을 휘는 힘을 활용해 보자.

공간을 휘면 힘의 방향이 바뀐다.

그것은 대치 상태의 균형을 흔들기 충분할 터.

하면 어떻게 할까 고민하다가 한 가지 방법을 떠올렸다.

일단 등 뒤로 화신의 날개 네 장을 펼쳤다. 그러자 비행에는 별 도움에 안 되던 날개가 추락하는 속도를 극적으로 늦춰줬다.

나는 훨씬 감소한 낙하 속에서 방패의 힘을 일으켜 공간을 조작하기 시작했다.

내가 생각해낸 건 단순하지만 효과적이었다.

왕의 앞부분의 공간을 깔대기 모양으로 휘어버리는 것.

깔때기의 넓은 입구는 메타트론 방향으로, 좁은 출구는 왕의 방향이다.

거대한 힘이 좁은 출구로 빠져나가게 되면 그만큼 힘이 뭉치고 집중되게 된다.

즉, 메타트론의 힘은 집중돼 강한 위력을 왕에게 끼치게 된다.

반면 힘이 넓은 입구로 나가게 되면 그만큼 퍼지고 분산된다. 왕이 쓰는 힘이 약화되는 것이다.

즉, 깔때기 모양으로 공간을 휘면 지금껏 팽팽한 형세에 막대한 영향을 미치게 된다.

나는 가진 모든 힘을 끌어내 방패에 퍼부었다. 다룰 수 있는 마력이 지금 모두 타버려도 좋다는 생각으로 말이다.

그와 함께 왕의 앞쪽에 있는 공간이 깔때기의 출구처럼 좁아지기 시작했다.

동시에 힘의 흐름이 눈앞에 선명하게 보였다. 마치 좁은 곳을 통과하는 물길처럼 그 모습이 확연히 관찰된다.

왕은 갑작스러운 변화에 당혹성을 터뜨렸다.

[이놈…!]

반면 메타트론은 반색했다.

[잘했구나, 유제아!]

똑같은 힘을 써도 이제 효율이 달라졌다. 왕은 대번에 휘청거리기 시작했다. 하지만 놈은 만만치 않았다. 불리한 상황에서도 억지로 버티더니 휘어진 공간을 도로 펴기 시작한 것이다.

"뭐! 저런 미친!"

지켜보며 놀라지 않을 수 없었다. 생각해 보니 왕 역시 시공의 힘을 일부 다룰 수 있다고 했었지. 정말 어마어마한 괴물이 아닐 수가 없었다.

나처럼 능수능란하진 않았지만, 무식한 출력으로 극복하고 있었다.

왕은 깔때기처럼 휘어버린 공간을 힘을 줘 원상복귀 시키는 중이었다. 지켜보고 있자니 눈이 절로 휘둥그레진다.

하지만 넋 놓고 있을 수는 없는 법.

나 역시 다시 마력을 쏟아부어 공간을 휘기 시작했다.

기이이이잉!

마치 공간 자체가 울부짖는 듯한 소리가 났다. 공간을 휘려는 힘과 펴려는 힘이 맞부닥쳤기 때문이다.

그것은 내가 본 것 중에 가장 가공할 광경이었다. 방금까지 있었던 두 거물의 대결보다 훨씬 신화적으로 보였다.

여기서 절대 패해선 안 된다.

나는 전신의 모든 걸 뽑아내듯 태양신격의 방패에 힘을 불어넣었다. 하지만 이 대결은 신물이라 불리는 이 방패에도 커다란 부담을 주고 있었다.

콰직!

놀랍게도 처음으로 방패에 금이 갔다. 결코 부서지지 않을 것 같은 방패가 갈라진 것이다.

정말 간이 떨어질 뻔했다. 그러나 이제 와서 멈출 수도 없는 노릇.

죽기 아니면 까무러치기다.

"끄으으으아!"

계속 힘을 불어넣자 놀라운 현상이 관측됐다.

서로 다른 힘의 대결에 공간에 균열이 생기고 있었다.

'!'

공간이 찢어지는 건가? 저런 건 만화에서나 본 영역인데 실제로 벌어지니 입이 벌어질 수밖에.

하지만 놀람도 잠시.

저걸 이용할 수 있을 거란 생각이 들었다.

일단은 계속 힘을 줘 팽팽한 대결을 이어갔다. 그리고 거의 왕의 머리 수십 미터 앞까지 떨어졌을 무렵, 힘의 방향을 바꿔버렸다.

휘려는 힘 대신, 왕과 똑같이 공간을 펴려고 시도한 것이다.

이건 마치 서로 당기며 힘대결을 벌이다가, 갑자기 상대편으로 밀어버리는 것과 같은 이치다.

그게 사람이었다면 넘어지는 걸로 끝나겠지만, 공간인 탓에 부욱 찢어졌다.

간단한 짓거리지만 메타트론과 대치 중인 데다가 우리엘의 폭격에 시달리는 왕에겐 결정적인 한 수였다.

　허공에 선명하게 금이 가는 게 보였다. 그리고 균열 너머, 알 수 없는 차원의 공허한 세계가 언뜻 엿보였다. 창백한 별과 우주의 먼지가 가득한 장소였다.

　살아 숨쉬는 자라면 결코 가고 싶지 않을 만한 곳이 틀림없다.

　나는 거의 왕의 머리까지 추락한 순간, 공간이 갈라지는 끝부분을 컨트롤 하려 했다.

　마치 종이를 찢을 때 한쪽 방향으로 힘을 주는 것처럼, 공간의 갈라짐이 왕에게 가 닿을 수 있게.

　지이이이익!

　기괴한 소리와 함께 공간은 순식간에 갈라졌고, 그것은 왕의 흉부를 정통으로 가르고 지나갔다.

　[커헉!]

　짧은 신음이 터져 나왔다. 공간이 찢어졌다고 왕의 육체가 양단되는 일은 벌어지지 않았다. 하지만 분명한 건 힘의 흐름이 끊겨버렸다.

　마치 전선의 한 가운데를 잘라버린 것과 같은 모습이다.

　왕은 힘의 순환이 멈춘 자신의 몸을 망연히 내려다본다. 그 사이 나는 계속 떨어져 왕과 시선을 마주쳤다.

　왕의 눈은 많은 걸 말하고 있었지만 대화를 나눌 시간은 없었다. 나는 계속 떨어졌고, 머리 위에서 메타트론이 발휘한 힘의 폭발이 일어났다.

콰아아아앙!

기세를 잡자마자 메타트론이 전력을 다한 것이다.

왕은 비명을 터뜨렸다.,

[크아아아아!]

육중한 울부짖음이 지금은 어째서인지 처량하게 느껴졌다.

메타트론이 가진 소멸의 힘이 왕을 머리부터 통째로 갈아버리기 시작한 것이다.

휘이이이잉!

요란한 소음과 함께 왕의 머리부터 박살나기 시작했다. 머리가 찌그러지고 곧 터져서 사방으로 시커먼 살점이 날리더니, 빛이 점멸하고는 소용돌이 속으로 빨려들어갔다.

확실하다.

왕이 가진 힘이 메타트론에게 흡수되고 있었다.

척.

지면에 내려서 올려다보니 이미 메타트론의 소용돌이는 위에 있을 때보다 훨씬 거대해져 있었다.

말 그대로 왕을 잡아먹는 중이었다.

왕은 이제까지의 위엄을 모두 잊어버리고 비명을 질러대기 시작했다.

[신좌에! 신좌에 오를 이 몸이… 케에에에에!]

한탄도 오래가지 못했다. 얼굴이 거의 다 갈려버렸기 때문이다. 메타트론은 더욱 거세졌고 이젠 더 빠르게 왕을 먹어치웠다.

마침내

왕의 가슴팍 위로는 아무 것도 남지 않게 됐다.

구우우우웅.

육중한 소음과 함께 머리를 잃은 왕의 육체가 무릎을 꿇으며 쓰러진다.

콰아아앙!

자욱하게 일어나는 먼지 속에서 나는 방패를 들고 앞을 쳐다봤다. 한동안 아무 것도 보이지 않았지만 워낙 돌풍이 거세 시야가 금방 회복됐다. 그리고 금이 간 방패의 틈으로 무릎 꿇고 있는 왕의 육체를 마저 갈아버리려는 소용돌이가 보였다.

소용돌이는 마치 살아 있는 생물처럼 움직이며 게걸스럽게 왕의 육체를 탐하고 있었다.

나는 다급히 말리지 않을 수 없었다.

"멈춰! 메타트론!"

그러자 대재앙처럼 변한 메타트론이 일순간 우뚝 멈춘다. 도저히 내 말을 들어줄 것 같지 않았는데 저러는 걸 보니 신기하기까지 했다.

[어째서지?]

"그렇게 다 먹어치우면 위장에 들어간 모두가 소멸할 거다! 멈추라고. 미카엘라도 완전히 죽고 만다!"

[……]

메타트론은 잠시 말이 없었다. 사납게 휘몰아치는 폭풍은 잠시나마 조금 잠잠해졌다. 하지만 그녀는 곧 차갑게 대꾸해 왔다.

[그래, 그것이 좋겠지. 모든 게 끝을 맞이하는 것이니라.]

"메타트론! 안 돼! 이대로 끝이라고?"

[아쉬워하지 말거라. 그대에게 세계를 돌려주려는 것이니. 본녀는 깊이 생각하고 결정을 내렸다.]

듣고 있자니 마음이 먹먹해져 왔다. 메타트론도 아마 생각에 생각을 거듭했겠지.

고민 끝에 내린 결정은 소멸.

속이 상하는 선택이다.

하지만 한 가지는 확실히 알 수 있었다. 메타트론 스스로도 저런 결정을 기뻐할 리가 없다는 걸.

그저 방법이 없으니 독한 선택을 했을 뿐이다.

아무리 생각해도 이 무한에 가까운 굴레를 끊을 방법이 달리 없었던 거다.

나는 절로 탄식했다.

"이대로 끝나면 초코우유도 못 먹잖아! 이 멍청아!"

메타트론은 잠시 말이 없다 대꾸했다.

[유제아, 이런 상황에서 초코우유 타령인가?]

"초코우유만이 아니다. 이대로 끝나면 지아 누나한테 뭐라고 할 건데! 너 우리 누나랑 친해진 거 아니었냐!"

[유지아….]

누나는 메타트론이랑 종족을 뛰어넘은 친구가 됐다. 처음에는 지아 누나가 귀엽다고 괴롭히는 관계로 시작했지만 말이다.

그 외에 메타트론에겐 이 세상에 미련을 가질 게 많았다.

"산달폰 클랜은 어쩌고! 산달폰도 천사로 돌아가는 걸 봐야 하잖아!"

[……]

"이미 네 곁에 있는 이는 한둘이 아니다. 다시 얻은 인연을 소중히 하기로 했잖아!"

[알고 있다. 하지만 이것은 불가피한 선택이다. 미안하구나. 본녀를 원망하라. 달리 아름다운 선택을 할 힘이 없는 본녀를…]

메타트론은 그리 말하며 다시 왕의 육체를 먹어치우기 시작했다.

"멍청한 놈!"

결국 이렇게 될 줄 알았다. 저 고집 센 녀석이 말로 설득될 리가 없지. 초코우유마저 저버린 녀석의 각오가 아주 무섭구만.

그래서 나도 사실 준비를 하나 했다.

이 반골 기질의 인간이 택한 제3의 선택지를.

"메트라론, 너는 선택지가 없다고 했지. 하지만 나는 다르다!"

[무슨 짓을 하려고…?]

"이대로 안녕이란 말에 납득할 수 없다는 거다."

[유제아, 미안하지만 그대는 본녀의 화신에 불과하다. 아무리 노력해도 본녀의 힘을 넘을 수 없다는 거다.]

동정심 섞인 그 목소리에 나는 한쪽 입꼬리를 올렸다.

"멍청아. 내가 언제까지 과자부스러기나 흘리는 녀석 힘이나 받아쓸 거라고 생각했나!"

[뭐, 뭐라?]

이미 나는 만렙 너머의 힘을 봤다. 지난번 허무의 공간에서 본의 아니게 했던 수련 덕분이다.

사실 이 힘은 왕과의 마지막 결전을 위해 남겨둔 것인데, 설마 메타트론의 저지에 쓰게 될 줄이야.

몰아치는 폭풍 속에서 방패의 용두를 붙잡고 외쳤다.

"나는 더이상 메타트론의 화신 따위가 아니다!"

그 말과 함께 방패의 용두 부분을 있는 힘껏 당겨서 뽑아버렸다.

파칭!

불꽃이 튀며 용두가 긴 심과 함께 통째로 딸려나왔다.

"이것으로 리미트 해제다!"

시계에서 용두의 역할은 매우 중요하다. 시간이나 날짜를 맞추고 태엽을 감아주는 등, 시계의 기능을 컨트롤하는 중요한 부품이다.

만약 용두가 뽑힌다면?

시계는 더 이상 통제불능이란 소리가 된다.

내 방패 역시 마찬가지다.

시계의 용두를 닮은 그 부품을 뽑아버리자, 시공을 다룰 수 있는 힘이 통제불능으로 향하더니 폭주하기 시작했다.

위이이이이잉!

요란한 소리와 함께 방패가 밝은 청색으로 달아올랐다. 마치 찬란한 청색별과 같은 모습이다.

이제 이것은 나라도 다룰 수 없다. 마구잡이로 폭주하는 위험한 물건일 뿐이다.

[무엇을 하려는 것이냐! 유제아!]

메타트론이 처음으로 깜짝 놀라는 기색이다. 나는 그런 녀석에게 씩 웃어보였다.

"힘이 폭주하면 결국 폭발로 이어지는 법이지."

즉, 이건 시공의 폭탄이나 다름없다. 투척하는 순간 엄청난 위력으로 시공을 찢어버릴 터.

정확히 어떤 작용을 할지는 잘 모르겠다. 왕의 육체를 다른 시간대로 날려버리거나, 아니면 아까 봤던 창백한 차원 너머로 보낼지도 모른다.

확실한 건 누구도 수습할 수 없는 시공의 폭발이 일어난다는 것.

즉, 힘을 흡수하고자 하는 메타트론의 시도는 실패하게 된다.

삽시간에 그걸 알아챈 메타트론은 당혹성을 터뜨렸다.

[유제아! 이런 무식한!]

"메론아! 이대로는 못 보내준다!"

[이 또라이 같은 것아! 무슨 결과가 벌어질 줄 알고!]

"그래, 사실 나도 정확히 모른다. 다만 모든 게 소멸하는 것보단 낫겠지!"

이게 내 선택이다.

일단 왕을 죽이고, 이후에 메타트론의 선택을 막는다. 결과는 예측불허였지만 이쪽이 확실히 마음에 들었다.

저 초코우유를 좋아하는 놈이 사라지는 것보단 확실히 나을 테니까.

메타트론은 비명을 터뜨렸다.

[너무 무모한 도박이지 않느냐! 또라이야!]

그 말에 나는 시원하게 웃어댔다.

"이제 알았냐! 내가 도박중독인 거! 애초에 방패도 뽑기였다고!"

스이엘의 재산을 시원하게 말아먹었던 나. 무작위에 인생을 맡기는 무모함이라면 어디 가서 뒤지지 않지.

"그러니 받아들여. 이 초코우유 멍청아!"

[아아아아! 이게 뭐야!]

허스키하고 뭔가 제3의 존재 같았던 메타트론의 목소리가 처음으로 원래대로 돌아왔다. 그리고 다소 울먹이는 게 결연한 각오가 다 사라져 버린 본래 모습 같았다.

나는 이거지 생각하면서 방패를 투척하기 위해 들어올렸다. 그리고 그 순간 이변이 일어났다.

본래 방패를 던져 왕의 육체에 시공의 폭발을 일으키려 했다. 한데 고려하지 못한 점이 있었다.

바로 방패가 아까 과부하를 받아 금이 가 있었다는 것.

그 때문에 미처 던지지도 못하고 눈앞에서 태양신격의 방패가 터지고 말았다.

콰아아아앙!

작렬하는 빛 속에서 나는 욕을 내뱉었다.

'씨발. 좆 됐네.'

폼이란 폼은 다잡고 이렇게 폭사라고??

7. 새로운 주인

의식이 돌아왔다.

결코 돌아오지 않을 것 같았는데 말이지.

눈을 뜨자 새하얀 공간으로 가득 찬 세계가 펼쳐지고 있었다.

'천국인가?'

아니, 솔직히 천국이란 게 있다면 입장할 자신이 없다. 그렇게 깨끗하게 산 인생은 아니라서 말이야.

오욕의 순간도 많았다.

묵묵히 견디며 더러운 일도 꽤 했지. 여기가 천국이라면 잘못 찾아온 거라 하겠다.

[걱정 말라고. 천국은 아니니까.]

그때 신령한 목소리가 들려왔다.

놀라서 몸을 일으키니 눈앞에 밝은 빛이 작렬한다.

눈을 찌푸리고 손바닥으로 얼굴을 가리고 있자 서서히 빛이 잦아들었다. 그리고는 건장한 체격의 한 사내가 내 앞에 서 있었다.

한데 얼굴이 어떻게 생겼는지 보이지 않는다. 인지할 수가 없다고 할까?

아, 초월적 존재구나.

보자마자 알 수 있었다.

"제가 죽은 겁니까? 저승사자신가요?"

[아? 하핫. 역시 고향 출신이라 그런가 친근한 얘기를 해주는데?]

"어?"

듣다보니 좀 이상한 게 이 존재가 한국어를 익숙하게 하고 있단 점이었다. 절대 통역 마법 같은 게 아니다. 완전 네이티브인데?

"한국인? 대체 이게 무슨?"

상황을 받아들이기 어렵다. 머리가 잘 돌아가는 편인데 지금은 뭐가 뭔지 모르겠네.

하지만 상대는 내 질문에 답하지 않고 뒷짐을 지더니 혼잣말을 했다.

[설마 지구까지 갈 줄이야. 고향별에 폐를 끼쳤군.]

그 순간 딱 감이 왔다.

나는 살짝 인상을 찌푸렸다.

"태양 신격?"

내 목소리에는 적대감이 묻어날 수밖에 없었다. 그 태양의 신격이란 놈 때문에 메타트론이나 미카엘라, 스이엘이 여태 한 고생이 생각났기 때문이다.

그는 내 물음에 멈춰서더니 돌아봤다.

[감이 좋은 친구로군. 인상 좀 펴게. 난 자네가 마음에 드는데 그렇게 으르렁거리면 민망하잖나?]

"저는 당신이 별로 마음에 안 듭니다만?"

솔직히 존대를 하고 싶지도 않았다. 그저 형언할 수 없는 기운이 느껴져 반말을 지껄이지 못할 뿐이다.

[그런가? 아쉽군. 다시 말하지만 나는 자네가 마음에 들어.]

"달가운 소리는 아닌데 어째서요?"

[아니, 솔직히 방패를 보낼 때 이런 연결을 예비하긴 했네. 그런 데 설마 진짜 될 줄이야.]

말만 들어도 상대의 무책임한 성격이 보이는 듯해서 더욱 내 표정이 안 좋아졌다.

그러거나 말거나 상대는 열심히 설명해 왔다.

[들어보라고. 자네는 정말 놀라운 일을 했으니까. 나와 내 권속들과의 거리는 너무나 멀어져 있었네. 닿을 수 없을 정도였지.]

그의 설명으론 태양신격은 연락을 할 수 있었지만 천사들이 어디에 있는지 몰라서 못했고, 천사들은 물리적으로 거리가 멀어서 힘이 안 닿아 못했다고 한다.

[그렇게 우리의 연락은 끊겼네. 한데 자네가 다시 연결에 성공한 거야. 방패를 폭파시킨 건가? 엄청난 짓거리를 해줬군.]

"방패를 터뜨린 게 도움이 된 겁니까?"

[물론이지. 아마 자네가 체감하기엔 거대한 힘의 폭발이었겠지? 마치 수소폭탄이라도 터지는 것처럼.]

"그렇죠."

[하지만 우주적인 시각으로 봤을 때 아주 찰나의 반짝임이었네. 이 몸께선 그걸 놓치지 않고 재깍 연결한 거고.]

아니, 결국 지 잘났다는 소리인가? 내 표정이 더 썩어 들어가자 그는 황급히 변명했다.

[오해 말라고. 내 그들에게 아예 신경은 끄고 있었다는 게 아니라는 걸 말하고 싶었네.]

"비겁한 변명 아닙니까?"

나는 알고 있는 점을 들어 따졌다. 망할 놈의 태양신격이 명을 내린지 긴 시간이 지났고, 천사들은 오랜 의무에 지칠 대로 지친 상태라는 걸.

도저히 끝날 수 없는 멍에에 얼마나 많은 이들이 힘겨워 했는지 따져 물었다.

하지만 태양신격으로 추정되는 그는 다소 냉정했다. 그저 어깨를 으쓱할 뿐이었다.

[가엾긴 하지만 우주란 그런 수고로 유지되는 것이라네.]

"뭐라고요?"

[나와 대적했던 악신격이 자신의 권속을 세상에 뿌린 이상, 나 역시 어쩔 수 없었다네. 똑같은 권속을 풀지 않았다면 얼마나 많은 행성이 그들의 침략으로 황폐화됐겠나?]

"그렇다면 천사들이 이길 힘이라도 주시던가요. 비슷한 힘 때문에 끝도 없이 싸웠잖습니까?"

이렇게 따지자 그는 미안한 기색을 보였다. 얼굴을 인식할 수 없음에도 잠깐이지만 표정이 보인 것만 같다.

[그건 사과하고 싶군. 변명하자면 어쩔 수 없었네. 그 악신격은 제법 만만치 않은 놈이었다고. 압도할 만한 권속을 창조하긴 무리

였지. 나 정도 되는 위치에 오면 손을 쓸 곳이 많아서 한곳에만 집중하긴 힘들어.]

침울해 하던 그는 다시 물어왔다.

[한데 천사라고? 그들이 지금, 지구의 신화에 나오는 천사의 형태를 하고 있는 건가?]

"맞습니다."

뚱한 기색을 감추지 않자 상대는 조금 웃는 소리를 냈다.

[그리 화를 내주는 걸 보니 기쁘군.]

"어째서?"

[나는 그들의 창조주가 아닌가? 내 아이들을 위해 그리 열을 내는 거니 나쁘게 보이지 않을 수밖에.]

"그래서, 어떻게 해줄 수 없는 겁니까?"

나는 가장 중요한 걸 물어봤다.

천사들의 멍에를 벗길 수 있는지 말이다.

"의무가 그들의 숨통을 조이고 있습니다. 해방을 위해 미친 짓을 벌였다고요."

나는 알고 있는 점을 설명해줬다. 소멸하려는 자와 신이 되려는 자의 이야기를. 한데도 그는 묵묵히 듣기만 하다가 고개를 저었다.

[…설령 그렇다고 해도 내가 해줄 건 없네. 천사들이 몬스터를 박멸하는 수밖에.]

"개소리 집어치워!"

자연히 입이 험해졌다. 저게 말도 안 되는 소리였기 때문이다.

양진영의 힘은 놀랄 정도로 비슷하다. 그리고 제3진영의 개입도 불가능해서 이 싸움은 만 년이 지나도 끝나지 않을 터.

오죽하면 왕도 이쪽을 전멸시킬 생각을 포기하고 스스로 신격에 오르려 했으니까.

"달성할 수 없는 목표 속에서 계속 고통 받으라고? 완전히 지옥이 아닌가! 그러고도 네가 그들의 창조주냐?"

[그건 그들의 의무다. 그렇게 태어난 이상 어쩔 수 없어.]

단호한 그 말에 내 눈에서 불똥이 튀었다.

"빌어먹을 새끼! 천사들이 네놈 권속으로 태어난 게 불행이다! 차라리 내 밑에 있었으면 너처럼 부려먹지는 않았을 거라고!"

폭언이었지만 태양의 신격은 어깨를 으쓱할 뿐이었다. 그러더니 툭 던지듯 답한다.

[그래? 그것도 괜찮군.]

"뭐라고?"

[괜찮다고 했다. 그들을 네 밑으로 보내주마.]

"대체 그게 무슨 소리야?"

그 물음에 태양의 신격을 양팔을 벌렸다. 그러자 이 차원 전체가 요동쳤다.

하얀 세계가 무너지며 태양의 화염 한 가운데 있는 것 같은 광경이 펼쳐졌다.

콰아아앙!

거대한 화염 기둥이 끝도 없이 하늘로 치솟는 광경이었다.

[나의 후배이자, 지구인이여. 그대는 특이점을 만들었다.]

"특이점이라고?"

[어려울 것 없는 소리다. 현재 다투고 있는 양진영은 모두 자신의 창조주에게서 멀리 떨어졌지. 대적이 몬스터라고 했나? 그들은 주인인 악신격에게 연락하지 못한다.]

태양의 신격이 우주 저편을 가리켰다. 그러자 저 공간 너머 거대한 성운 같은 그림자가 모습을 드러냈다.

그야말로 우주적인 존재.

사악함으로 일렁거리는 저 성운이 그가 말한 악신격임을 알 수 있었다.

[본래 저자가 그들을 돌봐야 하지만 그 어두운 손길이 닿지 못하게 됐지. 하여 몬스터란 무리는 자력갱생을 꿈꾸게 된 모양이군. 스스로 신격에 오르려 했으니.]

"…그래서?"

[반면 천사 진영은 자네 덕에 이 몸과 연결되는데 성공했지. 저자와 다르게 나는 이제 영향을 끼칠 수 있게 됐다는 거다.]

"아무것도 하지 않겠다는 거 아니었어?"

[오해가 있군. 천사들에게 뭔가 더 할 건 없다. 하지만 자네에겐 가능하지.]

"…뭐라고?"

[본인 입으로 스스로 말했잖나? 내 밑에 있었으면 너처럼 부려 먹지는 않을 거라고.]

그 말에 순간 나는 멍해졌다.

내 표정을 본 걸까. 태양의 신격을 헤죽헤죽 웃는 기색이다.

[그대가 만든 특이점 때문에 천사들은 진영 싸움에서 한 발 앞서

가게 된 셈이지.]

"뭘 할 생각이냐?"

[간단하다. 너를 반신격으로 올리겠다. 그리고 천사들의 소유권을 넘겨 네 권속으로 하사하마.]

"!"

믿을 수 없는 이야기에 눈이 커졌다.

거짓말 같은 소리가 아닌가?

하지만 그는 내 마음을 읽고는 답했다.

[거짓이 아니네. 그러니 자네 다짐대로 그들이 잘 지내게 해주도록. 그 긴 싸움도 한쪽에 반신이 생겨나면 달라지겠지.]

"정말인가? 내가 반신격이라고? 그럴 자격이 있단 말인가?"

[충분하다. 어머어마한 거리를 뚫고 이 몸에게 닿는데 성공했으니까. 이미 그 성과는 신의 반열이다. 내가 보낸 방패가 그걸 위한 안배긴 했지만 정말로 성공할지는 몰랐다. 이건 모두 자네 공인 걸 부정할 수 없겠지.]

태양신격의 말로는 자기라고 아무나 신이 되도록 해줄 수는 없다고 했다. 내가 걸어온 길이 신좌에 오르기 충분하다는 것.

[자네가 지금껏 해온 모험이 그만한 인과율을 달성한 것이야. 모르긴 몰라도 이 정도까지 오는데 무수한 사선을 넘어왔겠지.]

"······."

틀린 이야기는 아니다. 지난 싸움 중에 편한 건 하나도 없었으니까. 하이에나로 몬스터를 피해다닌 것부터 메타트론의 화신이 되어 벌어졌던 일까지.

나는 몬스터뿐 아니라 아군인 천사들과도 치열하게 싸워왔다. 그 많은 다툼에서 승리한 덕에 여기까지 왔다.

연이은 투쟁 중에 한번만 실수했어도 지금의 나는 없을 테니까.

혼자 그런 생각을 하고 있자 태양의 신격이 살짝 끄덕였다.

[납득했나 보군. 이제 신격으로 다시 일어나게.]

"신이 되면 뭘 어떻게 해야 하는 거야?"

[자연히 알 수 있을 거다. 반신격이긴 해도 인간을 초월한 이지를 얻을 테니까. 이만 가보도록.]

뭔가 더 말하고 싶었지만 태양신격은 날 추방했다. 갑자기 뒤로 쑥 밀려나는 느낌과 함께 의식이 날아갔다.

눈을 뜨자 기절하기 직전의 마지막 순간이 펼쳐지고 있었다. 바로 방패가 폭발하기 직전의 상황.

놀라운 것은 시간이 멈춘 것처럼 모든 게 아주 느리게 진행되는 상태라는 것.

손에 든 방패에선 갈라진 틈으로 빛이 새어나오고 있었다. 방패는 반쯤 박살났고 파편이 사방으로 튀는 중이다.

저 멀리 머리가 없는 왕과 격렬히 그걸 집어삼키는 메타트론의 소용돌이가 보였다.

태양신격을 만난 뒤, 막 방패가 터지는 시점으로 되돌아온 것이다.

나는 극도로 느리게 흐르는 시간 속에서 생각했다.

'내가 진짜 반신격이 된 건가?'

반신격이라면 우주의 신격들 중에 가장 낮은 위치다. 하지만 분명 필멸을 넘어선 존재로, 여기 있는 메타트론이나 몬스터의 왕보다는 비교할 수 없이 격이 높다.

흔히 말하는 불멸자의 경지.

나는 스스로를 잠시 관조하고는 결론을 내렸다.

인간을 벗어났음을.

'이게 신의 힘인가…'

나는 전신에 충만한 초월적인 기운에 전율했다. 손에 든 방패가 박살나고 있었지만 괜찮았다.

더 이상 태양신격의 방패는 없지만 그 이상의 힘을 직접 다룰 수 있게 됐으니까.

도구에 의존할 필요가 없어진 거다.

이 힘을 어떻게 다룰지는 태양신격의 말처럼 자연히 알 수 있었다.

나는 놀랍게도 시간과 공간을 다루는 반신격이 된 것이다. 매우 고등하고 강력한 분야를 갖게 된 신출내기 신격인 셈이다. 물론 반신격인 이상 권능의 한계가 낮을 수밖에 없겠지만 필멸자가 보기엔 그 정도도 어마어마하겠지.

'일단 상황부터 정리할까?'

마음을 먹은 나는 지금 극도로 느리게 흘러가는 시간을 정상으로 되돌렸다.

콰아아아앙!

곧장 폭발이 일어났고, 깨진 방패의 파편이 얼굴을 세차게 두들기는 게 느껴졌다. 얼얼하긴 했지만 그것들은 별다른 피해를 주지 못했다. 나는 한참을 뒤로 날아간 뒤 다시 몸을 일으켰다. 타격이랄 것도 없었다.

"멈춰라! 메타트론!"

[뭘 하려는 건지 모르겠지만, 실패한 모양이구나.]

메타트론은 방패가 터져 뒤로 나뒹군 나를 보고 그리 말했다. 하지만 나는 고개를 저은 뒤에 힘을 쏟아냈다.

"네 새로운 주인으로 명한다. 멈추도록."

[그게 무슨 황당한… 어엇? 아니, 무슨 짓을 한 거냐? 유제아!]

메타트론은 크게 당황한 듯했다. 지배의 힘을 평소에 써본 탓에 이런 권능을 쓰는 건 익숙했다.

나는 단번에 메타트론을 멈춰 세우고는 소멸의 회오리를 해제할 것을 명령했다.

당연히 메타트론은 반항해 왔다.

[웃기는 소리! 본녀가 이걸 위해 얼마나 공을… 허? 어라?]

하지만 주인의 명이란 지엄한 것. 메타트론은 소용돌이를 해제할 수밖에 없었다. 세상을 집어삼킬 듯 회전하던 바람은 온데간데없이 사라졌다. 그리고 그 강풍의 중간에서 반쯤 몬스터화된 메타트론이 모습을 드러냈다.

뿔이 돋은 게 일전에 본 산달폰과 비슷한 모습이다.

왕의 정신체와 합쳤기 때문에 저리된 모양이네. 눈동자는 평소랑 다르게 새빨갛게 변해 있었다.

"메론아, 그 모습이 뭐냐?"

"아, 아니? 유제아! 무슨 일이 벌어지는 것이냐? 본녀의 결연한 각오와 의지가…? 흐앙?"

메타트론은 자기도 모르게 무릎을 꿇고 양손을 들어올렸다. 벌서라고 속으로 시켰기 때문이다.

이 갑작스러운 변화에 어쩔 바를 모르는 녀석을 둔 채 왕의 신체에게 손을 뻗었다.

머리를 잃은 채 무릎을 꿇은 모습 그대로다. 나는 저 육체를 신적 권능으로 분해했다. 그러자 안에 갇혀 소화되던 온갖 것들이 튀어나왔다.

사방에 천사와 몬스터, 헌터 따위가 어지럽게 널브러졌다. 얼마나 많이 먹었던지 왕의 몸이 갈라지자 온갖 것들이 해일처럼 쏟아져 내렸다.

다들 정신을 차리지 못하는 모습이다. 하지만 강한 것들부터 의식을 되찾았는데 어리둥절한 기색.

천사들은 좌우를 보며 상황을 파악하려 애를 쓴다. 반면 몬스터들은 생존본능이 발동해서 재빨리 북쪽으로 달아나고 있었다.

하지만 다들 황망한지 몬스터를 잡을 생각도 안 한다. 이 상황에서 싸우려는 자는 누구도 없었다.

나는 저 번잡한 무리 속에서 눈에 띄는 한 존재를 찾아갔다. 그리고는 즉각 비행해서 그 앞에 내려섰다.

'이제는 나는 것도 마음대로 되는군.'

내가 찾아간 이는 바로 미카엘라였다.

엉망진창이긴 했지만 역시 대천사라 그런가? 아직 살아 있었다. 몰골은 상당했다. 허리가 부러져 있고 몸 여기저기가 산성에 닿아 부식된 상태. 전신은 끈적끈적한 액체로 완전히 뒤덮였다. 그리고 다리 한쪽은 어디 갔는지 보이지도 않는다. 아름다운 머리칼은 핏물로 엉겨붙어 있다.

"에휴…."

한숨부터 나왔다.

이 무식한 여자 같으니라고.

하지만 살아 있다는 사실에 감사하지 않을 수 없었다.

목숨만 붙어 있다면 치료는 어려운 일이 아니니까.

나는 즉각 손을 뻗어 미카엘라에게 완전한 치유를 시전했다. 봄날 같이 따뜻한 바람이 불며 그녀의 파괴된 신체를 재구성하고 몸에 붙은 더러운 건 흔적도 없이 날려버린다.

그 과정 중에 보니 지독한 저주가 하나 붙어 있었다.

'아 그때 그거구나. 지배로 억눌렀던 건데 이리 커졌었나?'

나는 속으로 놀라며 저주를 없애버렸다.

저주는 삽시간에 타버리듯 사라진다. 그렇게 미카엘라를 괴롭히던 저주였지만 내겐 별 것도 아니었다.

그래봐야 대군주급 녀석이 목숨을 걸고 내린 저주에 불과하잖나? 나보다 한참 격이 떨어지는 놈의 주문이니 해주는 일도 아니었다.

미카엘라는 완벽해진 모습으로 눈을 떴다.

"…어? 유제아?"

"그래, 정신이 들어?"

"아!"

그 순간 미카엘라는 날 보더니 눈이 휘둥그레졌다. 그리고 그녀의 지혜로 무슨 일이 벌어진 건지 즉각 알아챈 모양이다.

"네가… 네가 어찌 우리 주인이? 이 느낌은 분명 태양신격의?"

"말하자면 긴데. 직접 만나고 왔다."

"뭐라고?"

"너희들의 소유권을 이전받았어. 그리고 반신격에 올랐지."

나는 간단히 있었던 일을 설명했다. 미카엘라는 진짜 놀랐다는 듯 입을 다물지 못했다.

"세상에 그런 일이!"

연신 어머나, 어머나 그러는 게 드문 모습이다. 그러더니 안도한 듯 웃었다.

"하면 이제, 유제아 네가 진짜로 소녀의 주인님이구나."

"그런 셈이지."

이전에 지배로 저주를 억눌러주느라 미카엘라에게 주인님이라 불리긴 했다. 하지만 이제는 그 수준이 다르다.

미카엘라의 모든 게 내 것이 됐으니까.

"소녀의 주인님."

활짝 웃는 미카엘라는 경건한 모습으로 내 앞에서 무릎을 꿇고는 고개를 조아렸다.

그녀의 아름다운 날개가 지면으로 늘어진다.

나는 미카엘라를 일으켜 세우고는 이마에 입을 맞춰줬다.

"앞으로 많이 도와줘. 혼자선 힘드니까."

"알겠습니다. 그렇게 하겠습니다."

"말투도 전과 같이 해도 돼. 그렇게 격식을 차리면 거리가 멀어진 것 같아서 싫어."

"후훗, 주인의 명이라면야."

그때 메타트론이 큰 목소리를 내며 난입해왔다.

"유제아! 이놈! 대체 뭐가 어떻게 된 것이냐!"

궁금한 게 많은 모양이다. 한데 미카엘라는 반쯤 몬스터화 된 메타트론을 보고 한숨을 내쉰다.

"너는 그게 또 무슨 꼴이니?"

"시끄럽다! 슴뚱! 네깟 게 본녀의 위대한 계획에 대해 어찌 알겠느냐? 유제아, 본녀의 일을 다 망쳐버리고 무슨 짓이냐? 게다가 왜 갑자기 그렇게 거대해 보이는 것이지? 키는 안 자란 것 같은데."

메타트론의 말에 미카엘라는 이마에 손을 짚었다. 나는 설명하는 대신 메타트론에게 손을 가져갔다.

"일단 나중에 알려줄게. 네 안에 깃든 왕의 정신체를 좀 처리해야겠군."

"아니, 그랬다가는 소멸의 회오리가."

"됐어. 그딴 건 이제 필요 없으니까."

"그런 것이냐?"

내가 고개를 끄덕이자 메타트론은 불만스레 입을 다문다. 나는 권능을 일으켜 메타트론과 섞인 왕의 정신체를 소멸시켰다.

거대한 압박을 가하자 비명이 터져나왔다.

[이게 대체! 크아아아! 위대한 분이여! 부디 자비를! 비천한 제가 도움이 될 일이 있을 것⋯⋯.]

왕의 정신체는 이대로 죽기 싫은지 애걸해 왔으나 더 듣지도 않았다. 힘을 더욱 끌어올리자 무언가 바스러지는 소리와 함께 왕의 정신체는 허망하게 소멸했다. 그와 함께 메타트론은 본래 모습으로 돌아왔다. 그리고 소멸의 회오리 때문에 그녀에게 깃들었던 많은 힘이 해방되어 허공으로 흩어졌다.

"저들은 어떻게 되는 것이니?"

미카엘라는 허공으로 사라지는 힘을 보며 물어왔다.

"천사는 다시 태어나게 될 거야. 헌터의 힘 같은 건 돌아갈 수 있다면 되돌아갈 거고."

"어? 어라?"

메타트론은 본래대로 돌아온 자신의 모습을 보며 놀라는 기색이다. 완전히 티 하나 없는 본체 그대로였다.

역시 서열1위답게 막강한 힘을 갖고 있었으나 이제 내 권속에 불과했다. 그러니 무척이나 귀여워 보인다.

나는 메타트론에게 선언했다.

"이제 이 싸움은 끝이 났다."

얼마 뒤.

나는 대천사를 모두 소집해 놓고 무슨 일이 벌어졌던 건지 설명해줬다. 그들은 커다란 놀라움 속에서 내 이야기를 경청했다.

"안산에서 전쟁이 벌어졌던 동안 그런 일이 있었다니!"

"왕이 죽었다고요? 거짓이 아님을 알고 있습니다만 좀처럼 믿기지 않는군요.

"정말 우리의 주인을 만나고 오신 겁니까!"

평소에는 점잖은 편인 대천사들이 목소리를 잔뜩 높이고 있었다. 흥분이 모두에게서 느껴졌다.

나는 재차 확인해줬다.

"왕은 이제 죽었다. 그리고 태양신격에게 너희를 권속으로 받았지. 반신격에 오른 내 격이 느껴지지 않는 건가?"

그럴 리가 없다.

대천사씩이나 되는 탓에 누구보다 힘에 민감하다. 내 압도적인 존재감에 다들 눈도 못 마주치고 고개를 숙일 뿐이다.

평소 예절이랑 담 쌓은 메타트론만 심드렁할 태도였다. 그녀는 이 상황에서 과자를 까먹으며, 반신이 됐다고 해도 유제아가 유제아지 그럼 뭐냐는 태도로 일관했다.

나는 그게 그녀 나름대로의 배려임을 알기에 내심 고마웠다. 지금 날 상대로 다들 어쩔 바를 모르고 있었기에 메타트론마저 그랬으면 상당히 섭섭했을지도 모른다.

"인정할 수밖에 없군요. 당신께서 우리의 새로운 주인임을. 아주 강한 연결이 느껴집니다."

가브리엘이 대표로 나서 답했다. 그는 미카엘라를 슬쩍 보며 덧붙였다.

"왕에게 집어삼켜진 미카엘라까지 되살리셨으니, 어찌 당신을 인정하지 않을 수 있겠습니까? 카르페가 건 무서운 저주조차 가볍게 해주해 버렸으니 그 권능에 경탄할 따름입니다."

언뜻 보면 가브리엘의 태도는 너무 저자세이며, 예절이 과한 것 같으나 그렇지도 않다. 나는 이전처럼 단순한 조직의 실세 정도가 아니라, 이들의 운명조차 손에 쥐고 있는 주인이 됐으니까.

"인정한다니 너희에게 말하겠다. 주인으로 선언하니 이제 너희는 의무에서 해방될 것이다."

내 말은 대천사들에게 파란을 일으켰다.

"아니…! 끝났다고?"

"이럴 수가!"

메타트론조차 놀란 기색이 역력했다. 당황했는지 내가 아까 입에 물려준 빼빼로가 뚝 부러진다.

"진정 그리 하시려는 겁니까?"

대천사 자르키엘이 재빨리 물어왔다. 차분함의 대명사인 그답지 않게 다급한 태도였다.

"어찌 허언을 할까? 사실이다. 이제 오랜 세월 너희를 짓눌러왔던 의무는 없다. 태양신격이 아니라, 새로운 주인의 자격으로 명한다."

내 말에 용기의 대천사 나나엘은 작게 탄식했다.

"아아…… 이런 날이 올 줄이야."

다 비슷한 심경인 듯했다. 기뻐하면서도 동시에 믿기지 않는다는 얼굴이다. 망연한 표정이 된 이도 보인다. 어떻게 반응해야 좋을

지 모르겠다는 것만 같다.

솔직히 저들의 심경을 십분 이해한다. 갑자기 모든 게 변해버렸으니까.

이때 가브리엘이 현실적인 문제를 물어왔다.

"주인이시여, 자비로움과 그 관대함에 깊은 감사드립니다. 저 역시 그것을 환영합니다."

"할 말이 있는 것 같군?"

"몬스터들을 어떻게 해야 합니까? 저들은 패배 후에 다시 우주를 떠돌며 다른 행성에서 새로운 순환을 시작할지도 모릅니다. 물론 직접 나서시면 완벽히 이 고리를 끊고 저쪽 진영을 소멸시킬 수 있을지 모릅니다만…."

"그건 어렵다."

신좌에 오른다는 건 큰 힘을 갖게 되는 것이고, 세상일에 마음대로 끼어 들 수 없다는 소리다. 내키는 대로 했다가는 반동이 오기 마련이다. 특히 나 같이 어린 신격이 천둥벌거숭이처럼 날뛰다가 무슨 사고를 칠지 알 수 없는 일.

직접적인 개입은 자중하는 게 좋았다. 하면 결국 몬스터를 궁극적으로 소멸시킬 수 없는 건 똑같고, 저들이 패배 후에는 다른 행성으로 가 모습을 바꾸고 새로운 시작을 할 거란 얘기였다.

"주인께서 의무를 벗겨주셨으니 우리가 그들을 쫓아갈 필요는 이제 없어졌습니다. 하지만 그들이 만들 폐해가 어떤지 알고 있는데도 모른 척해야 한다는 겁니까?"

역시 정의로운 성품의 가브리엘다운 물음이다. 의무에서 벗어나는 건 좋지만, 어딘가의 애꿎은 행성 하나가 쑥대밭이 되는 건 걱정된다는 것.

"사실 그 행성에서 막는 게 맞겠지. 행성을 떠도는 떠돌이 강도가 방문하는 건 종종 있는 일이니. 다만 네 우려에는 동감한다. 가브리엘."

행성마다 상황은 다르다.

신격이 즐비하고 주민들도 강자들이 넘치는 곳이 있는가 하면, 뭐 싸움이라곤 할 줄 모르는 행성도 있는 법이다. 지구도 비슷한 상황이었던 탓에 천사들이 오지 않았으면 이미 멸망해버렸을 터.

가브리엘은 그런 점을 우려했다.

"여기 대책이 하나 있다."

"어떤 것입니까?"

"몬스터를 소멸시키지 않고 계속 관리하면 될 일 아니냐? 왕을 잃고 약해진 그들을 계속 지구에만 머물게 하겠다. 숫자를 조절하고 필요한 만큼 사냥하면 그만이지."

일부러 엔딩을 볼 수 있음에도 보지 않고 게임을 계속 진행시키는 것과 비슷한 얘기였다.

"계속 살려만 놓는다면 저들은 법칙에 의해 다시 새로운 삶을 시작할 수 없다. 그저 이 행성에 속한 처지가 이어질 뿐이지. 왕이 없는 한 저들은 결코 우리 진영에게 심각한 문제도 아니야."

"아!"

"현재 구축된 헌터 시스템을 유지하기에도 좋은 일이다. 이미 몬스터의 마정석은 인류에겐 없어선 안 될 물질이 됐다. 어느날 사라지면 최악의 상황이 벌어지겠지."

내 목표는 간단하다.

힘을 잃은 몬스터 무리를 일정한 구획 안에서 가둬놓고 살게 해준 뒤, 필요한만큼 헌터를 보내 수확하겠다는 것.

"마정석을 뱉는 일종의 가축과 같은 처지가 될 것이다."

"군주급 중에 야심을 가진 자가 나올지 모릅니다. 그자는 새로운 왕에 오르려 할 겁니다."

"걱정할 것 없다. 직접 군주급 몬스터를 고삐에 쥐고 통제할 테니까. 내가 너희의 주인이긴 하지만 몬스터의 주인도 되지 못할 건 없지."

내가 천사의 주인인 건 권능으로 연결된 합법적인 부분이다.

반면 몬스터는 힘으로 굴복시켜 노예로 부리겠다는 거다.

"인류는 폭력으로 누군가를 노예로 부리는데 익숙하다. 몬스터라고 해도 다를 건 없다. 두들겨 패고 굴복시키면 주인이 되는 것이다."

내 말에 다들 말문이 막힌 듯했다. 대천사 스이엘은 고개를 가로저었다.

"미카엘라 님, 세상에… 저 남자 더욱 악당이 됐어요."

"너무 멋지지 않니?"

"가여운 미카엘라 님. 콩깍지가 더 심하게…."

일단 이렇게 대천사들에게 상황을 알린 뒤, 나는 동행을 하나 데리고 평양으로 갔다. 그곳에서 권능을 발현해 외쳤다.

[군주급들은 모여라. 뒤지기 싫다면 서두르는 게 좋을 거다!]

평양의 폐허 한 가운데서 소리치자 사방에 숨어 있던 몬스터들이 기겁하고 도망갔다. 그리고 얼마 지나지 않아 군주급 몬스터들이 찾아왔다.

　모두 날 보더니 싸울 생각도 안 하고 고개부터 조아린다.

　"위대한 이여. 자비를 베푸시길."

　"당신께 항복하겠소. 관대한 결정만을 바랄 뿐이오."

　"우리를 어찌할 생각입니까?"

　다들 걱정이 한가득한 목소리다. 이미 모두 내가 어떤 존재인지 잘 알고 있었다. 그리고 내가 마음만 먹으면 몬스터 전체를 일소해 버릴 수 있음을 모르지 않았다. 하여 도망칠 엄두도 내지 못하는 것이다.

　"원하는 바가 있다. 귓구멍을 뚫고 듣도록."

　나는 대천사들에게도 말했던 계획을 늘어놨다. 몬스터들에게 넓은 땅을 줄 테니 각자 세력에 맞게 나눠가지라고 했다.

　그러자 일부 반발이 있었다.

　"우리를 가축처럼 관리하겠다는 것 아니오! 인간에게 사냥이나 당하는!"

　"맞소. 이런 어이없는!"

　그 말에 나는 차갑게 대꾸했다.

　"싫으면 거절해도 된다. 대신 오늘 이 자리에서 너희를 모조리 소멸시켜 버릴 테니까. 영원히 사라지고 싶다면 뭐 상관없지. 다른 행성에서 새로운 삶을 살지도 못할 거다."

　물론 이건 허세였다.

내게 그런 힘은 있지만, 그리 할 생각은 없다. 아직 신격이란 것에 대해 많이 알지 못하기에 막무가내로 힘을 휘둘렀다가 무슨 일이 닥칠지 모르기 때문이다. 분명 반동이 올 거란 직감이 있었다. 아마 신화에서 신들이 직접 깽판치는 게 드문 이유가 이런 것 때문이 아닌가 싶다. 뭔가 초월적인 존재에게도 거기 맞는 규칙이 있을 터. 아직 이 위치에 올라선지 얼마 안 되어 잘 모를 뿐이니 자중하는 게 좋다.

"아니…."

"이런……."

내 협박이 실감나는지 모두 꿀먹은 벙어리가 됐다. 일부는 상관없다고 나섰다.

"이 몸은 오히려 소멸을 반기오! 이 영겁의…."

그는 말을 다 끝내기도 전에 내 권능에 산산조각이 나 터졌다.

콰아앙!

거대한 군주급 몬스터가 내부에서부터 터져나갔다. 사방에 살점이 질척하게 튀었다. 그러자 모두 공포에 질린 얼굴이 됐다.

"너희는 알 것이다. 방금의 죽음이 단순히 육체를 잃는 게 아니라 영원한 소멸인 것을."

"……."

"오랜 싸움에 지쳐서 저런 선택을 한다면 기꺼이 도와주지."

자중하기로 했지만 군주급 몇 터뜨리는 건 별다른 반동이 없겠지. 신격에겐 작은 일에 불과하니까.

내가 이렇게 나서자 군주급들은 몸을 움츠렸다.

지켜서 사라지고 싶은 놈도 있지만, 완전한 소멸을 원하는 자는 드물었다. 군주급이란 권력의 정점. 몬스터의 세계에서 많은 걸 누린다. 그 위치를 포기하긴 어려운 일이니까.

　나는 그런 그들에게 당근을 제시했다.

　"내 제안을 따른다면 너희의 위치를 용인하겠다. 영토를 얻어 왕처럼 살아라. 대신 인간이 때때로 사냥터로 와서 사냥하는 걸 모른 척해라."

　"일부러 인간에게 약한 놈들을 공양하듯 줘야 합니까?"

　"아니, 너희는 그냥 모른 척하면 된다. 인간 헌터가 약해서 죽으면 어쩔 수 없지. 강해서 사냥에 성공하면 마정석을 갖고 가게 그냥 두고. 더불어 인간의 영역을 침범할 생각도 버리도록. 대신 너희 영역 안에선 얼마든지 싸워도 되니."

　결국 내가 원하는 건 군주급들의 권력을 인정하고, 헌터 시스템을 유지하는 거다. 그들은 자기 자리를 보존하고자 동족이 인간의 개돼지로 전락하는 꼴을 묵인하게 될 것이다. 물론 저런 와중에도 뜻을 품고 힘을 기르는 자가 나올지도 모른다. 그래봐야 반신격인 날 상대하긴 어림도 없지만 혹시나 해서 안전장치도 마련해 뒀다.

　"여기 너희가 나와의 약속을 잘 키는지 감시할 이가 있다. 일종의 감사지."

　그 말과 함께 등장한 이는 즈굴이었다. 다들 놀라는 얼굴이 됐다.

　"오만의 군주!"

　"카르페의 삼건장이 아닌가!"

　"재빠르게 저기 붙었군."

즈굴은 아주 즐거운 표정으로 군주급들을 노려봤다.

"크하하핫. 내 직접 순시하며 살펴볼 테니 잘들 하라고."

이제 즈굴은 군주급들을 괴롭히며 갑질할 건 안 봐도 뻔하다. 내 밑에서 있던 스트레스를 저들에게 풀겠지.

나는 군주급 몬스터들에게 요구했다.

"받아들이고 그저 살아있음을 감사할 건가? 아니면 오늘 소멸할 건가?"

그 말에 모두 금방 결정했다.

잠시 주춤하더니 군주급 몬스터들은 서둘러 무릎을 꿇고나 저마다의 방법으로 예를 표해왔다.

"저희가 따르겠습니다. 새로운 주인이시여."

몇 년 뒤.

세상은 커다란 변화를 맞이했다.

일단 그간 인류의 수호자를 자처하던 천사들이 일제히 사라져 버린 것이다.

처음 인간들은 이 상황에 허둥지둥댔으나 여전히 헌터들이 힘을 사용할 수 있다는 점 때문에 혼란을 극복할 수 있었다.

또한 그에 맞춰 군주급 몬스터들은 모두 은거했고, 몬스터가 인간의 지역으로 침범해 오는 일도 사라졌다.

그저 자기들 땅을 유지하는 데만 힘쓸 뿐이었다. 몬스터들은 과거 북한 지역과 만주, 연해주까지 자리잡았고 일부는 몽골에서 시베리아까지 뻗어 나갔다.

이제 세계는 인간 헌터들과 보통 몬스터들만 돌아다니게 됐다.

처음엔 이상했지만 점차 새 질서는 확고히 자리잡았다.

천사가 사라지자 헌터들은 새로운 방식으로 힘을 받게 됐다.

천사들은 모습을 감췄지만 그들의 제단은 남았다. 헌터 자질이 있는 일반인들은 그곳에서 기부를 하고 힘을 받을 수 있었다.

몬스터의 마정석이나 귀중한 부산품이 공물로 사용됐다.

천사들은 전설로만 남고 완전히 모습을 감춘 채, 그저 시스템처럼 인간을 보조하게 됐다.

이제 예전처럼 인간과 천사가 같이 싸우거나 대화하는 일은 없어졌다.

이를 아쉽게 여기는 이도 여럿이었지만 각국의 정부는 무척 좋아했다.

천사란 존재는 국가에서 감당할 수 없는 부류였기 때문이다. 하지만 힘을 가진 헌터는 컨트롤 하는 게 가능하다. 이권을 주고 정부와 결탁하는 헌터가 늘어갔다.

뒤로 물러나 있던 국가는 새로운 몬스터 사업에 적극적으로 뛰어들게 됐다.

몬스터들이 여러 지역으로 퍼지고, 힘을 받는 게 자격만 있으면 가능해졌기에 한국만 몬스터를 독식하던 시대도 끝이 났다.

그렇게 다시 인간의 세상이 도래했다.

힘의 균형은 절묘하게 유지됐다.

몬스터가 지나치게 사냥 당한다 싶으면 잠자코 있던 군주급들이 나서 헌터를 밀어냈다.

그들의 힘과 위용을 보통의 인간 헌터가 당해낼 수 없었기에 공포의 대상으로 자리잡았다. 또한 과거 태산 장흥억 같은 헌터가 군주급 몬스터와 겨루던 게 얼마나 대단한지 재조명됐다.

사람들은 경의에 차 그때를 신화의 시대라 불렀다. 모두들 군주급 몬스터들을 두려워했지만, 실상 그들은 유제아의 밑에 있는 관리자에 불과했다.

물론 사람들은 그걸 알 수 없었다.

이런 상황에서 모습을 감춘 천사들이 세계 각지로 흩어져 인간의 모습을 하고 저마다의 삶을 살아가게 됐다.

모든 게 유제아가 원하는 대로 된 것이다.

에필로그

"세상에! 스이엘!"

산달폰은 외형이 완전히 변한 스이엘을 보며 눈을 크게 떴다. 대천사 스이엘은 본디 꼬맹이의 외형을 갖고 있었다.

실제로 막 대천사에 온 아기 대천사기도 했고. 하지만 몬스터 사태 이후 꾸준히 스스로를 갈고 닦은 결과 완숙한 대천사로 거듭날 수 있었다.

또한 인간들 중에 스이엘의 힘을 받아 헌터가 된 이가 늘어난 것도 격을 올리는데 도움이 됐다.

스이엘은 그런 헌터들 대부분을 실제로 보진 못했지만, 제단을 통해 공물을 바치는 자에겐 간단한 시험 후에 힘을 내려줬다.

사실 예전과 별로 달라진 건 없다. 힘을 내리는 방식이 비대면으로 바뀌고, 클랜의 운영에 끼어들지 않게 된 것뿐이다.

이후 스이엘은 절치부심해서 스스로의 격을 올리는데 집중했다.

이유는 간단하다.

주인이자 짝사랑의 대상인 반신격 유제아의 마음을 얻기 위해서다.

과거 메타트론, 미카엘라와 함께 천사삼분지계책으로 정전협정을 맺었지만, 그것도 과거의 얘기가 됐다.

 사랑이란 전쟁은 더 이상 스이엘을 기다려주지 않게 된 것이다.

 "이럴 순 없어!"

 이를 악문 스이엘은 조급해졌다. 몬스터의 왕도 죽고 평화가 찾아와 연애하기 좋은 시절이 됐는데, 자신은 여전히 유아의 몸인 것이다.

 이런 상태로는 유제아가 죽어도 여자로 봐주지 않을 게 뻔했기에 대책이 필요했다.

 언제까지나 귀여워해주는 아기 대천사로 남을 순 없는 일.

 유제아가 스이엘은 아가야, 지켜줘야 해라고 하는 말을 듣고 복장이 터질 뻔했다.

 문제는 더 있었다.

 천사삼분지계책의 다른 상대인 메타트론, 미카엘라만이 경쟁상대가 아니란 점에 있었다.

 대체 뭘 먹고 머리가 돈 건지, 용기의 대천사 나나엘, 철심장 쿠니엘까지 요즘 심상치 않았다.

 "이대로는 나가리다."

 스이엘은 불안함에 온몸을 떨었다. 경쟁자가 더 늘어난 것이다. 아무래도 나나엘과 쿠니엘은 유제아가 자신의 주인이 되자 그를 향한 감정 자체가 변한 모양이었다.

 본래 호의를 갖고 있었지만 무한한 사모의 감정이 된 걸 눈치 빠른 자는 모를 수가 없었다.

 게다가 용기의 대천사 나나엘과 철심장 쿠니엘 역시 어디가서 빠지지 않는 절세미모의 소유자.

스이엘은 이제 죽을 지경이 됐다. 그리하여 계획한 통칭 '프로젝트 환골탈태'. 마치 무협의 환골탈태처럼 천사의 격을 올려 몸을 섹시하게 성장시킨다는 계획이다.

몹시 어려웠지만 다행히 조력자가 있었다.

그건 애니연구회의 전직 회장인 메타트론의 여동생 산달폰이었다. 스이엘은 현직 애니연구회 회장의 권리로 도움을 요청했다,

산달폰은 언니인 메타트론의 승리를 바랐기에 내켜하지 않았지만 옛정이 있어 어쩔 수 없었다.

스이엘이 회장의 힘으로 애니연구회로 복귀를 추진해 주기로 했기 때문이다.

현재 애니연구회는 천사들의 모임 가운데 가장 활발하고 재밌는 커뮤니티다.

인간 세상으로 흩어져 할 일이 없어진 천사가 많았기에 자연히 애니에 빠진 자들도 늘어났다.

어차피 먹고 살 거야 공양이 넉넉하게 들어오니 날개 달린 것들은 대부분 날백수가 됐다. 그리고 그런 때 시간 보내기엔 애니가 최고였고 회장인 스이엘의 권력도 갈수록 막강해져갔다.

복귀를 바라는 산달폰으로서는 어쩔 수 없었다. 사정이 있었다면 과거 몬스터 쪽에서 활동한 경력이 있어, 단체 정관에 재가입이 불가능했기 때문이다.

물론 유제아의 도움으로 몬스터의 형질을 없애고 천사로 되돌아오긴 했지만 과오가 사라지는 것은 아니다.

권력자의 힘이 필요했다.

산달폰은 스이엘을 도왔고 결국 오늘 그 성과가 완성됐다.

치이이이이!

복잡한 기계 장치가 열리면서 틈새로 수증기가 쏟아져 나왔다. 그리고 특수한 소재로 만든 문이 열리며 안에 있던 스이엘의 모습이 나타났다.

산달폰은 자신이 만든 결과물을 보고는 입을 쩍 벌렸다.

"세상에!"

새롭게 태어난 스이엘은 말도 안 되게 아름다웠다. 키는 그녀의 언니보다 더 커졌다. 큰 골반 아래 길게 뻗은 늘씬한 다리는 홀릴 듯 근사했다. 하지만 제일 큰 변화는 바로 미드.

미카엘라에겐 다소 못 미치긴 하지만 가공할 존재감을 자랑하는 가슴이 출렁이고 있었던 것이다.

그녀는 마치 세상에 처음 태어난 안드로이드처럼 순진무구한 표정이었다.

산달폰은 아연실색해졌다.

"아아! 큰일이다. 복귀에 눈이 멀어 나는 괴물을 세상에 풀어놓고 말았다!"

심지어 분홍색 머리칼은 엉덩이까지 내려올 정도로 길어진 상태. 산달폰은 아찔해졌다.

"그야말로 사악한 핑챙이다. 대체… 커헉!"

거기까지 말한 산달폰은 목을 강타하는 손날치기에 켁켁거렸다. 스이엘은 어느새 도끼눈을 한 채 그녀다운 표정을 하고 있었다.

"펑챙이라니요! 전직 회장님, 무슨 소리예요. 분홍 머리야 말로 정의. 미연시 메인히로인의 정석이라고요. 호호호!"

"우, 웃지 마라. 웃을 때마다 대흉근이 마구 흔들리는 게 보기 두려울 지경이다."

"아이 참, 산달폰 님도 미드가 없진 않은데 왜 그렇게 정색하세요."

"나는 그런 괴물을 품고 있지 않기 때문이다. 교양있고 겸손한 편이다. 대체 무슨 컵이냐?"

"H컵이랍니다. 아마 더 성장할 것 같네요."

스이엘의 말에 산달폰은 현기증을 느끼고 털썩 주저앉았다. 저런 흉부를 갖고 있으니 그녀의 언니가 사랑 싸움에서 이길 가능성은 더욱 없어진 것이다. 아니, 가슴이 아니라도 스이엘의 몸매는 여신처럼 아름다웠다. 키는 165정도. 완벽하기 짝이 없다.

주변에 시종들이 스이엘의 몸에 가운을 입히고 물기를 연신 닦아대고 있음에도 산달폰은 넋이 나간 상태.

'큰일이다. 이제 저 분홍머리가 유제아를 유혹해댈 텐데 이를 어쩐단 말인가!'

하나 이미 일어난 일은 어쩔 수 없다. 산달폰은 털고 일어나 대책을 마련하기로 했다.

"애니연에 재가입은 확실하겠지?"

"호호호, 걱정 마세요. 바로 특별회원으로 올려드리죠."

"트, 특별회원?! 제작위원회를 구성해 직접 애니제작이 가능한 등급 아니냐? 그 정도까지 해준다고?"

그 말에 스이엘은 고혹적인 미소를 지으며 자신의 가슴을 모아 보였다.

"이 정도인데 그까짓걸 못해드릴까여?"

"아……."

산달폰은 말을 잊어버렸다. 그리고 스이엘이 너무나 부러워졌다.

스이엘은 나이스바디가 되자 자신감이 하늘을 찔렀다. 걷기만 해도 어쩐지 코가 하늘로 향하는 것이다.

"아, 이게 미카엘라 님이 보던 세상인가?"

고개를 숙이면 흉부의 굴곡 때문에 발이 안 보인다.

"이래선 계단도 조심히 내려가야겠네! 냐하하핫!"

늘 가슴이 빈곤한 삶을 살아온 스이엘이기에 아주 기뻐했다. 그리고 여태까지 이어진 미카엘라의 가증스러운 기만을 알게 됐다.

'미카엘라 님은 가슴이 커서 불편하다고 하셨지. 하지만 이제 알겠다.'

가슴이 크면 물론 불편한 점이 많다. 특히 H컵이라면 말할 것도 없다. 하지만 그럼에도 불구하고 스이엘은 다시 태어나서 가슴 크기를 정할 수 있어도 거유가 될 거란 걸 확신했다.

이것에는 압도적인 모성과 아름다움이 깃들어 있었으니까. 풍만한 가슴은 그녀에게 대단한 만족감을 선사해줬다.

자존감이 아주 하늘을 찌르고 있었다.

'이런 섹시바디인 데다가 내겐 미카엘라 님에겐 없는 귀여움도 있지. 이걸로 앞서갈 수 있어!'

스이엘은 어떻게든 유제아를 꼬셔야겠다고 결심했다.

'그래, 기정사실로 만들어버리면 끝이야.'

유제아 정도의 책임감이라면 더 생각할 것도 없다.

이제 처녀를 넘겨주고 평생책임을 약속 받으면 된다. 스이엘은 좋아서 콧노래가 절로 나왔다.

이런 몸이라면 유제아도 거절하지 못할 터. 너무 예뻐서 거울을 보면 스스로도 반할 것만 같았으니까.

"근데 가만…"

유제아를 꼬시려면 둘만의 시간, 데이트를 해야 한다. 문제는 그게 쉽지 않다는 것.

현재 유제아는 연인이 없다. 여기에는 몇 가지 이유가 있는데, 일단 한동안 뒷수습을 하느라 바빴다는 것. 게다가 반신격이 되어서 새로 배워야 할 것도 많은 모양.

이제는 그게 대강 정리가 됐는데 문제는 여러 대천사들의 암투가 아주 치열하다는 것이다.

서로가 서로를 견제하며 유제아에게 어필하지 못하게 막고 있는 상황. 그 때문에 프로젝트 환골탈태를 위한 시간을 벌었지만, 준비가 된 지금은 껄끄럽기 그지없다.

'일단은 교섭이 필요한데.'

산달폰의 경우는 딱히 유제아를 좋아하지 않는 것 같으니 괜찮다. 물론 언니 때문에 나설지도 모르지만 특별회원이란 미끼가 있으니 방해하지 못할 터. 말만 했지 회원으로 승인은 아직 안 했으니까.

"니히힛."

만족스럽게 웃은 스이엘은 나나엘과 쿠니엘을 떠올렸다. 그 둘 역시 무슨 바람이 분 건지 유제아에게 빠졌다. 강력한 경쟁자지만 둘 다 숫기가 없는 게 문제.

'어차피 나 혼자 승리할 순 없어. 이럴 때 중요한 건 합종연횡의 계책!'

혼자 이 치킨게임에서 단독승자가 되는 건 절대 무리다. 그저 결과가 나왔을 때 유리한 포지션을 잡는 게 중요하다. 정실 자리를 딴다면 그야말로 대승리. 스이엘은 존경하고 좋아하는 미카엘라 님에게도 정실을 양보할 생각은 없었다.

하여 궁리를 해, 쿠니엘과 나나엘을 돕는 방향으로 머리를 굴렸다. 그들에게 연애 조언을 해주며 이쪽도 데이트에 관해서 도움을 받겠다는 것.

다행히 그것은 잘 먹혔다.

스이엘의 노련한 외교술 같은 것도 필요 없었다.

남녀관계에 관해 백지에 가까운 쿠니엘과 나나엘은 대번에 스이엘의 제안에 응했던 것.

사실 스이엘도 아는 게 별로 없었지만 그간 본 애니가 한두 편이 아니다. 거기서 본 걸 대강 읊어주니 이제 그들은 스이엘은 선생처럼 대하고 있었다.

"선생님… 나한테 가르침을 줘…. 미지의 세계인 남녀관계에 대해서."

쿠니엘은 드물게 적극적이었다.

나나엘 역시 눈을 빛내며 결의를 다졌다.

"역시 유제아 님은 제가 평생 충성할 존재였습니다. 단순히 군신으로 남지 않고 이 몸을 다 바쳐 모시고 싶습니다. 그분께서 저를 어루만져주신다면 더 바랄 게 없겠지요."

뭔가 충성된 기사 같으면서도 끈적한 욕망이 절절히 드러나고 있었다. 스이엘은 썩은 표정이 될 뻔했지만 귀한 동맹 앞에서 노련하게 대처했다.

"걱정 마세요. 나나엘 님. 키스 뿐일까요? 훨씬 야한 것도 맘대로 할 수 있게 해드리죠."

"선생님! 부탁드리겠습니다. 저희는 대신 선생께서 우리보다 순서에서 앞선다는 걸 인정하지요."

뒤늦게 연애전선에 합류한 나나엘, 쿠니엘은 언감생심 정실은 생각도 안 하는 모양이었다. 그저 유제아에게 간택되길 바랄 뿐이다.

그런 태도에 스이엘은 흡족해졌다. 갑자기 부하 둘이 생긴 기분이다. 이대로라면 섬기는 미카엘라도 넘어설지도 모른다는 자신감까지 치솟았다.

"니히히힛. 저만 믿으세요."

여기까지 작업을 끝마친 스이엘은 다음으로 메타트론을 정리하기로 했다.

다량의 초코우유를 공물로 보내고, 산달폰이란 카드를 쓰면 간단.

"전직 회장님. 제 데이트 날짜에 메타트론 님을 잘 마크해 주세요."

"알았어. 그런데 내 특별회원 승인은…?"

"이번에 하는 거에 따라 결정하겠어요. 실망시키지 마세요. 그리고 이번 프로젝트 환골탈태에 대해서 메타트론 님에게 비밀로 하는 거 알겠죠. 만약 가슴이 커지는 방법이 있다는 걸 알게 된다면 미쳐 날뛸 게 뻔하다고요."

"알겠다고."

산달폰은 순순히 응했다. 그런데 뭔가…, 태도가 수상쩍은 느낌이었지만 추궁하기도 뭐했다. 스이엘은 찜찜함을 느꼈지만 넘어갔다.

"자, 그럼."

그렇게 지나치는데 무언가가 보인 것 같다.

"앗?"

잠깐이지만 지나치면서 산달폰의 엉덩이에 토끼 꼬리 같은 몽실몽실한 걸 본 것 같다.

놀라서 고개를 돌려 보자, 이미 산달폰은 사라지고 없었다.

"뭐, 뭐지?"

눈의 착각인 건가? 생각해 보니 산달폰이 입은 옷에는 토끼 꼬리가 붙어 있을 만한 곳이 없었는데? 접착제도 없고 어떻게 붙인 건지 알 수가 없다.

'어딘가에 꽂은 거 같은데? 그건 아닌가…?'

아무래도 잘못 본 거 같은데 영 찝찝하다. 하지만 시간이 없었기에 더 신경 쓰지 못했다.

　일단 제일 강적인 미카엘라를 처리해야 했기에. 그것에 비하면 메타트론이나 산달폰 따윈 애송이였다.

　'맞아. 지금은 중요한데 집중하자고.'

　미카엘라를 치울 작전은 이미 세워졌다. 늘 매의 눈으로 유제아와 정적의 동향을 감시하는 미카엘라지만 그녀에게도 약점은 있었다. 미카엘라가 질겁하며 도망치게 만들 방법은 바로 사랑의 대천사 세라피엘을 이용하는 것이다.

　세라피엘은 청초하고 성스러워 보이기까지 하는 외형을 갖고 있고, 실제로 그에 어울리는 행동을 하고 있지만 딱 하나 돌변하는 경우가 있다.

　바로 미카엘라 앞에서다. 그녀는 미카엘라를 향한 무모한 열정을 품은 크레이지 싸이코 레즈비언이기 때문이다.

　이 때문에 미카엘라는 세라피엘이 떴다고 하면 식겁해서 도망치기 바빴다.

　"니히히히. 그 크싸레는 미카엘라 님의 퇴치부적이나 마찬가지지."

　물론 백합이 보기엔 아름답다. 미카엘라의 외형이야 천사제일미라고 해도 이상하지 않으니 말할 것도 없고, 사랑의 대천사 세라피엘도 가히 설부화용의 미색. 피부가 눈처럼 희고 얼굴은 꽃처럼 아름답다는 말이다.

　아무래도 사랑의 대천사니 오죽하겠는가?

하니 둘이 민달팽이처럼 끈적끈적하게 어우러지면 남자들이야 열광하겠지만, 당사자인 미카엘라는 펄쩍 뛸 노릇.

그녀는 지극히 평범한 성적 기호의 소유자였고 그쪽에는 일말의 관심도 없었기 때문이다.

스이엘은 바로 그걸 이용하기로 하곤 세라피엘을 불러들였다. 바로 데이트 당일 미카엘라의 위치와 동선을 알려주겠다는 것. 언니바라기인 세라피엘은 즉각 미끼를 물었다.

"그게 정말인가요?"

"물론이야. 그날은 둘이 실컷 데이트(스토킹)를 하도록."

"어째서 절 이렇게 도와주는 건가요? 당신은 미카엘라 님을 경애하고 따르지 않나요?"

"본인이 곤란하게 하고 있다는 자각은 있구나…. 아무튼 그날 볼 일이 있어서야. 네가 미카엘라 님만 잘 마크해주면 만사오케이라고."

"설마! 당신?"

"그래, 그날 유제아를 단번에 넘어뜨리고 모든 걸 기정사실로 만든다."

스이엘은 왼손으로 동그라미를 만들고 오른손 검지로 쑤시는 시늉을 했다.

세라피엘은 얼굴이 벌개져서는 입을 막았다.

"그런 남사스러운!"

"시끄럽다. 그래서 할 거야? 안 할 거야?"

"할게요!"

그렇게 데이트 당일 방해자들이 모두 사라지게 됐다.

스이엘은 매우 만족했다.

일주일 뒤. 마침내 스이엘을 위한 디데이가 왔다. 유제아게 말해 사전에 데이트 약속을 받아냈고, 오늘 방해할 만한 무리는 이미 손을 써놨다.

'순조로워, 순조로워.'

화장대에 앉아 최종점검을 하고 있는 스이엘은 만족스러운 미소를 지었다.

이미 만반의 준비를 갖춘 상태. 완벽하게 흠하나 없는 피부는 매일 밤 레티놀과 보습크림을 바른 보람이 있었다.

몸매 역시 며칠 전부터 식단을 조절하며 다이어트에 돌입했던 상태. 옆구리에 아주 작은 군살도 용납할 수 없었던 까닭이다.

오늘 일이 잘된다면 유제아에게 모든 걸 보여줘야 할 텐데 작은 과오도 있어선 안 됐다.

그렇게 피부와 몸매를 관리한 스이엘은 오늘 눈부시게 아름다웠다.

본인이 말한 것처럼 미연시의 메인히로인 같은 자태다. 길고 반짝이는 분홍빛 롱헤어야 말로 메인히로인의 상징이다.

또한 전신에 청초함이 흘러넘치면서도 신체의 굴곡은 대단한 색기를 자랑하고 있었다.

그 위의 옷차림은 봉인이자 선물의 포장과도 같았다.

단정해 보이는 옷을 벗어던지는 순간 그 어떤 것보다 강력한 폭탄이 될 것임을 스이엘은 자신했다.

"좋아. 유제아 너는 오늘 내 거야."

이대로라면 정실자리도 충분히 가능해 보였다. 유제아의 특성상 기정사실로만 만들고 정실을 요구하면 들어줄 게 뻔하다. 책임감이란 단어에 약한 남자였으니까.

스이엘은 유제아를 살살 달래면서 부담감은 느끼지 않게 해줄 작정이었다.

모든 대천사를 책임져도 된다.

다만 처음은 나와 함께 했으니 정실 자리를 주는 게 맞다.

이런 논리였다.

게다가 스이엘은 자신의 연애지식을 믿고 있었다. 대부분 그게 애니로 만들어진 것이지만 스이엘은 크게 걱정하지 않았다.

'실전 경험이 없다는 건 다 같아!'

놀랍게도 이 전쟁에서 모두 뉴비였다. 동정에 처녀가 난무하고 있는 것이다. 세상에선 존엄한 지위를 가진 그들이지만 지난 세월 싸움만 해왔다. 서로 애틋한 마음이 없던 건 아니었으나 당장 몬스터한테 죽게 생겼는데 연애할 틈이 어딨으랴?

안산이 불타고 몬스터가 밀려들던 장면이 아직도 선명했으니까.

그렇기에 모두 경험이라곤 없는 하수들. 그에 비해 스이엘은 자신에게 강점이 있다고 느꼈다.

애니 속 지식이라고 해도 엄연한 지식. 아예 무지한 것보단 나으리라. 더군다나 스이엘은 며칠째 인터넷에서 소위 '인싸'라 불리는 가증스러운 무리의 팁을 한껏 흡수한 상태.

인간관계의 달인인 그들의 꿀팁이라면 분명히 먹힐 터였다.

오늘 차림새도 꽤나 신경을 썼다.

원래는 항시 고스로리한 옷을 입는 경향이 있었지만 이번만큼은 달랐다. 상대에게 부담을 주지 않는 여성스럽고 하늘하늘한 청초 스타일.

작은 땡땡이 무늬가 들어간 귀여운 원피스에 아이보리색의 가디건. 귀여운 구두가 전부였다.

평소 프릴과 리본이 치렁치렁한 로리타풍의 옷을 입던 것과는 완전히 달라졌다.

'훗, 이런 모습이 신선하게 다가가겠지.'

변신은 중요했다. 원래 전투 중 중요한 순간에 변신을 해 파워업을 하는 법. 데이트도 마찬가지였다.

차분해 보이는 이 옷차림에는 사실 비장의 무기가 몇 개 있었다. 그중 하나가 바로 옷의 상부가 살짝 헐렁하다는 것이다.

단정해 보이지만 몸을 앞으로 숙이면 풍만해진 그녀의 뇌쇄적 미드가 그 골을 드러내게 된다.

유제라면 버티지 못할 터.

자기 시선을 관리도 못한 채 가슴골에 정신이 팔릴 게 틀림없었다.

"아, H컵으로 다시 태어나길 잘했다."

가공할 존재감을 자랑하는 흉부를 보며 스이엘은 자부심이 폭발하고 있었다.

프로젝트 환골탈태는 대단히 성공적이었다. 드디어 긴 빈유 라이프는 안녕이었다. 이건 서열1위 메타트론도 해내지 못한 일이지 않나? 새삼 자신이 대단한 천사라는 자각이 들었다.

그때 밖에서 비명소리가 들렸다.

"꺄앗! 세, 세라피엘. 갑자기 어디서 나타났니!"

"언니! 오늘에게말로 언니의 사랑을 얻고 말 거예요!"

슬쩍 내다보니 계획한 크싸레 트랩이 잘 작동하고 있었다. 놀란 미카엘라는 날아서 도망갔고, 세라피엘이 뒤쫓는다.

이걸로 방해자는 제거였다.

"후훗. 이제 스이엘 천하야."

스이엘은 만족스럽게 웃으며 데이트 장소로 나갔다. 설레는 마음에 좀 일찍 도착했는데 유제아는 이미 와 있었다. 그는 스이엘을 보더니 눈이 휘둥그레졌다.

"스, 스이엘? 너 대체?"

"톡으로 연락했잖아? 다시 태어났다고."

"아니, 그건 알긴 했는데. 설마 이 정도일 줄이야…"

놀라서 버벅거리는 유제아의 모습에 스이엘은 만족했다. 변했다고 알리긴 했지만 설마 이 정도인 줄은 몰랐겠지. 스이엘은 아주 자연스럽게 유제아의 팔짱을 꼈다.

풍만하게 부푼 가슴이 팔을 짓누른다. 그러자 유제아가 움찔하는 게 느껴졌다. 당황해서 살짝 땀을 흘릴 정도. 그렇다고 팔짱 낀 데이트 상대를 밀쳐내는 사람이 있을 리 없다. 상당히 무례한 짓이 아닌가. 유제아는 어찌할 바를 모르겠다는 태도였다.

동시에 몹시 아름다워진 스이엘의 외모에 강한 흥미를 보이고 있었다. 슬쩍슬쩍 시선이 오는 게 스이엘은 뿌듯했다.

'제대로 힘 주고 오길 잘했네. 후훗.'

사랑하는 남자의 관심과 시선이 이리 달콤할 줄이야. 그간 작아진 몸 때문에 꼬맹이 취급 받아온 설움이 절로 씻겨나가는 듯했다. 유제아는 더이상 그녀를 품에 안고 귀여워할 생각도 못하는 것 같다. 그도 그럴 게, 지금의 스이엘은 너무나 성숙하고 아름다웠기 때문이다. 게다가 메인히로인급의 청초함이 유제아를 당혹하게 만들고 있었다.

'얼마 전까지만 해도 막 대하던 녀석인데, 이게 대체….'

유치원생처럼 작은 스이엘을 안고, 볼에 뽀뽀하고 엄청 귀여워했던 유제아다. 그런데 지금의 모습은 그린 듯 우아한 숙녀 그 자체. 당황하지 않으면 오히려 이상한 일이다. 스이엘은 그런 반응을 한껏 즐기며 팔을 잡아당겼다.

"갈까?"

둘의 데이트 장소는 골든 게이트 정원. 샌프란시스코의 대표적인 명소다. 아름답게 꾸며진 정원에는 이미 커플들이 많았다. 둘은 한적한 곳을 골라 걸으며 담소를 나눴다.

스이엘은 꽃이 만들한 주변을 보며 웃었다.

"설마 미국에서 이렇게 유유자적할 줄은 몰랐는데."

미국만이 아니다. 몬스터의 왕이 사라진 덕에 대천사급 정도 되면 공간이동을 자유롭게 구사하게 돼 세계 어디든 갈 수 있었다. 반신격인 유제아는 말할 것도 없고.

"그때는 한국에서 싸움이 치열했으니까. 신성지란 것도 있었고. 벗어날 수가 없었지."

유제아는 그때를 떠올리며 고개를 끄덕였다. 왕이 죽은 이후로 참 많은 게 변했다 싶다.

둘은 나란히 걸었는데 분위기가 갈수록 묘해졌다. 뭔가 간질간질한 기류가 흐른다고 해야 하나. 그 정도로 변한 스이엘은 매력적이었다.

유제아는 주변의 시선이 스이엘에게 꽂히는 걸 보고 물었다.

"인식저하 마법을 안 걸었어?"

보통 천사들은 나다닐 때 인간으로 변신하거나, 인식저하 마법을 건다. 옆에 있어도 잘 인식하지 못하게 하는 것이다. 지금 스이엘은 본체 그대로인 상태. 그냥 나다니다가는 난리가 날 터.

"당연히 걸었는데? 응? 왜 쳐다보지?"

스이엘은 마법을 점검하며 의아해했다. 그러다가 둘은 곧 알 수 있었다.

수근거리는 소리가 들렸기 때문이다.

"헐리웃 배우인가? 엄청나."

"어디? 와, 미쳤네. 눈이 부시다."

놀랍게도 스이엘의 미모는 인식저하 마법의 기능마저 뚫어버리고 있었다.

물론 마법이 발동중이라 스이엘이 천사인 걸 들키진 않고 있었다. 그럼에도 이 시선을 끌다니. 옆에 있는 유제아는 어이없어 하면서도 감탄했다.

"미모가 극에 이르면 마법도 뚫어버리는군."

다행히 사람이 몰릴 정도는 아닌지라 둘은 조용한 곳 위주로 다녔다. 마법의 효과 때문에 조금 거리가 멀어지면 사람들은 자기가 뭘 봤는지 잊어버리곤 했기 때문이다. 그럼에도 완벽히 가릴 수 없는 미모라니. 놀라운 일이었다.

그러던 중 둘은 근처에서 지나가던 천사 하나를 만났다.

사람으로 변신해 있었지만 마주친 순간 대번에 알 수 있었다.

이름 모를 평천사였지만 스이엘을 보더니 입을 가린다.

"어머어머!"

유제아랑 데이트 중이란 사실에 놀라는 것 같았다.

사실 천사들의 새로운 주인이자 반신격인 유제아가 누구와 맺어질지는 천사들에겐 초유의 관심사였다.

무슨 정치적 의도가 있다기보다, 삶이 느긋해진 그들을 달구는 가십거리였기 때문이다.

특히나 존경하고 따랐던 대천사들이 연애전선에서 분투하는 걸 보니 흥미가 돋을 수밖에.

대체로 미카엘라나 메타트론이 정실일 거란 의견이 대세였는데, 아직 결론은 나지 않은 상태.

하지만 스이엘을 발견한 천사는 확신했다.

'메인히로인이다!'

터져 나오려는 감탄을 막느라 입을 손으로 가릴 수밖에. 그런 모습에 스이엘은 검지를 입술에 대며 짧게 말했다.

"쉬잇."

마주친 천사는 황급히 고개를 끄덕이더니 사라졌다. 스이엘은 피식 웃고는 유제아에게 더욱 달라붙었다. 압도적인 위용의 미드가 유제아의 팔에서 뭉개진다.

이미 상대는 반쯤 잡은 물고기.

스이엘은 승리를 확신했다.

'보자, 오늘 속옷도 이쁜 걸로 입었고. 이따 해가 질 무렵에 슬슬 술이나 한잔 하자고 해야겠네~!'

그녀는 설레는 마음으로 다짐했다. 오늘 유제아를 결코 놔주지 않겠다고.

즉, 집에 보낼 생각이 없다는 거다.

"허억! 헉!"

미카엘라는 숨을 몰아쉬었다.

몇 시간의 노력 끝에 간신히 끈질긴 거머리를 떼어낸 탓이다. 참고로, 그 거머리의 이름은 사랑의 대천사 세라피엘이었다.

"좋아해주는 건 좋지만…."

미카엘라는 난처했다. 세라피엘의 순수한 동경과 사랑에는 감사하지만, 그 너머에 있는 끈적한 정욕은 받아줄 수 없는 문제.

미안하지만 아닌 건 아닌 거였다.

고개를 가로젓던 미카엘라는 좀 이상한 느낌이 들었다.

'오늘 유난히 달라붙었단 말이야. 그리고 내가 숨어 있는 위치도 바로 알아냈고.'

어째서지? 고민하던 미카엘라는 설마 누가 정보를 누설한 게 아닐까 싶었다.

'설마?'

의심과 함께 한 인물이 떠오른다.

바로 스이엘이었다. 누구보다 그녀의 비밀에 대해 잘 아는 존재니까. 스이엘은 미카엘라가 평천사 시절부터 총애해왔다. 녀석이 대천사가 된 지금도 그건 변하지 않았다.

다만 최근에 그 프로젝트 뭐시기를 끝내고 놀랄 정도로 변한 모습에 당황하긴 했다.

뭐랄까. 미카엘라 스스론 인정하기 싫었지만 그건 경계심이었다. 언제나 그녀는 미모와 몸매에 있어선 대천사 중 발군이며, 가장 앞서 있다는 자부심이 있었다.

한데 그걸 위협할 존재가 나타나니 긴장할 수밖에.

뭔가 찜찜함을 느낀 미카엘라는 즉각 유제아에게 전화를 걸어봤다.

받지 않는다.

뭐하느라 바쁜지 톡도 무시하고 있다.

"흐음…"

미카엘라의 두 눈이 가늘어졌다. 급기야 마법을 썼는데도 유제아의 위치가 확인되지 않았다. 그제야 미카엘라는 경각심이 들었다.

'무슨 일이 생겼구나!'

이대로 있을 수 없다고 생각한 그녀는 조사에 나섰다. 그리고 결국 오늘 스이엘과 유제아의 데이트가 있다는 사실을 알아냈다.

"이런 요망한!"

미카엘라는 분노했다. 그녀의 몸이 떨리자 노출된 윗가슴골이 주인의 분노에 호응하듯 덩달아 출렁였다.

'스이엘, 이 녀석. 오늘을 위해 철저히 계획했구나.'

자신을 포함한 모든 인원을 저마다의 방법으로 배제하고 유제아와 단둘이 시간을 보내고 있는 게 틀림없다.

이런 도둑고양이 같은!

설마 했던 스이엘에게 이렇게 거하게 통수를 맞을 줄이야. 미카엘라는 입술을 잘근잘근 씹어댔다. 왼쪽의 보라색 눈이 서늘한 안광을 뿜어낼 정도였다.

미카엘라는 유제아 덕에 완전히 저주를 벗어던졌다. 하지만 오드아이는 여전했다. 안대도 이제는 차지 않기에 그녀의 서로 다른 눈 색깔은 특별한 아름다움을 느끼게 했다.

오른쪽 눈은 에메랄드 같은 연녹색이고, 왼쪽 눈은 감정에 따라 반응하는 연보라색이었다.

미카엘라는 어떻게든 유제아를 찾아야겠다고 생각했다.

'스이엘이라면 각오를 했을 거야.'

지금 연애전선에서 투쟁 중인 대천사끼린 한 가지 불문율이 있었다. 유제아와 가장 먼저 첫날밤을 보낸 이가 정실이라는 것.

그걸 감안해 보면 오늘 결코 성과 없이 데이트를 끝내지 않을 거다. 더군다나 지금 뇌쇄적일 정도로 예뻐진 스이엘이라면 유제아를 박살내긴 충분했다.

미카엘라는 유제아가 전장에서 함께한 대천사들을 사랑하고 있음을 모르지 않는다. 혼자 독차지 하겠다는 생각 같은 건 없었다. 그저 순서 문제인데, 지금 믿었던 스이엘에게 꼼짝없이 당하게 생겼다.

'어떻게든 저지해야 해. 아직 시간이 있어.'

유제아를 탐색하기 위해선 지구 전체를 아우르는 광범위 탐색 마법을 시전해야 한다. 문제는 스이엘이 알아채고 방해해 올 테니, 미카엘라 혼자선 힘들었다. 본래 숨는 것보다 찾는 게 훨씬 힘들기 마련이다. 이럴 때는 어마어마한 마력을 가진 조력자가 필요했다.

'그래, 메타트론.'

미카엘라는 결심을 하자마자 메타트론을 찾아갔다. 현재 메타트론이 머무는 곳은 노량진. 예전에 머물던 원룸에서 계속 살고 있었다. 그게 편하다나?

미카엘라는 재빨리 메타트론을 찾아갔다. 그녀는 침대 위에서 평소처럼 과자를 어지르며 뒹굴거리고 있었다. 옆에선 여동생인 산달폰이 뒤치다꺼리 중이다.

"어? 왔느냐!"

메타트론은 큼직한 만화책 너머로 고개를 빼꼼 내밀더니 손을 올려보인다. 그리고는 다시 만화에 열중했다.

미카엘라는 그런 모습에 속이 터졌다.

"지금 느긋하게 있을 때가 아니란다. 뭐하는 거니?"

"음? 무슨 일이라도 벌어진 것이냐? 왕은 죽었는데…."

세상이 평화를 찾은 후 메타트론은 나태함에 젖어 있었다. 본인 주장으론, 오랜 세월 고생했으니 정당한 휴가라 했다.

아무튼 그게 사실이었기에 유제아도 별다른 잔소리를 하지 못했고, 메타트론은 연일 게임과 만화, 라이트노벨의 트라이앵글에서 벗어나지 못하고 있었다.

물론 온갖 종류의 산해진미(주로 마트에서 산 과자)가 함께함은 말할 필요도 없다.

미카엘라는 얼른 달려가서 메타트론의 만화책을 빼앗았다.

"이럴 때가 아니란다!"

"이런 무례한! 슴뚱이! 가슴이 크다고 이런 폭거가 용서될 줄 아느냐! 애초에 그게 문제다. 문제!"

"무, 문제?"

"실로 우유의 폭력이다. 네 데카 유방은 재산세를 취해야 한다. 탐욕스러워!"

"시끄러워. 그딴 말 할 때가 아니란다. 지금 스이엘이 유제아랑 데이트 중이라고. 오늘 무슨 일이 벌어질지 몰라!"

"데이트?"

메타트론은 데이트란 말에 다소 불만어린 표정이 됐지만, 곧 피식 웃고 말았다.

"유제아 놈이 본녀를 두고 다른 여자랑 데이트를 한다니 다소 괘씸하구나. 하지만 본녀는 관대하다. 그럴 수도 있는 법이지."

"뭐, 뭐라고?"

미카엘라는 메타트론이 왜 이리 느긋한지 의아했다. 그녀라고 질투심이 없지 않을 텐데?

　약간 얼빠진 미카엘라의 모습에 메타트론은 히히죽거렸다.

　"항상 그렇게 열을 내는구나. 후훗. 이 몸은 어제 유제아랑 같이 놀이동산도 갔다 온 거다. 귀찮게 오늘까지 볼 필요는 없다."

　즉, 유제아가 이미 실컷 놀아줘서 몸이 피곤하고 귀찮은 상태였던 것. 사실 메타트론은 어제 솜사탕도 충분히 먹어서 만족스러웠다. 요즘 유제아가 말을 잘 듣는다.

　거기에 더해 메타트론이 넉넉해진 이유가 하나 더 있었다. 그녀는 뻐기듯 한쪽을 가리켰다.

　"저걸 보거라. 슴뚱."

　메타트론이 가리킨 곳에는 최고급 초코우유가 몇 박스나 쌓여 있었다. 메타트론은 턱을 치켜 들었다.

　"저것은 본녀에 대한 존경심을 표현하기 위해 스이엘이 보내온 조공이다. 이 정도 성의를 보냈는데 그깟 데이트 한 번에 슴뚱이 너처럼 모자라게 난리칠 것은 없지. 이런 어른스러운 본녀가 말이다. 후훗!"

　메타트론은 완전히 기고만장한 태도였다. 특히 어른스러운이란 말을 강조해 미카엘라보다 자신이 육체는 부족해도 정신적으론 훨씬 우월함을 강조했다. 그게 그녀에게 작은 승리감을 안겨줬다.

　'본디 가슴보다 정신은 고차원적이고 우월한 것이거늘. 하여 옛 성현들도 정신의 성취를 중시했지, 가슴이 커져야 한다고 말한 이는 없었다. 즉, 본녀는 늘 저 재산세 덩어리를 앞서는 것이다. 후후

하핫!'

이런 메타트론의 태도에 미카엘라는 난처해졌다. 상대가 지금 상황의 심각성을 전혀 모르기 때문이다.

"얼른 같이 찾아야해! 네 도움이 필요하단다. 스이엘을 탐색하려면."

그 말에 메타트론은 몸을 쿠션에 반쯤 기댄 채 새끼손가락으로 귀를 후비적거렸다.

"왜 본녀가 그딴 귀찮은 일을 해야 하느냐? 본녀는 특권 계층이다. 유제아의 사랑이 재산이라면, 진정한 브루조아라고 할 수 있지. 너 같은 쁘띠 브루조아는 알 수 없는 일이야."

"얘!"

"시끄럽다. 그깟 데이트야 본녀가 청하면 내일도 한 번 더 할 수 있느니라. 굳이 체신머리 없게 스이엘의 데이트를 방해할 수는……."

결국 참다 못한 미카엘라가 빼액 소리를 질렀다.

"이대로 두면 섹스할 거라고! 세에엑스─!"

그 말에 가만히 듣고 있던 산달폰은 마시고 있던 초코우유를 뿜어냈다.

"푸핫!"

한창 게임 중이었는데 모니터에 더럽게 도배를 해버렸다.

미카엘라는 흥분한 듯 씩씩거렸고, 메타트론은 표정이 굳었다.

지금 메타트론은 크게 당황하고 있었다.

무언가 엄청난 일이 벌어진 것 같긴 한데, 본인은 공감하지 못하는 것이다.

메타트론은 주변의 눈치를 살피다, 살짝 식은땀을 흘리며 물었다.

"세, 섹스가 뭔데?"

그 물음과 함께 거짓말처럼 깊은 침묵이 일대를 내리눌렀다. 미카엘라와 산달폰 둘 다 말을 잃어버린 것이다.

"……."

"……."

메타트론은 내심 당황했다. 아무리 눈치 없는 그녀라도 알 만한 상황. 뭔가 결정적인 실수를 한 때와 같았다.

"먹는 거냐?"

메타트론의 물음에 미카엘라는 난처하게 답했다.

"먹는 거긴 한데…."

아무리 봐도 뭔가 잘못됐다. 메타트론은 뭔가 변명이라도 하려고 우물쭈물했지만 말이 나오질 않았다.

애초에 섹스가 뭔지 알아야 말하지?

'큰일이다. 본녀 정도 되는 여자에게 지식의 구멍이 있을 줄이야. 이래선 저 슴뚱이가 날 얕잡아 보겠구나.'

메타트론은 서둘러 스마트폰으로 섹스가 뭔지 검색했다. 하지만 내용이 바로 나오지 않았다.

"성인 인증? 그걸 어떻게 하는 것이냐? 본녀는 주민번호도 없는데…."

그 말에 산달폰은 눈을 지그시 감고는 이마에 손을 올렸다.

"언니…."

연애 전선에서 언니의 승전을 바라고 있었지만 애초에 터무니없던 기대였던 모양이다. 산달폰은 이대론 안 된다는 생각이 강하게 들었다.

"세상에…."

미카엘라도 아연실색하긴 마찬가지. 그녀는 생각했다. 나는 대체 누구와 싸우고 있었나. 보이지도 않는 적과 치정 싸움을 하고 있었던 게 아닐까?

그때 성인인증을 하려다 실패한 메타트론은 짜증을 내더니 스마트폰을 집어던져 버렸다.

"에잇! 세상에 왜이리 모르는 게 많은 것이냐. 차라리 몬스터 사태 때가 더 단순했다. 그냥 베어 죽이면 그만이었거늘. 산달폰! 초코우유나 하나 내오거라."

메타트론은 뭔가 기분이 나빠진 듯 초코우유에 꽂은 빨대를 힘차게 빨아재끼기 시작했다. 미카엘라를 보는 눈빛도 사납다. 모르는 걸 질문해서 자기 체면을 상하게 했단 생각 때문이다.

미카엘라는 이대론 절대 메타트론의 도움을 받지 못한다는 걸 깨달았다.

'거래에선 상대가 원하는 걸 제시해야 해.'

침착하게 생각하자 답이 나왔다. 마침 메타트론이 물 만한 미끼가 있었던 것이다.

"메론아. 하지만 스이엘은 중요한 비법을 숨기고 있단다. 그걸 네게 영원히 비밀로 하려고 하지. 지금 찾지 않으면 그 비밀은 사라져."

"무슨 비밀?"

별로 듣고 싶지 않다는 메타트론에게 미카엘라는 폭탄을 던졌다.

"가슴이 커지는 비법. 스이엘은 H컵이 됐단다."

그 말에 메타트론은 펄쩍 뛰었다. 정말 말 그대로 펄쩍 뛰어서 날개를 퍼덕이다 천장에 부딪치기까지 했다.

"뭐, 뭐라 했냐? H컵?"

메타트론은 믿을 수 없었다. 자신과 같은 빈유 대천사이자 가난뱅이 동료인 스이엘이 H컵이 됐다니!

"그래, 맞아."

"H컵이면 대체 얼마나 괴물 같은 수치지? 본녀는 감이 안 잡히는데…. H면 햄버거 할 때 H잖느냐? 설마 햄버거만 하느냐?"

"그것보다 더 커."

"세상에! 와퍼 두 개보다 더 크다고?"

"쉽게 설명해 주자면, 내 바로 아래야. 내가 I컵이니까."

"그 정도라니!"

메타트론의 눈은 찢어질 듯 커졌다. 저 재산세 유방과 한 사이즈 차이 밖에 안 나다니. 그야말로 엄청난 위용이 아닐 수 없다. 메타트론은 믿을 수가 없었다.

"그 땅꼬마가 그리 가슴이 크다고? 몸의 밸런스가 안 맞지 않느냐. 어디서 구라를…."

"얼마 전에 스이엘은 수상한 프로젝트를 끝내고 환골탈태했어. 완전히 자라났다고."

"정말이냐?"

"최근에 스이엘 못 봤지?"

"가, 감기라고 들었다? 그래서 며칠 안 만났는데…."

"멍청아! 천사가 감기에 걸리는 거 봤어?"

"아니…."

그런 메타트론에게 미카엘라는 스이엘의 사진을 내밀었다. 상반신 셀카인 그것은 훌륭하게 자란 미드를 자랑하고 있었다. 누가 봐도 골의 깊이감이 엄청났다. 그곳에 펼쳐진 압도적인 모성에 메타트론은 큰 충격을 받았다. 그리고 눈가에 경련이 일어난 듯 파르르 떨어댔다.

"대체 이게 무슨 천재지변이더냐? 이런 일은 불가능할 터. 분명 본녀도 여러 가지로 알아봤…."

실제로 메타트론은 도마 인생을 벗어나기 위해 다양한 시도를 해왔다. 하지만 늘 결론은 같았으니 그런 방법은 '없다'였다. 그래서 결국 뽕으로 상황을 극복해 오지 않았는가. 한데 이게 진짜라고?

"이런 현실이 존재한다니 믿을 수 없다."

"뭘 믿을 수 없어. 네 여동생이 관여했는데."

"뭐라? 그게 정말이냐. 여동생아!"

메타트론은 도끼눈을 뜨고 산달폰을 쏘아봤다. 갑자기 튄 불꽃에 산달폰은 당황했다.

"아, 아니. 그게 특별회원이 되려면 어쩔 수 없었어."

"무어라! 그러면 슴뚱이의 말이 사실이더냐!"

"때가 되면 알려주려고 했지요. 게다가 다른 비책이 하나 있긴 했고. 제 말 좀 들어봐요. 언니….”

“시끄럽다아아!”

메타트론은 격분했다. 더 말을 듣지도 않고 베개를 산달폰에게 휘둘렀다. 그리고 성난 원숭이처럼 날뛰어댔다.

“이놈! 이놈! 배신감에 치가 떨릴 지경이니라. 그런 비법을 언니에게 숨겨! 어서 방법을 말해봐라.”

“저는 보조만 했을 뿐이에요. 자세한 건 스이엘이 알아요.”

“뭐라!”

그 말과 함께 메타트론의 눈이 분노로 이글이글거렸다. 이제 더 설득할 필요도 없어졌다. 알지도 못하는 섹스 따윈 아무래도 좋았다. 그저 스이엘이 그런 비법을 독식했다는 점에 분노했을 뿐이다.

“우리가 생사를 함께하며 가족같이 지내왔거늘, 그런 비법을 본녀에게 숨겨? 용서할 수 없다. 스이엘! 전력으로 방해해주마! 너를 저주한다. 그 데이트란 걸 망쳐주겠다!”

메타트론은 어찌나 화가 났던지 스이엘의 조공인 초코우유 상자를 들어올려 원룸 밖으로 집어던지려 했다.

“언니, 초코우유는 죄가 없어요!”

서둘러 산달폰이 말린 뒤에야 기다렸다는 듯 상자를 내려놨다. 아무리 봐도 진짜 던질 생각은 없었던 모양이다.

미카엘라는 결국 자신이 원하는 대로 됐음에 만족했다.

“메론아. 그러니 우리 둘이 힘을 합쳐서 스이엘을 찾아야해. 오늘 데이트를 막아야 한다고.”

“좋다!”

"스이엘을 붙잡으면 네게 넘겨줄게. 붙잡고 달달 볶아서 비법을 알아내라고. 모른 척할 테니까."

"우후훗. 그것 참 마음에 드는 소리로다. 안 그래도 그러려 했다. 네가 허락까지 해준다면 한결 부담이 없지. 좋다!"

둘은 의기투합해서 악수를 나눴다. 이유야 어쨌든 스이엘이 매우 괘씸하다는 동의가 이뤄진 까닭이다.

"바로 시작하자. 메론아. 한시가 급해."

"알았느니라. 본녀의 가슴도 한시가 급하다!"

메타트론은 상의에 손을 주섬주섬 넣더니 늘 차고 있는 뽕을 빼서 던져버렸다. 어쩌면 진짜 가슴을 갖게 될지도 모른다. 저딴 보형물 따윈 이제 알 바 아니었다.

둘은 무릎을 꿇은 채 눈을 감고 두 손을 마주 잡았다. 그리고 여섯장의 날개를 활짝 펼치며 주문을 외웠다.

장난 같아 보여도 지금 시전되는 주문은 실로 장대한 것.

서열 1위와 서열 2위 대천사의 합작이었으니 과거 대전쟁 시절에도 보기 힘든 수준이었다.

둘이 하는 일은 스이엘의 방해를 뚫고 지구 전체를 뒤지는 일. 결코 쉽지 않았다.

엄청난 재능과 능력을 가진 둘이었지만 지구를 한번에 뒤지려니 비지땀이 흐르기 시작했다.

메타트론은 살짝 눈을 떴다가 번들번들하게 젖어가는 미카엘라의 윗가슴을 보며 칫, 하는 소리를 내며 다시 눈을 감았다.

'못 볼 걸 봤구나.'

더욱 분노가 치솟았고, 열정적으로 지구 전체를 스캔해 나갔다. 하지만 이대론 시간이 꽤 걸릴 것 같았다. 하면 미카엘라가 섹스라고 부르던 그 요상한 일도 완료될지도 모를 일.

배알이 꼴려 방해하려는 입장에서 그건 안 될 말이다.

"낑, 끼잉."

악을 쓰며 마법을 시전하는데 인터넷을 보던 산달폰이 중요한 일을 알려왔다.

"두 시간 전에 유제아 위원장이랑 스이엘을 봤다는 제보가 올라와 있는데요? 샌프란시스코에 골든게이트 공원이래요."

천사들만 쓰는 내부망에 올라온 정보였다. 그리고 그게 탐사에 결정적이었다.

메타트론과 미카엘라는 그 일대에 탐색을 집중했다. 그리고 빠르게 성과를 낼 수 있었다.

"찾았다. 뮤어 비치야!"

미카엘라는 탄성을 터뜨렸다. 아름다운 해변가인 뮤어 비치가 내려다보이는 호화로운 대저택에 스이엘과 유제아가 있었던 것이다. 분명 저 대저택은 스이엘의 비밀재산일 터. 미카엘라는 눈에서 불똥이 튀었다.

"가자. 가서 도둑고양이를 처리하자."

미카엘라는 더 볼 것도 없다는 듯 차원관문을 열었다. 그리고 기다리지도 않고 그 안에 몸을 던졌다. 메타트론 역시 따라가려는데 산달폰이 황급히 붙잡았다.

"언니!"

"뭐냐? 놔라."

"지금 언니는 정실 경쟁 따위를 할 때가 아니에요."

"무슨 헛소리더냐? 너도 언니를 모지리 취급하려는 것이냐? 안 그래도 뭔가 행동을 취해야 한다고 느끼긴 했다. 사실 유제아는 본녀만의 것이었는데 요즘 주변에 붙여시가 한 가득이다. 행동에 나설 때이다!"

"그래서 말하는 거예요. 언니 혼자서는 도저히 안 될 것 같아요. 그래서 내가 준비한 게 있어요."

"음? 아까 말한 비책인가 그거냐?"

"응, 이대로 뒀다가는 백년이 지나도 언니랑 유제아랑 맺어지지 못한다고요! 정실은커녕 꼴찌야! 꼴찌! 그래서 준비한 작전이 있으니 저랑 같이 해요. 이름하여 원 플러스 원 작전!"

"원 플러스 원?"

메타트론은 미덥지 않은 듯 고개를 갸웃거렸다. 그러더니 차원 관문을 가리켰다.

"뭔 소린지 모르겠구나. 일단 저쪽으로 가야 가슴이 커질 수….."

"그건 제가 할 줄 알아요."

"아깐 모른다고 하지 않았느냐?"

"적당히 얼버무리려고 그런 거예요. 이쪽 카드를 들키면 안 되니까."

산달폰은 지금은 가슴이 중요한 게 아니라 한시 바삐 기정사실로 만드는 게 먼저라 했다.

"대체 기정사실이란 게 뭐더냐?"

"걱정 마요. 언니. 내가 다 알아서 할게요. 언니는 중요한 때가 오면 천장이나 보고 숫자나 세고 있으라고."

"???"

대체 무슨 소리인지 알 수 없었지만, 그녀는 산달폰이 자기에게 해가 될 계획은 안 했으리라 여겨 받아들이기로 했다.

그 사이 차원관문이 사라져 버렸다.

"언니에게 보여줄게 있어요."

산달폰은 어디론가 가서 묘한 생김새의 의복을 가져왔다.

메타트론은 그걸 보고 고개를 갸웃거렸다.

"뭐냐? 이 토끼 옷은?"

"스이엘과 이렇게 될 줄이야."

지금 나 유제아는 맹렬히 심장이 뛰고 있다.

스이엘과 하루종일 데이트를 하고 지금 웬 저택에 와 있는 것이다. 바로 앞에 아름다운 해변이 내려다보이는 멋진 집이었다.

이곳에서 스이엘은 눈물을 글썽이며 나를 향한 마음을 고백해 왔다.

'무지하게 사랑스러웠지.'

변한 스이엘의 매력과 풋풋한 순정 앞에 나는 완전히 넘어가고 말았다.

오늘 밤을 같이 보내자는 제안을 거절하지 못한 것이다.

'그래, 이제 그녀들과의 관계를 확실히 할 필요가 있다.'

왕은 사라지고 세계의 질서도 재편했다. 내가 원하는 대로 됐다. 천사들은 사라졌고, 인간들은 몬스터 산업을 계속 이어갔다.

한동안 이런 시스템을 구축하기 위해 부지런히 뛰어야 했지만, 이제는 거의 다 끝난 상태.

나 자신의 문제를 돌아볼 여유가 생겼다. 당연히 그간 오묘한 사이였던 천사들과의 관계도 정리해야 할 터.

사실 어떻게 해야 할지 고민이 많아서 지금까지 어쩌질 못하고 있었다.

하지만 이제는 스스로 결론을 내린 상태.

반신격답게 나 좋다는 여자는 다 받아들이기로 한 것이다. 누굴 선택하고, 누군 버리고 하는 건 이제와서 상황에 맞지 않았다.

이런 결정을 할 수 있는 것도, 애초에 나와 연관된 대천사들 사이에 공감대가 형성된 까닭이다.

다들 누구 하나만 택하는 건 반대하고 있었으니까.

'처음은 스이엘인가.'

누구와 먼저 맺어질지도 고민해 봤다. 하지만 그 부분에 대해 결정을 못하고 있었는데 스이엘과 이런 분위기가 될 줄이야.

애초에 나는 순서를 크게 상관하지 않는데다가, 오늘 그녀의 고백을 거절할 정도로 모질지도 못했다.

누가 뭐라고 해도 그녀는 생사를 함께한 동료니까.

'그래도 처음은 미카엘라랑 하게 될 줄 알았는데, 의외네.'

그녀의 들이댐을 고려해 봤을 때 더욱 그랬다. 아니, 생각해 봤을 때 미카엘라는 예상 외로 순진하긴 했지. 이런 일은 다소 음흉한 스이엘쪽의 수완이 더 좋을지도 모르겠다.

'뭐, 나는 순서에 따라 차별할 생각은 없으니까.'

이미 스이엘이 샤워 중이다.

촤아아아.

물소리가 아련하게 들려온다. 그럴수록 심장이 거세가 뛰었다.

'자, 잠깐. 나 처음이잖아?'

제대로 할 수 있으려나? 긴장감에 목이 다 뻣뻣해졌다. 어쩐지 달아나고 싶었지만 그러기엔 변한 스이엘이 너무나 매력적이었다.

'진짜 메인히로인 같았지….'

탐스러운 분홍빛 머리에 요망하기 짝이 없는 몸매. 청순함과 섹시함이 공존하는 게 아주 파괴적인 매력을 뽐내고 있었다.

그런 그녀가 촉촉한 눈으로 고백하는데 거절하면 인간이 아니겠지.

꿀꺽.

혼자 기대감에 마른침을 삼키는데 저쪽에서 작은 소음이 터져나왔다.

우당탕! 콰앙!

놀란 나는 벌떡 일어났다.

"뭐, 뭔일이지?"

나는 차마 욕실 문을 열고 들어갈 수 없어서 소리치듯 물었다.

"스이엘, 괜찮아?"

대답은 곧 돌아왔다.

"괜찮아, 유제아. 긴장했는지 씻다가 넘어진 거야. 비누를 밟았

나봐."

"저런, 안 다쳤어?"

"나 대천사라고, 넘어진걸로 다칠 리가 없잖아."

하긴 그렇지.

영화에 나오는 터미네이터보다 훨씬 튼튼한 게 대천사니까. 스이엘 정도면 길 가다 운석을 맞아도 끄떡없다.

목소리도 태평했기에 나는 걱정을 접었다.

"그러면 다행이구."

"유제아, 너도 씻을래? 나 거의 다 끝나서 2층 침실로 올라가 있을 테니까."

"응, 알았어. 저쪽에 있는 욕실을 쓰면 될까?"

"어, 욕실이 여러 개니까 편한 거 써. 끝나면 2층 메인 침실로 와. 기다릴 테니까♥."

스이엘의 목소리가 살짝 이상하긴 했지만 더 신경 쓰진 않았다. 중요한 일이 앞이기 때문이다. 나는 비장한 각오로 씻으러 갔다.

'지아 누나. 나 오늘 어른이 되는 것 같아.'

하긴 장가갈 나이도 됐지. 나는 열심히 목욕재개한 뒤에 스이엘이 기다리고 있을 2층의 침실로 향했다.

똑똑.

문을 두드리니까 들어오라는 목소리가 들려왔다.

철컥.

안에는 무드 넘치는 조명이 세팅돼 있었다. 그리고 좋은 향이 가득하다.

'어?'

뭔가 장미처럼 달콤하고 농염한 게 스이엘의 느낌이 드는 향수
는 아니었지만, 곧 그러려니 했다. 침실에서 새로 뿌린 거겠지.

안을 보자 커다란 침대에 스이엘이 이불을 뒤집어 쓰고 있었다.
그녀는 부끄러운지 얼굴도 드러내지 않았다. 대신 하얀 손이 이불
속에서 나오더니 침대 옆을 톡톡 두들겼다. 얼른 오라는 말이었다.

나는 심호흡을 한 번 하고는 그 옆에 가서 앉았다. 심장이 벌써
터질 것만 같았다.

뭐라도 말을 해야겠는데.

"스이엘. 오늘 고마워. 날 위해 노력해줘서."

"뭘, 후훗. 으득…!"

음? 가까이서 들으니 스이엘의 목소리가 뭔가 이상했다. 그리고
지금 이를 간 거 아닌가?

뭔가 위화감이 피어올랐지만 스이엘도 긴장해서 그러려니 했다.
원래 긴장하면 목소리가 뻑나기도 하니까.

나는 남자답게 그녀의 긴장을 풀어줘야겠다고 생각했다.

"모두 나한테 맡겨. 오늘부터 널 계속 소중히 할게."

솔직히 자신 없었지만 이럴 때는 좀 허세가 필요했다. 그러자 화
사한 답이 돌아왔다.

"어머나~, 멋져라!"

한데 그게 감탄하는 게 아니라 뭐가 비꼬는 음색이었다. 나는 그
제서야 뭔가 잘못됐다는 걸 깨달았다.

'이건 뭐지? 군주급 몬스터가 목을 조르고 있는 것 같은 기분은.'

위기를 감지하고는 일어나려 하는데 하얀 손이 내 손목을 꽉 잡는다. 어찌나 힘이 강한지 쉽게 뿌리칠 수도 없었다. 뭐, 뭐냐? 이거 나보다 명백하게 힘 수치가 높은데?

게다가 손을 보니 스이엘의 것이 아니었다. 손가락이 더 길다!

"너 대체 누구야?"

그 말과 함께 이불 속에 가려져 있던 얼굴이 드러났다.

나는 그걸 보고는 눈이 찢어져라 커졌다.

"미, 미카엘라?"

놀랍게도 그곳에는 스이엘 대신 맹수의 눈빛을 하고 있는 미카엘라가 있었다. 눈에서 쏘아져 나오는 안광만 봐도 지금 결코 호의적인 기색은 아니다. 간담이 서늘해졌다.

"유제아. 반갑구나. 이렇게 만나고."

"어. 그러네?"

"어째 반갑지 않은 기색이네?"

"아하하…"

대체 이게 어찌된 일일까? 귀신에게 홀린 기분이 든다.

"대체 스이엘은 어떻게 된 거야?"

"바쁜 일이 있다고 먼저 집에 갔어."

"설마 그럴 리가."

의심하며 묻자 미카엘라가 살살 눈웃음을 지었다.

"그.렇.게. 됐.어."

세상에. 한 글자씩 끊어 말하는 게 이렇게 무서울 줄이야. 나는 나도 모르게 고개를 끄덕였다. 그래, 바쁘다면 바쁜 거겠지. 아까 우당탕할 때 무슨 일이 벌어진 거 같지만 굳이 파고들지 않는 게 현명해 보였다.

"알았어. 그럴 수도 있지."

나긋하게 말하는 게 더욱 무서웠다. 하지만 다행히 미카엘라는 곧 표정을 풀었다. 진심으로 화난 건 아닌 듯했다.

"이리 가까이 와봐. 할 얘기가 있으니까."

"응."

"사실 스이엘이랑 있던 일로 탓하려는 게 아니야. 소녀의 주인님."

"그래? 그럼 다행이고. 내가 헛다리 짚었나 싶었으니까."

요즘 분위기를 보고 한 행동인데 아닌 거면 낭패다. 다행히 미카엘라는 고개를 저었다.

"아니야. 우리 모두의 주인님이 되면 좋지. 사실 여성 대천사들은 주인님 말고는 맺어질 대상도 없거든."

격에 맞는 자가 필요한데 남성 대천사는 그 대상이 아니라고 했다. 그들은 오랜 세월 함께한 동료이며, 정적이며 경쟁의 대상이라 연애대상이 되긴 불가능하단다. 그렇다고 대천사가 평범한 인간과 사귈 수도 없고, 결국 나 밖에 없다는 것.

"지구에 우리들을 가질 수 있는 건 오로지 주인님뿐이야."

미카엘라의 말로 확실해졌다. 진성 레즈비언인 세라피엘을 빼면 모두 내가 책임져야 한다는 것. 아, 맞아. 내게 연애감정이 없는 산달폰을 빼야겠지. 둘이 줄어들긴 해도 쉽지는 않은 일이다.

"내가 그럴 수 있을까?"

"그렇게 해줘야 해. 주인님. 주인님이 받아주지 않으면 결국 혼자 지내야 하니까. 오랜 세월 사랑에 굶주린 우리를 구해주지 않을 거야? 진짜 주인님이잖아. 우리의 소유권을 가진."

저렇게까지 말하니 고개를 끄덕일 수밖에 없었다. 가만 보자. 내게 호감을 가진 대천사가….

메타트론, 미카엘라, 스이엘, 쿠니엘, 나나엘까지. 다섯이나 되네.

사실 단순히 그녀들과의 연애를 위해서가 아니라 앞으로 이 세계의 질서를 유지하기 위해 이 결속은 아주 중요하다.

대천사들은 물러나긴 했지만, 암중에서 이 세계의 규칙을 정하는 거물이니까.

"알았어. 그렇게 할게."

내가 확언하고 받아들이자 미카엘라는 기쁜 듯 웃는다. 그리고 표정이 아주 부드러워졌다. 그녀는 섬섬옥수로 내 팔을 살짝 쓰다듬으며 물어왔다.

"좋아. 그럼 정실은 누구야? 주인님."

"정실?"

생각해 본 적 없는 문제다. 반신격에 오르고 날 좋아하는 대천사를 모두 받아주기로 하는데도 꽤 오랜 고민을 해야 했다. 정실까진 생각이 미치지 못한 것이다.

"사실 메론이가 그 위치긴 한데… 그 녀석 전혀 연애 감각이 없는 것 같고."

"후훗. 맞아. 시간이 꽤 걸리겠지."

메타트론과 언젠가는 남녀 관계가 될 거라고 여긴다. 다만 미카엘라의 말대로 시간이 필요했다. 그래서 정실은 무리니, 그러면 딱 하나가 남는다. 바로 내 눈앞에 있는 태양의 대천사다.

　나는 더 고민할 것도 없다는 듯 끄덕였다.

"그러면 너네. 나랑 가장 애정이 깊기도 하고."

"어머…"

　내 말에 미카엘라는 아주 기뻐했다. 사실 틀린 말도 아니다. 남녀 관계라고 하면 미카엘라랑 가장 애틋했으니까.

　미카엘라는 환하게 웃더니 내게 밀착하며 말해왔다.

"사실 지금 우리들 사이에 불문율이 있어."

"뭔데?"

"가장 먼저 동침한 대천사가 정실이란 거."

"아, 그런 얘기가 있었구나. 그래서 스이엘 녀석이."

"미안하지만 소녀는 절대 양보할 생각 없단다. 그러니 주인님, 부탁해. 내가 정실이란 걸 확실하게 해줘."

　그 말과 함께 미카엘라는 덮고 있던 이불을 벗어던졌다. 동시에 매혹적인 그녀의 반라가 드러났다.

　웨딩란제리였다.

　순백의 새하얀 속옷이 대리석 같은 미카엘라의 피부와 너무나 잘 어울렸다. 그리고 다시 빛을 찾은 태양의 팬던트를 하고 있었다.

　큼직한 금빛 팬던트가 미카엘라의 크게 부푼 가슴을 반쯤 가리고 있었다. 그래서인지 더욱 야해 보인다.

"이걸 씌워줘."

　미카엘라는 내게 무언가를 내밀었다. 신부용의 하얀색 면사포로, 이것은 그녀의 순결함을 상징하는 의미였다.

나는 홀린 듯 미카엘라의 머리에 면사포를 씌워줬다. 그러자 그녀는 무척이나 미소를 지었다.

　홍조가 가득한 뺨을 한 채 눈길은 내게서 떨어질 줄 모른다. 잠시 뒤 미카엘라는 초코렛이 녹아 흐르는 것 같은 달콤한 목소리로 물어왔다.

　"거절은 받지 않아."

　이미 그녀의 두 팔이 날 휘감는 순간 나는 거미줄에 잡힌 벌레와 같아졌다. 그녀를 거부한다는 건 불가능한 일이었다.

　나는 사랑스러운 태양의 대천사를 침대로 밀어 쓰러뜨렸다. 그리고 그녀는 첫날밤의 짧은 고통 속에서 확고부동한 정실의 위치에 올라섰다.

　일주일 뒤.

　스이엘을 다시 만나게 됐다. 그녀는 날 보자마자 한숨을 내쉬었다.

　"결국 미카엘라 님에게 당했어."

　"그날 괜찮았어? 어떻게 된 거야."

　"빨리도 물어본다."

　"미안, 오늘 아침까지 계속 미카엘라랑 같이 있어서….."

　내 말에 스이엘은 경악했다.

　"미친, 이런 짐승 새끼."

"……."

할 말이 없었기에 고개를 돌렸다. 그러자 스이엘은 한숨을 다시 내쉬고는 내 팔에 매달려 왔다.

"그날 욕실로 바로 쳐들어왔다고. 미카엘라 님이."

"정말?"

"젠장! 날 붙잡더니 집어던져버렸는데, 세상에… 알몸으로 천장을 뚫고 하늘로 날아올랐다고! 거품 투성이인 상태에서! 유제아, 넌 평생 이런 경험 못해볼 거야."

"맙소사."

"그대로 탄도미사일처럼 날아올라 태평양을 가로질렀어요 내가. 날아가면서 현자타임이 왔다니까? 유일하게 좋았던 건 중간에 비구름지대를 통과해서 몸을 씻을 수 있었다는 것? 몰아치는 번개 속에서 혼자 실패의 원인을 곰곰이 되씹었지. 알몸으로 말이야."

뭐랄까, 스이엘은 판타지에서 볼 법한 번개와 비구름의 알몸정령이 된 모양이다. 이후에 하와이 근처에 떨어졌는데 옷을 소환해 입고 파도 위에서 떠다녔다고 한다.

"멍하니 밤하늘을 바라보면서 말이야. 지금쯤 미카엘라 님이랑 맺어지고 있겠지, 라고 생각하니 열불이 나더라고!"

"아, 미안해."

"아냐, 사실 미카엘라 님이 정실인 거에는 이의 없으니까. 이미 예전부터 너랑 묘한 관계였고. 나야 살짝 욕심부려봤지만 거하게 실패했네. 니히힛."

"스이엘."

"대신 다음은 나야. 맹세해!"

"맹세할게."

스이엘의 저 박력 넘치는 요구가 아니라더라도 그렇게 할 생각이었다.

우리는 이번에는 정식으로 날을 잡고 사람들에게 알려 방해하지 말아달라고 하기로 했다.

"사실 정실 자리 때문에 다툰 거지. 이후에 순서는 원만하게 합의할 수 있을 거야."

"그렇다면 다행이고."

"나 그러면 처리할 일이 있어서 가볼게. 쿠니엘이랑 나나엘도 꼭 한번 만나봐. 그 두 녀석도 이젠 널 원하고 있으니까."

"알았어."

이후 순서대로 만남을 가졌다. 쿠니엘은 평소의 느릿한 말투로 당당히 요구해 왔다.

"감정이 뭔지… 알려달라고 했잖아…? 이제 너는 내 진짜 주인. 감정을 알려줘…… 돌봐달란 소리야. 사랑이 뭐야? 궁금해. 직접 알려줘…….

"잘 모르겠어?"

"그래…….'

나는 그녀의 말에 살짝 웃었다.

"이미 조금은 알게 된 것 같은데?"

"유제아… 그게 무슨 소리?"

"너, 얼굴이 좀 붉어져 있는 걸."

"아…?"

철심장 쿠니엘은 거울을 꺼내 들여다 보더니 놀랐다는 듯 눈을 크게 떴다. 철심장을 이식한 이후에 감정이 사라진 그녀다. 한데 지금은 어째서인지 볼이 약간 상기된 모습. 그녀는 자신의 모습이 대단히 신기한 모양이다.

"이게 사랑……?"

"글쎄, 잘은 모르겠지만 우리가 그거에 대해 자세히 알아볼 수 있겠지."

"좋아."

쿠니엘은 기뻐하며 내게 웃어 보였다.

이후 나는 나나엘과 만났다.

그녀는 평소처럼 당당하기 짝이 없는, 여기사나 발키리 같은 모습이었다.

나나엘은 검을 꺼내들고 다시금 충성을 맹세하더니 말했다.

"원래부터 당신은 제 주군이었습니다. 주인이 된다 해도 이상한 일은 아니지요. 제 순정까지도 모두 바치겠습니다."

"역시 용기의 대천사. 늘 당당한 태도로군."

"물론입니다."

"그런데 왜 다리가 그렇게 후들후들 떨리고 있어?"

"네, 네? 그게 무슨 소리?"

말은 그렇게 해도 그쪽에 신경을 쓰자마자 나나엘은 풀썩 쓰러지려 했다. 다리에 힘이 풀려버린 모양이다.

나는 나나엘을 붙잡아서는 안아줬다. 그러자 나나엘이 몹시 민망해했다.

"부끄러운 모습을 보였군요."

고백하다 다리가 풀린 자신이 한심하단 태도였다. 나는 피식 웃으며 그녀의 뒤통수를 쓰다듬어줬다.

"용기 있다는 건 누구보다 두려움을 극복해 왔다는 거지. 피하지 않고 먼저 당당하게 말해온 게 과연 용기의 대천사다웠어. 부끄러워 할 필요 없어."

"주군…."

"앞으로 잘 부탁해."

그제야 나나엘은 안심한 말투가 됐다.

"네, 저야말로!"

상황이 이렇게 되자 산달폰은 더이상 머뭇거릴 수가 없었다. 그녀는 속성으로 남녀에 관한 일을 메타트론에게 가르쳤다.

"어버버…."

충격을 받은 메타트론은 할 말을 잃었다.

"아무래도 그건… 본녀는 못하겠다."

하지만 산달폰은 언니를 효과적으로 다룰 줄 알았다.

"이미 미카엘라 님은 했다고요! 언니!"

"뭐라고? 슴뚱이가!"

이미 슴뚱이가 유제아를 해치웠다는 사실에 메타트론은 격분했다.

동시에 그녀의 질투심이 더는 뒤쳐질 수 없다는 자각을 갖게 했다.

"이렇게 된 이상 두 번째는 양보하지 못한다!"

만약 두 번째마저 빼앗기면 다시 한번 가출해 버릴 거라고 메타트론은 다짐했다.

하지만 그런 기세도 잠시.

해본 적 없는 일에 대한 걱정이 밀려왔다. 유제아랑 뽀뽀는 한 번 경험했지만, 그 이후에는 뭔가 핑크빛 분위기는 없었다.

즉, 어떻게 풀어가야 할지 감이 안 잡혔다.

산달폰은 그런 분위기를 재빨리 파악하고는 메타트론에게 충고했다.

"순서에 집착할 것 없어요. 언니."

"그렇느냐?"

"어차피 일순위인 정실 위치는 이미 미카엘라가 차지했어요."

"이런 간악한! 가서 슴뚱이를 잡아와라. 오늘 묶어놓고 매우 쳐야겠다."

"언니, 진정하세요. 아무튼, 정실 이후에는 순서는 별로 상관없다는 게 모두의 입장이라서요."

그 말에 메타트론은 내심 반색했다. 자신 없는 분야에서 경쟁하는 건 별로 내키지 않았기 때문이다. 몬스터 썰기 대회라면 압승할 수 있겠지만 사랑이란 어려운 주제였다.

"그런가?"

"네, 무리할 필요는 없어요. 차근차근 해보자고요. 제가 같이 할 거니까 언니는 걱정하지 않아도 좋아요."

쌍둥이 동생의 따뜻한 배려에 메타트론은 금세 자신감을 얻었다. 그래, 생각해 보니 못할 것도 없는 일이 아닌가.

메타트론은 자신의 미모를 믿었다. 게다가 이번에 스이엘을 족쳐서 가슴이 커지는 절대비기를 얻어내지 않았는가?

메타트론은 자신의 주가가 가파른 우상향이라고 믿어 의심치 않았다.

"후훗, 유일하게 부족한 흉부를 보충할 비전을 얻었다. 그걸로 이미 다른 불여시들은 본녀의 경쟁상대가 아니다."

"맞아요! 언니!"

"한데, 말이다. 너도 같이 한다니 무슨 소리더냐?"

"어차피 저희는 쌍둥이잖아요? 침실도 원 플러스 원으로 들어가는 게 맞아요."

이미 산달폰의 머릿속에는 간악한 유제아 하렘을 박살내겠다는 계획은 사라진 지 오래였다.

"뭐, 뭐라고?"

"저 짐승 같은 유제아의 침소에 언니 혼자 보낼 수 없어요. 제가 같이 가서 지켜드릴게요."

그제야 둔한 메타트론도 한 가지를 알게 됐다. 여동생이 유제아를 마음에 들어 한다는 것.

그녀는 드물게 바로 열을 내는 대신 생각에 잠겼다.

'하긴, 이 녀석은 지난 번 일 때문에 유제아에게 미안한 감정이 크지. 게다가 시집갈 상대도 유제아 정도 밖에 없으니 당연한 건가?'

메타트론은 소중한 여동생의 일이라 대범하게 나가기로 했다.

"좋다. 이미 유제아 옆에 불어시가 한둘이 아니거늘 네가 하나 더 해진다고 해서 무슨 상관이겠느냐? 더군다나 넌 본녀의 쌍둥이 동생. 분명 옆에서 힘이 되어주겠지."

"물론이에요!"

메타트론은 산달폰을 보며 잠깐 생각에 잠겼다.

'유제아 놈과 결혼하려는 대천사가 여럿이긴 하구나. 하긴, 모처럼 자유를 얻었는데 다들 남자도 만나보고 싶겠지.'

메타트론과 산달폰.

미카엘라와 스이엘.

쿠니엘과 나나엘까지.

총 여섯이나 됐다.

모두 그야말로 경국지색의 천사들. 인간의 감각을 아득히 초월한 미모와 기품을 타고난 존재들이다. 전쟁 때는 아름다움보단 무력이 더욱 주목을 받았지만 평화기가 오자 달라졌다.

외적인 매력이 강력한 무기가 된 것이다. 게다가 본인들 역시 스스로 꾸미는 걸 배우느라 바빴고.

"좋다. 그런데 유제아에게 어떻게 어필할 것이냐? 이런 말은 싫지만 생각해 보니, 경쟁자들의 면면이 만만치 않다. 각자 다른 향기를 풍기는 꽃과 같은데 우리만의 장점이 무엇이더냐?"

"좋은 말씀이에요. 언니. 전 이걸 준비했어요."

산달폰은 자랑스럽게 준비물을 꺼내놨다. 메타트론은 그걸 보더니 표정이 이상해졌다.

"토, 토끼?"

밤이 오자 메타트론의 호출을 받게 됐다. 나는 별다른 부담 없이 응했다. 다른 대천사라면 무슨 일이 있을까 가슴이 뛰었겠지만 상대가 메타트론이 아닌가?

　밤새 게임을 하자고 할게 틀림없었다. 하지만 이 예상은 녀석의 성소에 도착하자마자 깨졌다.

　"메, 메타트론? 그리고 산달폰?"

　메타트론 뿐만 아니라 쌍둥이 동생인 산달폰까지 같이 있었다. 그리고 둘은 파격적인 복장을 한 상태.

　바로 바니걸이었다.

　메타트론은 검은색 바니 슈트를 산달폰은 하늘색 바니 슈트를 입은 모습.

　머리에는 토끼 귀를 하고 망사 스타킹까지 아주 제대로다.

　산달폰은 매혹적인 미소를 짓고 있었지만 메타트론은 얼굴이 붉어져서 표정이 얼어 있었다. 그녀는 잠시 후에 어렵사리 물어왔다.

　"유, 유제아. 본녀가 귀엽느냐…?"

　상당한 용기를 낸 것 같은 태도. 나는 주저없이 답해줬다.

　"귀여워. 세상에서 제일."

　그 말에 메타트론의 표정이 확 풀어진다.

　"다행이구나. 산달폰이 말하길 잘 먹힐 거라고 했느니라."

　"정확하군. 그런데 산달폰까지 어째서…?"

"어쩌다 보니 그렇게 됐느니라. 본녀의 쌍둥이니 같이 책임지도록."

메타트론의 선언에 산달폰은 살포시 무릎을 꿇는다.

"일전에 허무의 공간에 멋대로 가두는 등 제가 큰 실수를 했어요. 앞으로 아내가 되어 보은하겠으니 부디 만회하게 해주세요."

이미 나 좋다는 여성 대천사들은 모두 받아들이기로 한 상황. 예상 밖의 인물이 하나 추가되긴 했지만 거절할 이유는 없었다.

나는 산달폰을 일으켜 끌어안았다.

"고마워. 앞으로 잘 부탁해."

"네, 유제아 님."

메타트론은 금세 샘이 나서는 끼어들었다.

"본녀를 소외시키다니, 이런 괘씸한!

좁은 성소가 두 바니걸 때문에 시끌벅적해졌다. 오늘은 둘이 재밌는 게임을 준비했다고 해서 같이 놀기로 했다.

나는 게임 준비를 하겠다고 부산하게 움직이는 둘을 보며 평화로운 기분을 맛봤다.

이제 세상의 시스템은 잘 굴러가게 됐다.

군주급 몬스터들은 사실상 내 하수인에 불과하고, 대천사들 중 여성은 내 연인들이 됐다. 막후에서 완전히 세상을 조종할 수 있게 된 셈이다.

그렇다고 과중한 업무를 짊어지고 세상사에 깊게 관여할 생각은 없다. 그저 시스템을 지키는 선에서 세상이 굴러가는 걸 지켜보기만 할 셈.

'어차피 내가 할 일은 끝났다.'

빠른 은퇴도 나쁘지 않은 법. 바쁜 일은 벗어던지고 연인들의 품으로 은퇴하기로 했다.

'모두 잘 해내겠지.'

몬스터 사태까지 이겨낸 자들이 아닌가. 필요 이상의 간섭은 무의미한 일.

오랜 고생의 대가로 나는 내게 주어진 달콤한 일상을 만끽하기로 했다.

눈앞에서 움직이는 토끼 꼬리가 무척이나 귀여웠다.

— 가출천사 육성계약 완결.

가출천사 육성계약 7

초판 1쇄 발행   2023년 4월 20일

저자 박제후
일러스트 ICE

편집 이열치매
마케팅 이수빈

발행인 원종우
발행처 (주)블루픽

주소 경기도 과천시 뒷골로 26, 2층
전화 02-6447-9000   **팩스** 02-6447-9009
메일 bpwebnovel@bluepic.kr   **웹** bluepic.kr

ISBN 979-11-6769-229-0 02810   **(세트)** 978-89-6052-630-3

Metatron
© 2016 Park, Jehu
Published in Korea